T0022285

Buscando a Ashley

Danielle Steel es, sin duda, una de las novelistas más populares de todo el mundo. Sus libros se han publicado en sesenta y nueve países, con ventas que superan los novecientos millones de ejemplares. Cada uno de sus lanzamientos ha encabezado las listas de best sellers de *The New York Times*, y muchos de ellos se han mantenido en esta posición durante meses.

www.daniellesteel.com
www.daniellesteel.net
DanielleSteelSpanish

Biblioteca

DANIELLE STEEL

Buscando a Ashley

Traducción de

José Antonio Vila Sánchez

DEBOLS!LLO

Papel certificado por el Forest Stewardship Council®

Título original: *Finding Ashley*

Primera edición en Debolsillo: febrero de 2024

Printed in Spain – Impreso en España

ISBN: 978-84-663-7338-8
Depósito legal: B-20.174-2023

Compuesto en Comptex & Ass., S. L.
Impreso en Liberdúplex
Sant Llorenç d'Hortons (Barcelona)

P 3 7 3 3 8 8

A mis maravillosos hijos,
Beatie, Trevor, Todd, Nick,
Sam, Victoria, Vanessa,
Maxx y Zara

¡Sois el mayor regalo de mi vida!
Le doy las gracias a Dios por vosotros cada minuto
de cada día de mi vida.
La mayor bendición,
¡la mayor alegría!

Os quiero
con todo mi corazón
para siempre,

Mamá / D.S.

1

La luz del sol se reflejaba sobre el cabello oscuro y brillante de Melissa Henderson, que llevaba recogido en un moño suelto, mientras las gotas de sudor se deslizaban por su rostro, y los músculos de sus largos y ágiles brazos se tensaban por el esfuerzo mientras trabajaba. Estaba abstraída y concentrada, lijando una puerta de esa casa situada en las montañas de Berkshire, en Massachusetts, que había sido su salvación. La había comprado cuatro años atrás. Cuando la encontró estaba en muy mal estado y necesitaba urgentemente una reparación. Nadie había vivido allí en los últimos cuarenta años, y la casa crujía tanto cuando caminaba por ella que pensó que las tablas del suelo podrían ceder. Solo llevaba veinte minutos en la casa cuando se dirigió al agente inmobiliario y al representante del banco que se la enseñaban, y dijo en voz baja y segura: «Me la quedo». Supo que se encontraba en su hogar desde el momento en que puso el pie en lo que había sido una hermosa casa victoriana de un siglo de antigüedad. Tenía cuatro hectáreas de terreno alrededor, con huertos, enormes árboles viejos y un arroyo que atravesaba la propiedad en las estribaciones de los Berkshire. El acuerdo se cerró en un par de meses, y desde entonces no había dejado de trabajar en esa casa. Rehabilitarla casi se había convertido en una obsesión, y ella misma parecía haber cobrado vida. Era su gran pasión y le dedicaba prácticamente todo su tiempo.

Había llamado a un contratista para cambiar el tejado, y había recurrido a obreros y operarios cuando había sido necesario. Pero siempre que era posible, Melissa se encargaba ella misma de las reparaciones. Había aprendido carpintería —y, por supuesto, cometido muchos errores al principio— y había tomado clases básicas de fontanería. El trabajo manual la había salvado tras los cuatro peores años de su vida.

Tan pronto como la casa fue oficialmente suya, puso su apartamento de Nueva York a la venta, cosa que su exmarido, Carson Henderson, habría preferido posponer hasta que supiera si le gustaba vivir en Massachusetts. Pero Melissa, testaruda y decidida, nunca se echaba atrás en sus decisiones y rara vez admitía sus errores. Además, sabía que eso no había sido un error. Había querido comprar una casa y abandonar Nueva York de una vez por todas, y eso fue exactamente lo que hizo. Jamás se había arrepentido de esa decisión. Todo lo que tenía que ver con su vida allí le resultaba apropiado, y era lo que en estos momentos necesitaba. Amaba esa casa con pasión, y desde que se había mudado a ella, toda su vida había cambiado de manera radical.

Los cuatro años anteriores a la compra de la casa fueron los más duros de su vida. Melissa se sentaba en el porche y pensaba a veces en ellos. Era difícil imaginar ahora por lo que Carson y ella tuvieron que pasar cuando a su hijo de ocho años, Robbie, le diagnosticaron un glioblastoma. Lo habían intentado todo, pero se trataba de un tumor cerebral maligno inoperable. Lo llevaron a especialistas de todo el país e, incluso, a uno de Inglaterra, pero el pronóstico era siempre el mismo: le daban de doce a veinticuatro meses de vida. Murió con diez años, dos años después de ser diagnosticado, en los brazos de su madre. Melissa no había descansado en todo ese tiempo intentando encontrar una posible cura y a alguien que pudiera operarle, pero desde el principio luchaban contra lo inevitable. Ella se había negado a aceptar la sentencia de muerte de Robbie hasta que esta tuvo lugar. Y entonces, todo su mundo se derrumbó. Él era su único hijo y, de repente, había dejado de ser madre.

Los dos años posteriores a su muerte eran un recuerdo borroso para ella, debido al estado de aletargamiento y enajenación en el que se sumió. Melissa había sido una famosa autora de best sellers, con cinco éxitos de ventas en su haber, pero no había escrito una sola palabra en los últimos siete años. Dejó de escribir un año después de que su hijo enfermara y juró que nunca volvería a hacerlo. Escribir había sido una fuerza que la había empujado a lo largo de su vida, pero ahora no tenía ningún deseo de hacerlo. Todo lo que le importaba era su casa y quería convertirla en el hogar victoriano más hermoso del mundo. La casa había sustituido en su vida a todo lo demás, incluidas las personas. Era la válvula de escape con la que aliviaba todas sus penas, y le permitía desahogar la rabia y el dolor insoportables que había sentido. La agonía era ahora un poco más llevadera. Trabajar en la casa era la única manera de disminuir el dolor que experimentaba, usando sus manos, moviendo vigas pesadas, arreglando las chimeneas, ayudando a los hombres a transportar el equipo, y encargándose ella misma de la mayor parte de las labores de carpintería.

La casa ahora estaba preciosa. El terreno que la rodeaba era exuberante y se encontraba en perfecto estado y la vieja mansión había sido restaurada hasta el punto de que brillaba. Era algo de lo que podía sentirse orgullosa y un símbolo de su supervivencia. Todo en ella era un homenaje a Robbie, que ahora tendría dieciséis años.

Su matrimonio con Carson murió con su hijo, seis años atrás. Durante dos años habían luchado infructuosamente por mantener a Robbie con vida y después de su muerte ya no le importaba nadie más. A veces, pensar en eso la dejaba todavía sin aliento, pero ahora con menos frecuencia. Había aprendido a vivir con ello, como con un dolor crónico o un corazón débil. Carson también había estado paralizado por el dolor. Ambos se hundían, demasiado perdidos en sus propias miserias como para ayudarse uno al otro. El segundo año después de la muerte de Robbie fue peor que el primero. A medida que el entumecimiento desaparecía, eran aún más conscientes de su dolor. Y entonces descubrió que Carson tenía una aventura con otra mujer, una escritora de la agencia literaria donde trabajaba. No lo culpaba por esa infidelidad. Ella no habría tenido fuerzas para estar con otro hombre, pero reconocía de buen grado que para entonces llevaba dos años dándole la espalda a Carson, y era ya demasiado tarde para dar marcha atrás. No intentó recuperarlo ni salvar el matrimonio. Su relación ya estaba muerta, y ella se sentía muerta por dentro.

Después de la universidad había trabajado para una revista y había estado redactando artículos por cuenta propia durante varios años antes de escribir su primer libro. Carson había sido el agente literario de sus cinco novelas de éxito. Lo conoció cuando, por recomendación de un amigo, le llevó el manuscrito del primero de sus libros. Ella tenía entonces treinta y un años. A él le impresionaron tanto su talento, la pureza y la fuerza de su escritura que firmaron un contrato inmediatamente. Su primer libro se convirtió en un gran éxito editorial y ella lo atribuyó al brillante primer contrato que Carson le consiguió. Tras varias copas de champán, acabaron en la cama para celebrarlo y un año más tarde se casaron. Robbie nació diez meses después de su boda. Su vida fue feliz hasta que su hijo cayó enfermo. La racha no había estado mal: habían tenido once años de felicidad desde que se conocieron.

Carson era un agente respetado y poderoso, pero su modestia lo condujo a no atribuirse ningún mérito en el éxito deslumbrante de Melissa. Decía de ella que era la escritora de mayor talento con la que había trabajado. Cuando dejó de escribir para cuidar de Robbie, ninguno de los dos pensó que sería el final de su carrera. Más adelante, simplemente declaró que se había quedado sin palabras y sin ningún deseo de escribir. Esa necesidad profunda y visceral que había tenido de escribir durante toda su juventud y vida adulta sencillamente la había abandonado. «Robbie se la ha llevado con él», fue todo lo que dijo. Ni Carson ni sus editores fueron capaces de convencerla de que volviera a escribir. Abandonó su matrimonio, su carrera, Nueva York y a todos los que conocía en la ciudad. Quería hacer borrón y cuenta nueva. Después de eso puso toda su energía y pasión en la casa. No había ningún hombre en su vida, y no quería ninguno. Tenía cuarenta y tres años cuando Robbie murió, cuarenta y cinco cuando ella y Carson al fin se separaron, y cuarenta y nueve ahora que estaba de pie bajo el sol veraniego, lijando la puerta con todas sus fuerzas, empleando, a la vieja usanza, papel de lija de grano fino.

El discreto romance que Carson había comenzado con una misteriosa escritora en los últimos meses de su matrimonio se convirtió en una relación estable después de que Melissa se marchara y acabó en matrimonio tras su divorcio. Jane era unos años mayor que Melissa y tenía dos hijas a las que Carson había tomado cariño y que satisfacían parte de su necesidad de ser padre después de la muerte de Robbie. Melissa no quería tener contacto con él, pero le deseaba lo mejor y le enviaba un correo electrónico cada año en el aniversario de la muerte de Robbie. Tras la desaparición de su hijo ya no tenían nada en común, y sí demasiados recuerdos desgarradores de la dura batalla que habían librado por su vida y que habían perdido. Era un fracaso que lo contaminaba todo entre los dos. Para escapar de ello, Melissa se había aislado y así era como quería que fuese. Había huido.

Había hecho lo mismo con su hermana menor, Harriet, Hattie, a la que no había visto en los últimos seis años, desde el funeral de Robbie. Tampoco tenía nada que decirle y no le quedaban fuerzas para pelearse con ella. Según Melissa, su hermana había perdido la cabeza de repente, y sin explicación, hacía dieciocho años. A pesar de una incipiente y prometedora carrera como actriz, Hattie se había unido a una orden religiosa a los veinticinco años. Melissa estaba segura de que se trataba de una especie de brote psicótico. Pero si era así, nunca se había recuperado, y parecía estar contenta con la vida que había elegido. Melissa, que sentía una profunda aversión por las monjas, nunca aceptó la decisión de Hattie y la consideraba no solo un abandono, sino una traición personal, después de todo lo que habían pasado juntas en su vida.

Su madre había muerto cuando Hattie tenía once años y Melissa diecisiete. Había sido una mujer fría, rígida y profundamente religiosa, de carácter espartano y austero, que se había mostrado siempre dura con su hija mayor. Melissa sentía que no había estado a la altura de sus expectativas y la había decepcionado, y una vez que su madre murió, no supo cómo gestionar el resentimiento que tenía por el modo en que esta la trataba para poder superarlo. Hasta que empezó a escribir en serio para desahogar sus sentimientos de la única manera que sabía. Sus libros eran brillantes y sus lectores los devoraban. Pero los recuerdos de su madre seguían siendo dolorosos. Era demasiado tarde para perdonarla, así que nunca lo hizo. A su manera, sin darse cuenta, Melissa se parecía ahora a su madre, era dura en sus opiniones, en sus críticas a los demás y en su visión de la vida en blanco y negro después de la muerte de Robbie. Hattie era más dulce y más parecida a su padre, que se escondía de la vida detrás de la botella. Había sido un hombre bueno, pero débil, y había dejado que su dominante esposa lo dirigiera todo y pasara por encima de él. Era ella quien tomaba las decisiones sobre sus hijas, cosa que enfurecía a Melissa. Quería que su padre atemperara los juicios de su madre, pero él nunca lo hizo. Había renunciado a su papel y cedió todo el poder a su esposa. Melissa le guardaba rencor por ello, mientras que Hattie, que nunca había sufrido a manos de su madre como lo había hecho ella, le perdonaba todo. Melissa había padecido duramente las decisiones de su madre, mientras que Hattie era tratada como una cría.

Hattie tenía once años cuando su madre murió y Melissa se convirtió en la figura femenina de referencia. Su padre murió un año después que su madre y Melissa y Hattie solo se tenían la una a la otra. Durante catorce años no podían haber estado más unidas. Melissa siempre estuvo ahí con ella, para protegerla y animarla. Y entonces, de repente, a los veinticinco años, Hattie lo había tirado todo por la borda, y en lo que parecía un impulso loco, había decidido hacerse monja. Melissa consideró que era su manera de evitar la vida, como hizo su padre, una solución cobarde. Todo lo que Hattie quería era esconderse en el convento, protegida y alejada del mundo. Decía que la interpretación era algo demasiado duro.

Había soñado con ser actriz y estudió arte dramático en la Tisch School de la Universidad de Nueva York, pero lo dejó todo tras su primer viaje a Hollywood y una sola prueba. A Melissa le pareció pura cobardía, pero Hattie no prestó atención a su hermana. Sostenía que la vocación religiosa que había descubierto era más fuerte que su anterior deseo de ser actriz.

Tras el fallecimiento de sus padres, no hubo otras influencias de adultos en sus vidas, aparte de un administrador del banco que apenas las conocía. Sus padres eran ambos hijos únicos, y la historia se había repetido. Sus abuelos también habían muerto jóvenes. Al quedarse huérfana, la madre de Melissa y Hattie se vio obligada a abandonar sus estudios en el Vassar College y conseguir un trabajo como secretaria para ganar dinero. Desde entonces había estado amargada.

La herencia que recibió su padre era considerable, pero fue disminuyendo con los años, tras pasar largas temporadas desempleado, después de haber trabajado en varios bancos y de administrar mal su dinero. Esa fue la causa de interminables peleas entre los padres de Melissa y Hattie, porque a su madre la aterraba volver a ser pobre. Su padre se había quedado huérfano siendo joven y no estaba preparado para cuidar de sí mismo, por eso empezó a beber en exceso, lo que le costó muchos puestos de trabajo. A menudo vivían de lo que quedaba de su herencia, sin otros ingresos. A pesar de ello, cuando sus padres murieron, y tras vender el piso que estos poseían en Park Avenue, a Hattie y Melissa les quedó suficiente dinero para poder pagarse su educación y vivir en un pequeño apartamento. Su padre había tenido la previsión de contratar un gran seguro de vida que mantendría a flote a las dos niñas durante mucho tiempo, no con lujos, pero sí en circunstancias confortables, siempre y cuando tuvieran buenos empleos después de graduarse en la universidad.

A los dieciocho años, cuando su padre murió, Melissa asumió la responsabilidad familiar y se hizo cargo de todo. Y lo hizo bien, mejor de lo que lo habían hecho sus padres. Era brillante, decidida y capaz. Se encargó de que ambas asistieran a buenas universidades y se aseguró de que Hattie estudiara y sacara buenas notas. Era seria para su edad, pero menos severa de lo que había sido su madre y mucho más responsable que el alcohólico de su padre. Tomó la decisión de mudarse a un barrio bueno, pero menos caro, de Nueva York, en el West Side, y se ciñeron a un presupuesto estricto con el fin de no malgastar el dinero que habían heredado. Y cuidó siempre de Hattie. Todo parecía ir bien hasta que su hermana se recluyó en el convento. Eso destrozó de nuevo el mundo de Melissa. Después de cuidar de ella durante catorce años, de repente se encontró sola. Fue entonces cuando comenzó a dedicarse más en serio a la escritura; era una manera de llenar el vacío y de tratar de asimilar por qué Hattie había abandonado sus sueños.

Melissa descargó su ira contra su madre en su primer libro, que era muy oscuro, y tuvo un éxito inmediato. Comprendía mejor la amargura de su madre, que se encontró en la indigencia cuando sus padres murieron, que la huida de Hattie ante la vida. Eso no tenía sentido para ella. Su hermana tenía un futuro brillante por delante.

La decisión de Hattie de ingresar en el convento fue un duro golpe. Melissa escribió incesantemente después de aquello para exorcizar sus demonios. Y obtuvo unos excelentes resultados. Cuando Carson se convirtió en su agente, vendió sus libros por una gran cantidad de dinero. Pero Melissa nunca había perdonado a Hattie por encerrarse en un convento, ni tampoco podía entender las razones por las que lo había hecho. Hattie tenía talento de verdad y Melissa siempre la había animado. Su hermana había conseguido algunos pequeños papeles en programas de televisión y uno en un espectáculo de Broadway. Se le presentó la oportunidad de participar en un casting para una película y fue a Los Ángeles para hacer una prueba. Pero le entró pánico y volvió en menos de una semana. Fue entonces cuando le comunicó a Melissa su plan impulsivo de unirse a una orden religiosa. Dijo que había sido un deseo que le había ocultado toda su vida porque sabía que Melissa odiaba a las monjas.

Dieciocho años después, nunca había perdonado a Hattie y las dos hermanas seguían distanciadas. Melissa apenas había hablado con Hattie en el funeral de Robbie. No quería oír lo que su hermana tuviera que decirle, los tópicos de que Robbie estaba en un lugar mejor y que su sufrimiento había terminado. No habían vuelto a verse desde entonces.

Melissa le escribía una vez al año, al igual que a Carson, sobre todo por sentido del deber en el caso de su hermana. Y Hattie le dejaba una nota de vez en cuando, decidida como estaba a mantener el contacto con la hermana a la que siempre había querido y a la que todavía quería. Estaba convencida de que algún día Melissa entraría en razón y aceptaría la decisión que había tomado, pero aún no había dado señales de ello. Melissa ahora prefería estar sola. No quería la compasión de nadie, porque eso no haría sino echar sal en las heridas que le habían dejado sus pérdidas. Todo lo que quería era su casa y la satisfacción que esta le proporcionaba. No necesitaba a la gente a su alrededor, y menos a su cobarde hermana, que había huido del mundo, o a su exmarido, que la había engañado y estaba casado con otra mujer. Y ya no necesitaba un agente, puesto que había dejado de escribir. No «necesitaba» ni quería a nadie.

Cuando Hattie ingresó en la orden el convento la envió a una escuela de enfermería. Ahora era enfermera titulada en un hospital del Bronx. Melissa fue a su graduación cuando obtuvo su título, pero se había negado a asistir a la ceremonia cuando Hattie se convirtió en novicia y también cuando, más tarde, tomó sus votos definitivos. Melissa no quería estar allí. Era demasiado doloroso ver a Hattie con el hábito puesto.

Después de tomar los votos, Hattie había pasado dos años trabajando en un orfanato en Kenia y la experiencia le había encantado. Su vida había tomado un rumbo completamente distinto al de Melissa y estaba contenta. Su hermana mayor —casada, con un hijo y una exitosa carrera de escritora— le había dicho que también era feliz, pero las asperezas de su carácter no se habían suavizado con el tiempo. Se habían vuelto más duras. Y cuando Robbie murió, los muros que había levantado a su alrededor se habían vuelto infranqueables.

Los hombres que trabajaban para ella en su casa de los Berkshires la consideraban una clienta honrada y justa. Les pagaba bien y trabajaba tan duro como ellos en los proyectos que llevaban entre manos. Pero no era simpática ni habladora. Melissa hablaba muy poco, aunque estuvieran trabajando codo con codo, y ellos se quedaban impresionados por lo fuerte y eficiente que era. No se echaba atrás ante ninguna tarea, por difícil que fuera, ni se amilanaba ante ningún desafío. Era una mujer valiente, pero no afectuosa.

Los hombres a los que empleaba a menudo comentaban entre ellos lo taciturna que se mostraba. Era una mujer de pocas palabras. Sin embargo, Norm Swenson, el contratista al que recurría, siempre la defendía. A él le caía bien, e intuía que había una explicación para lo dura que era consigo misma y con los demás. De vez en cuando veía una chispa en sus ojos y creía que había en ella algo más de lo que en aquellos momentos dejaba ver.

«Siempre suele haber una explicación para la gente como ella», les decía a los que la criticaban, con su estilo tranquilo de Nueva Inglaterra. Él disfrutaba de las conversaciones ocasionales que mantenía con Melissa, cuando ella se lo permitía. Hablaban de la casa, o de la historia de la región, nada personal. Estaba seguro de que en ella había una buena persona en alguna parte, a pesar de su comportamiento frío y su lengua afilada. Siempre se preguntaba a qué se debían. Uno de sus trabajadores la llamaba puercoespín, una descripción acertada. Tenía las púas afiladas. La gente de la zona no tenía relación con ella, que era lo que ella quería. Ninguno sabía nada de Robbie. No tenían ninguna razón para estar al tanto de eso, y era una parte de su vida, y un tiempo, que no deseaba compartir con nadie. Nadie en los Berkshires sabía nada de su historia o de su vida personal.

El hecho de que Melissa hubiera firmado sus libros con su apellido de soltera, Stevens, hizo posible que llevara una vida anónima en los Berkshires. Cuando se divorciaron conservó el apellido de Carson por dos razones: porque también había sido el apellido de Robbie, y así mantenía ese vínculo con él, y porque el nombre de Melissa Henderson no le sonaba a nadie. Si se hubiera presentado como Melissa Stevens todos estarían al corriente de la presencia de una autora famosa por los alrededores. Como Henderson pasaba desapercibida.

A sus viejos amigos de Nueva York, que hacía años que no veían a Melissa, Carson siempre les decía que algunas personas sencillamente no se recuperaban de la muerte de un hijo, y al parecer Melissa era una de ellas. A todos les parecía que era una pena y muchos decían que la echaban de menos. Carson tuvo sus propios problemas tras la muerte de Robbie, pero había estrechado sus vínculos personales, y estos amigos lo habían apoyado. Melissa había cortado con los suyos y se había lanzado a la deriva. El matrimonio de Carson con Jane parecía encajar mejor con su carácter tranquilo que su matrimonio con Melissa. Había en ella un lado oscuro y profundamente rabioso, debido a las cicatrices que le habían dejado sus padres. Había sido feliz con él, pero no tenía el carácter inocente y radiante de su hermana. Y Jane, la actual esposa de Carson, era una mujer fuerte y estable. No tenía la mente brillante, el enorme talento ni el alma torturada de Melissa, lo cual hacía que las cosas fueran más fáciles para él.

Carson había hablado de ello con Hattie unas cuantas veces durante los primeros días después de la muerte de Robbie. Hattie había pensado que eso ablandaría a su hermana, pero tuvo el efecto contrario y la había endurecido.

A Carson siempre le había caído bien su cuñada, pero perdió el contacto con ella cuando esta se fue a África. Aún seguía teniéndole afecto. Pero también se dio cuenta de que Hattie no quería que Melissa pensara que la estaba traicionando y por eso había dejado de tener contacto con él tras contraer matrimonio de nuevo. Le escribió una carta para felicitarle, en la que le comunicaba que se alegraba por él y que rezaría por él y por su nueva familia. Desde entonces no había vuelto a saber nada de Hattie. Todos los lazos con Melissa se habían cortado excepto por sus correos electrónicos anuales.

La carrera literaria de Melissa había despegado por la época en que Hattie entró en el convento, por lo que su hermana pequeña no había estado muy presente durante su matrimonio. Pero había ido al hospital con regularidad cuando Robbie estaba enfermo y se había ofrecido a quedarse con él para que Melissa pudiera descansar un poco. Aunque Melissa se había enfadado con ella por hacerse monja, el amor que Hattie profesaba hacia su hermana mayor nunca había disminuido, y estuvo a su lado hasta el final de la vida de Robbie.

Melissa nunca la había invitado a Massachusetts una vez se marchó de Nueva York, y Hattie nunca había visto la casa que Melissa adoraba. La casa había sustituido en su vida a la gente y también a la escritura que había sido su pasión y que tan bien se le daba. Para Melissa, la casa era suficiente, era todo lo que necesitaba y quería en este momento. No quería a nadie en su vida y tampoco ningún contacto con las personas que la conocían cuando estaba casada, y que sabían que tenía un hijo que había muerto. No quería darle pena a nadie.

Cuando Melissa terminó de lijar la puerta, la levantó y la llevó a la casa. Se había hecho más fuerte tras todo el trabajo realizado. Examinó la puerta detenidamente cuando la colocó de nuevo en sus bisagras y se detuvo con atención en las intrincadas molduras que había lijado. Estaba satisfecha con su trabajo. Había eliminado todas las capas de pintura antiguas y había decidido barnizarla en lugar de volverla a pintar. Las tallas y molduras originales eran delicadas y hermosas. Ahora se podían ver mejor. Lo único que le importaba era mejorar la casa. Para ella era un ser vivo, su único amigo.

Después de su trabajo de la mañana, se preparó una taza de café y se quedó bebiendo, mirando más allá del césped y los árboles, y los jardines que había creado, hacia los huertos en la distancia. Ahí se cosechaban las manzanas que se vendían en el mercado agrícola local. Tenía tiempo y dinero para hacer lo que quisiera y lo que le gustara. Después de cinco libros que habían sido grandes éxitos de ventas, tenía suficiente dinero ahorrado para vivir como quisiera. Llevaba una vida sencilla, sin complicaciones, y tenía más que suficiente en el banco. Dos de sus libros iban a ser llevados al cine.

Durante un tiempo, fue una de las escritoras de más éxito del país, y luego desapareció de la vida pública, para consternación de sus editores. Carson odiaba verla desperdiciar su talento. Pero ahora, trabajar en su casa y en su propiedad le interesaba más.

No había vuelto a Nueva York desde que compró la casa, y decía que no tenía motivos para hacerlo. Había dejado de lado a sus amigos después de la muerte de Robbie, y los evitaba a propósito. No quería oír hablar de sus hijos, ni tampoco verlos, porque la mayoría de ellos eran ahora adolescentes, como lo habría sido Robbie. A los cuarenta y nueve años, sabía que no tendría ya más hijos. Robbie había sido el centro de su universo, al igual que Carson, pero todo eso había terminado.

De vez en cuando, pensaba en lo extraño que era no volver a sentir el contacto humano. Ninguno de los adorables abrazos cuando Robbie le rodeaba el cuello con sus brazos y casi la ahogaba con su alegría, o la suave y sensual pasión que ella y Carson habían compartido. Ahora no estaba lo bastante cerca de nadie como para que la abrazaran, o para dar ella los abrazos. De vez en cuando alguien que trabajaba para ella le tocaba el hombro o el brazo, o su contratista, Norm, que era un tipo agradable, le ponía una mano en la espalda. Eso siempre le provocaba un sobresalto. Ya no era una sensación familiar, ni una que le gustase. No quería recordar cómo se había sentido en el pasado. El contacto físico con otros humanos ya no formaba parte de su vida, aunque antes había sido importante para ella. En sus primeros años juntos, Carson la consideraba una persona cariñosa. Y Robbie siempre saltaba sobre ella con energía para darle un abrazo. Había sido un niño fuerte y feliz hasta que se volvió demasiado débil para caminar o incluso para levantar la cabeza, y ella se sentaba a su lado, cogiéndole la mano hasta que se quedaba dormido. Al final, él dormía la mayor parte del tiempo, mientras ella lo observaba, asegurándose de que seguía respirando y saboreando cada instante que estaba vivo.

«¡No puedes aislarte de todo el mundo!», le había advertido Carson después de la muerte de Robbie, pero eso fue lo que hizo. Había sobrevivido a lo peor que la vida podía depararle, perder a su único hijo. Ya no era la misma persona, pero todavía se mantenía en pie y era capaz de funcionar. Solía encantarle reír. Hattie había sido más movida y traviesa cuando eran niñas, pero Melissa no carecía de sentido del humor. Sin embargo, no había dado ninguna muestra de él desde que Robbie cayó enfermo. La inmensidad de la pérdida la había transformado.

Todas las mañanas se levantaba temprano y veía salir el sol, y luego se ponía manos a la obra, a hacer cualquier trabajo que tuviera pendiente, y a menudo se iba a la cama poco después del anochecer. A veces leía y le gustaba sentarse junto al fuego para relajarse y perderse en sus propios pensamientos, pero los recuerdos la asaltaban entonces. No le gustaba disponer de tiempo para pensar y remontarse al pasado, y por eso evitaba hacerlo. Vivía el presente, y su presente era la casa que había restaurado, en su mayor parte con el trabajo de sus propias manos. Estaba orgullosa de los resultados y de lo que había conseguido. La casa era la prueba viviente de lo lejos que había llegado desde que la compró, y un símbolo de su supervivencia. Nadie en la zona sabía lo mucho que había luchado para aferrarse a la vida y no rendirse cuando había perdido a la persona que más quería. Trabajar en la casa le había devuelto parte de su vida y la había mantenido ocupada, feliz y realizada durante cuatro años. La casa era su terapia y, gracias a un trabajo artesanal exquisito, se había convertido en uno de los hogares más bonitos de las montañas de Berkshire. A su manera, era una obra de arte. Para Melissa, la casa estaba viva, era un ser vivo al que había que cuidar y embellecer, y se había convertido en la razón por la que seguía viva.

A veces se permitía pensar en su hermana, Hattie. Con su pelo rojo como el fuego y sus enormes ojos verdes, de niña parecía un duendecillo. Su pelo cobrizo se encontraba ahora oculto bajo su velo de monja. De pequeña había sido muy poco presumida, pero luego se convirtió en una hermosa joven con una belleza natural y llamativa que atraía a los hombres. Ya de adolescente los chicos la perseguían. Melissa, de pelo oscuro y ojos azules, poseía una belleza más fría y parecía menos accesible. Cuando Melissa fue a Columbia, estaba más preocupada por cuidar de su hermana que por conocer a hombres. Nunca salió con nadie hasta su tercer año de universidad.

Cuando Melissa se graduó y consiguió un trabajo, Hattie tenía dieciséis años y ya era una joven hermosa y exuberante. Todos los chicos de la escuela a la que iba en Nueva York estaban locos por ella, lo que hizo que todo pareciera aún más absurdo cuando Hattie decidió meterse a monja. De las dos, era Hattie quien siempre había atraído a los chicos y le encantaba coquetear. Melissa era más reservada. A Hattie le encantaba divertirse, le gustaba relacionarse con la gente, y se sentía cómoda con cualquier persona. La idea de que estuviera aislada del mundo le parecía a Melissa un desperdicio imperdonable. Estaba segura de que su hermana dejaría el convento en seis meses, que sería todo un capricho, pero no había sido así. Se había quedado durante dieciocho años, fiel a una vocación que Melissa no podía entender, y que nunca había aceptado, aunque sabía que a su madre le hubiera encantado.

Habían compartido apartamento hasta que Hattie se unió a la orden. Melissa conoció a Carson por aquella época, antes de publicar su primer libro, justo después de haberlo escrito. Vendió los derechos del libro y un año después se casaron y ella dejó su antiguo apartamento. Tras la marcha de Hattie odiaba estar allí; le parecía un lugar silencioso y solitario. En su casa de Massachusetts, en cambio, nunca se sintió sola. Allí se sentía a gusto con la soledad que había elegido. Era un alivio estar sola después de que Carson y ella se separaran. Habían vivido en Tribeca, en Nueva York, y su matrimonio le parecía tan muerto que le resultaba doloroso estar con él y se sintió libre cuando él se marchó.

Había empezado a buscar una casa inmediatamente, y no tardó en encontrar la adecuada. Se sintió agradecida y liberada cuando dejó Nueva York y empezó de nuevo. Ya no tendría que ver la habitación vacía de Robbie. Era el final de la época más feliz de su vida, cuando su hijo estaba vivo, pero aquello ya no era más que un recuerdo cuando se mudó a Massachusetts.

Cuando Melissa subió al piso de arriba aquella noche, después de haber estado lijando la puerta toda la mañana, miró una fotografía de Hattie que estaba en un marco sobre el escritorio en el pequeño estudio junto a su dormitorio. En ella, Hattie estaba vestida para su baile de graduación en el instituto de Nueva York. Llevaba un vestido azul claro, con el pelo rojo y brillante recogido en una masa de rizos. Se la veía sexy y hermosa y estaba radiante. Melissa recordaba perfectamente el momento en que tomó la instantánea. Había ayudado a su hermana a elegir el vestido. No había ninguna fotografía de ella vestida de monja en ningún rincón de la casa, solo algunas de su infancia y juventud, que era como Melissa seguía recordándola. El hábito de su hermana era un disfraz que no tenía sentido para ella.

Melissa sonrió brevemente ante la fotografía de Hattie mientras se sentaba en su escritorio y firmaba algunos cheques, y luego se fue a la cama a leer un rato, antes de quedarse dormida. Siempre dormía con la luz encendida, para mantener los recuerdos a raya. Con el paso de los años eso había terminado por dársele bien, y había aprendido a vivir con lo que había perdido. Ahora todo eso formaba ya parte de ella, como todo lo demás que le había sucedido, su matrimonio con Carson y el divorcio, su carrera de escritora, que fue un éxito inesperado y sorprendentemente abandonó, las personas a las que ya no veía, la hermana que la traicionó metiéndose a monja y que ahora era una desconocida, el padre que había muerto de alcoholismo y la madre que cambió la vida de Melissa para siempre y que luego murió sin que ninguno de los problemas entre ellas estuviera resuelto, especialmente los más graves. Mientras Melissa se deslizaba en su cómoda cama, pensó que era mucho lo que tenía que olvidar. Los recuerdos del pasado la perseguirían si ella lo permitía, pero se había convertido en una experta en evitarlos. Miró a su alrededor en el dormitorio y sonrió. Todo lo que le importaba estaba en el presente. El pasado estaba enterrado y casi olvidado, ahora era un recuerdo borroso. Se sentía en paz en la casa silenciosa. Se recordó a sí misma que el pasado se había ido ya y que ahora era feliz. Casi se lo creyó mientras se metía bajo las sábanas y se quedaba dormida, agotada por el duro trabajo que había estado realizando durante todo el día. Había aprendido que esforzarse hasta sus límites físicos era la única manera de escapar de los fantasmas que aún la esperaban por la noche en su silenciosa habitación.

2

El día después de que Melissa lijara la primera puerta, sacó otra con cuidado de las bisagras. La llevó al exterior, la colocó sobre los caballetes y, tras examinarla a la luz del sol para decidir qué había que hacer, se puso manos a la obra. Al cabo de media hora, el sudor le corría por el cuello y la espalda. El sol del verano era abrasador y hacía aún más calor que el día anterior.

Una hora después de haber empezado, levantó la puerta, la apoyó contra un árbol y movió los caballetes. Hacía demasiado calor para trabajar a pleno sol. No corría nada de aire y podía oír los grillos a su alrededor. Lijar era un trabajo minucioso, pero disfrutaba haciéndolo. Se quedó sin papel de lija al mediodía y se puso una camiseta sobre la parte superior del biquini con el que había estado trabajando. No había nadie. Era sábado. Había jardineros trabajando en el límite de la propiedad, limpiando la maleza en el perímetro de la finca, y los chicos recogían manzanas en el huerto para llevarlas al mercado agrícola. Era el verano más caluroso y seco desde que vivía allí. Y las altas temperaturas habían empezado en abril.

Melissa se tomó un vaso de agua en la cocina y luego fue a buscar su bolso y las llaves del coche. Tenía una lista de cosas que necesitaba de la ferretería, y solo estaba a diez minutos en coche del pueblo. Era una localidad pequeña y pintoresca, y en esta época del año la zona estaba llena de turistas, familias que iban a pasar el verano allí con sus hijos, así como residentes que vivían todo el año, como Melissa. Ella solía mantenerse alejada del pueblo en la medida de lo posible durante el verano. Prefería la zona en los meses de temporada baja, cuando había menos gente.

Tenía un coche con tracción en las cuatro ruedas, pero cogió su camioneta para ir al pueblo y comprar lo que le hacía falta. En su lista figuraba una carretilla nueva, una pieza de recambio para el cortador de césped que necesitaba el jardinero jefe, la lija y el herbicida. Hubo un tiempo en que, un sábado en Nueva York, habría ido a Bergdorf's a comprarse zapatos, o habría llevado a Robbie a comprarle una nueva chaqueta cortavientos para el colegio, o lo habría llevado a Central Park para jugar con él. Alquilaban una casa en Long Island en verano, e iban a Sag Harbor, donde otras parejas y escritores a los que conocían pasaban las vacaciones. Pero esos días habían quedado atrás. Ahora no había nada más para ella que la ferretería del pueblo. No se había comprado ropa nueva desde que vivía allí. Usaba lo que le quedaba del fondo de armario que había conservado. Lo había regalado casi todo cuando se mudó. No necesitaba ropa elegante. No tenía vida social, y solo usaba vaqueros y su tosca ropa de trabajo. La parte superior del biquini que llevaba la había comprado en el sur de Francia, en un viaje con Carson y Robbie. Le quedaba mejor ahora que entonces. Su cuerpo estaba tonificado y se había fortalecido después de cuatro años de duro trabajo. Nadaba de vez en cuando en un lago cercano cuando era temporada baja, o se daba un chapuzón en el arroyo que corría a través de su propiedad. Nadie la veía en biquini ni se preocupaba por su aspecto. La camiseta se le pegaba mientras conducía hacia el pueblo, con su larga y oscura cabellera despeinada de nuevo.

Phil Pocker, el dueño de la ferretería, la saludó con la cabeza cuando entró. Llevaba una camiseta vieja y descolorida de su época en Columbia, que tenía casi treinta años. Normalmente Phil sonreía a sus clientes, y era más efusivo, pero sabía a qué atenerse con Melissa. Ella rara vez sonreía y era reacia a entablar conversación, excepto para hablar del tiempo o pedirle consejo sobre algún producto sobre el que hubiera leído y que quisiera probar.

—¿Demasiado calor? —le preguntó con una mirada seria. Phil tenía más de setenta años y un hijo, Pete, que era más o menos de la edad de Melissa y que trabajaba en el negocio con su padre. A su hijo nunca le había caído bien Melissa, pensaba que era engreída y antipática. Phil pensaba que era una mujer hermosa, aunque poco habladora. Era alta y elegante, con una cara bonita y una figura esbelta.

«No es engreída», la había defendido Phil. «Solo es callada. Es una mujer de pocas palabras. Siempre es educada conmigo. Prefiero tratar con ella que con los veraneantes de por aquí. Sabe lo que se hace, y su contratista, Norm Swenson, dice que trabaja más duro en su propiedad que cualquiera de los hombres. Contrata a la gente de por aquí y paga bien. Paga a tiempo. Es una buena mujer. Solo que no es simpática».

«Eso es quedarse corto», había dicho su hijo, Pete. «Casi me arrancó la cabeza y me trató como a un idiota porque no tenía la llave inglesa del tamaño que ella quería».

«Es solo su forma de ser. No lo hace con mala intención». Siempre la perdonaba. Phil y Norm coincidían en que tenía que haber una razón para su aislamiento. Todavía era bastante joven y atractiva, y no había señales de ningún hombre, ni de visitantes de ningún tipo, desde que era dueña de la propiedad. Norm había dicho que había fotos de un niño en la casa, pero ella nunca le había contado de quién se trataba, o si tenía alguna relación con ella. Ambos percibían algo trágico en su pasado. Estaba en sus ojos y en la manera rígida en que se comportaba, como si fuera a romperse si se la presionaba demasiado.

—Me preocupan los incendios en esta época del año —le dijo Phil, mientras apilaba los objetos de la lista sobre el mostrador. Melissa estaba a punto de salir y coger la carretilla de fuera, pero él le dijo que mandaría a alguien para que la subiera a la camioneta.

—A mí también me preocupan —reconoció ella en voz baja—. Les he dicho a mis chicos que limpien la maleza junto al arroyo. Creo que va a ser un verano largo y caluroso.

Todavía era julio.

—¿En qué estás trabajando ahora? —le preguntó con su acento de Massachusetts.

—Estoy quitándoles a las puertas cien años de pintura, y dejando la madera tal como estaba originalmente. Acabo de empezar. —Le sonrió.

—Es un trabajo duro. —Le devolvió la sonrisa. Era una mujer bonita, aunque no se sacaba partido y no parecía importarle. Él nunca reconocería haberse fijado en su estupendo cuerpo, pero incluso a su edad, disfrutaba viendo a una mujer guapa tanto como cualquiera. Pete no estaba de acuerdo con él, pero su propia esposa era un bellezón que había sido animadora en el instituto. Llevaban veintisiete años casados y tenían cinco hijos. Phil llevaba quince años viudo, desde que perdió a su mujer a consecuencia de un cáncer. Su ferretería, Pocker e Hijo, era la mejor en kilómetros a la redonda y le iba muy bien el negocio. Phil estaba al día con productos de alta calidad y conocía todos los trucos del oficio para hacer reparaciones complicadas, en particular en lo relativo a la fontanería y la electricidad. Melissa le pedía consejo a menudo y siempre sacaba provecho de ellos. Y Norm le tenía afecto y un profundo respeto. Norm y Phil cenaban juntos de vez en cuando. Norm estaba más cerca de la edad del hijo de Phil, pero este le caía mejor. Era una persona sin pretensiones, pero con una mente aguda, y había ayudado a Norm muchas veces dándole buenos consejos cuando comenzó su negocio de contratista.

Melissa llevó sus bolsas a la camioneta, como siempre hacía, después de despedirse de Phil, y el chico al que contrataban en verano le subió la carretilla a la parte trasera del vehículo. Menos de una hora después de haber salido, estaba de nuevo en casa con todo lo que necesitaba.

Norm pasó por la casa de Melissa aquella tarde. Se dejaba caer ocasionalmente cuando tenía trabajo en alguna obra de construcción que quedara cerca. Melissa estaba lijando de nuevo y no lo oyó hasta que estuvo frente a ella. Era un hombre alto y corpulento, de abundante cabello rubio oscuro, ojos azules brillantes y brazos y hombros fuertes. Tenía un rostro amable. Había estudiado en Yale, pero había abandonado los estudios después de un año, cuando decidió hacer lo que le gustaba, trabajar con sus propias manos y construir casas. Le había contado que la vida universitaria no era para él, pero leía con voracidad, sabía mucho de una gran variedad de temas y habían tenido varias conversaciones interesantes en los últimos cuatro años. Estaba divorciado y no tenía hijos, lo que parecía ser también la situación de Melissa. Tenía cincuenta años. De vez en cuando hacía referencia a una novia, pero no parecía ser algo serio, y entre ellos nunca hablaban de sus vidas íntimas ni del pasado. Ella nunca había dado pie a hacerlo y él no hacía preguntas, aunque sentía curiosidad por la identidad del niño de las fotografías. Pero no quería entrometerse. En la casa no había fotografías de ningún hombre, ni tampoco había aparecido ninguno por allí en los cuatro años que la conocía. Melissa guardaba sus secretos, y él lo respetaba. Lo único que sabía de ella era que se había mudado desde Nueva York. Y como sus libros los había firmado con su apellido de soltera, tampoco sabía nada de su vida como autora de best sellers.

—Phil me ha dicho que estabas quitando todas las puertas —dijo, sonriéndole. Ella asintió y dejó la lija—. Eso te mantendrá ocupada una temporada.

—Sí, calculo que uno o dos años. —Ella le sonrió—. De repente se me ocurrió que tendrían mejor aspecto si dejo que se vea la madera.

—Puedo ayudarte si quieres —se ofreció, pero ya sabía cuál sería la respuesta. Le gustaba hacerlo todo ella misma.

—Te avisaré si se me quedo sin energía —dijo, y le ofreció un vaso de té helado que él aceptó agradecido y la siguió hasta la cocina que le había reformado. Era un alivio resguardarse del calor, aunque este no parecía molestarla. Estaba sudando por el trabajo, pero no le importaba. Se sentía cómoda con Norm. Nunca había hecho ni dicho nada inapropiado, ni tampoco lo haría. Era obvio que a ella no le interesaban los hombres y que estaba contenta como estaba, y él no quería estropear o poner en peligro la buena relación de trabajo que ambos tenían. Hacía tres años que le había instalado aire acondicionado en toda la casa y eso suponía una gran diferencia en verano. Dentro hacía fresco y se estaba bien, mientras ambos bebían el té helado con finas rodajas de limón que ella iba sirviendo. Melissa guardaba siempre una jarra de té helado en la nevera y otra de limonada.

—La semana pasada hubo un incendio a unos ochenta kilómetros de aquí —le explicó Norm—. Tenemos suerte de que no haya habido viento. Algo así puede descontrolarse a toda prisa. Comenzó en un camping, pero lo cortaron rápidamente.

Ella asintió. El fuego los preocupaba a todos en un verano tan caluroso y seco como ese.

—Algunos campistas no saben lo que hacen. —Melissa tenía cuidado de limpiar la maleza seca de su propiedad durante los meses de verano. Norm se lo había aconsejado al principio. A él lo impresionaba lo mucho que había aprendido y la avidez con que seguía sus consejos. Melissa era una propietaria responsable, un gran activo para la zona, aunque poca gente la conociera.

En cuanto Norm se fue, después de terminar su té helado, Melissa volvió a ponerse a trabajar en la puerta que estaba lijando. Atardecía cuando se detuvo, y entró en la casa para darse una ducha y quitarse el polvo. Se preparó una ensalada para cenar. No tenía hambre y no le gustaba cocinar. En los meses de verano, comía la fruta y las verduras que cultivaban en la propiedad y las acompañaba con algo de pollo o pescado de vez en cuando. Nunca le había gustado cocinar y pocas veces lo hacía. Sabía que Norm, en cambio, era un sibarita y había hecho de la cocina un hobby. A veces le llevaba el vinagre o la mermelada que elaboraba o algún delicioso manjar que había preparado en la cocina de última generación que tenía. La suya era mucho más básica, aunque era adecuada para las necesidades de una persona soltera que nunca recibía visitas.

Ella se lo había dejado claro cuando lo contrató para remodelar la casa, pero disfrutaba de las cosas que a veces le llevaba. Melissa ahora no tenía aficiones. Ponía toda su atención y energía en la casa, de la misma manera que antes la había puesto en su escritura, en su matrimonio y en su hijo. Era una persona que se entregaba a lo que estuviera haciendo. En el pasado había sido una gran jugadora de tenis, pero ahora no tenía a nadie con quien jugar.

Norm era hábil esquivando los ocasionales comentarios ácidos que Melissa dirigía al mundo, o a la vida en general. Pero él nunca estaba en el blanco de su afilada lengua, y además sabía reconocer fácilmente su estado de ánimo. Se le daba bien la gente y no se tomaba su carácter taciturno como algo personal. Había aceptado que era su forma de ser y, al igual que Phil en la ferretería, seguía pensando que, debajo de las púas, era una buena persona. No trataba mal a sus trabajadores, pero tampoco era afectuosa ni simpática. Era más amable con Norm que con sus empleados, porque él era infaliblemente amable con ella. Incluso Melissa reconocía que no era una persona fácil, y se lo confesaba a menudo, aunque no se esforzaba por cambiar. Él la aceptaba tal y como era, y le caía bien de todos modos. En su opinión, a pesar de su falta de mano izquierda con la gente, se daba cuenta de que era una mujer noble y honrada, con buenos valores y muchas cualidades.

Esa noche vio las noticias y se enteró de otro incendio que se había iniciado en un camping, esta vez más cerca que el anterior. Se preguntó si debía rociar la casa con una manguera, pero pensó que el incendio no estaba tan cerca ni era lo bastante grave como para preocuparse. Sin embargo, aquella noche se despertó por el ruido de un fuerte viento y vio, a través de las ventanas, cómo los árboles se balanceaban. Se levantó de la cama y salió afuera. Era un auténtico vendaval.

Volvió a acostarse, pero cuando por la mañana puso las noticias vio que el incendio de los alrededores había crecido hasta alcanzar proporciones alarmantes y que el viento seguía soplando con fuerza. Si continuaba así, podría llevar el fuego en su dirección, de manera que decidió rociar la casa con agua. Cuando llegó Norm, una hora después, se la encontró con la manguera en la mano. La estructura de su casa era de madera, al igual que todas las construcciones aledañas, así que Melissa estaba rociando el techo cuando Norm bajó de su camioneta y se acercó a ella.

—Iba a ofrecerme para hacerlo.

Casi había terminado ya, y también había regado los árboles más cercanos a la casa. No estaba segura de que fuera de gran ayuda si el fuego venía directamente hacia ellos, pero lo hizo de todos modos.

—Tiene mala pinta —comentó Norm—. He estado oyendo las noticias desde las cinco de la mañana. También yo he rociado mi casa con la manguera.

—Otro incendio que ha empezado en un camping —contestó Melissa, mientras sostenía la manguera con sus fuertes manos.

Norm dudó un momento antes de responder.

—Sospechan que esta vez ha sido provocado —dijo en tono serio, y Melissa pareció enfadarse. Se enfadaba fácilmente, y estaba preocupada por el incendio y por su casa.

—Si es provocado, deberían colgar al que lo ha hecho. —El fuego era su mayor miedo durante el verano, y el más peligroso.

—Si es provocado, el responsable irá a la cárcel —dijo Norm con calma.

—¿Cómo puede alguien hacer algo así?

—¿Quieres que empiece con los cobertizos? —le preguntó y ella asintió, frunciendo el ceño.

—Iré contigo. Ya he hecho todo lo que podía hacer en la casa.

Se subió a su camioneta y juntos se dirigieron a cada una de las dependencias anexas y se detuvieron para rociarlas. Melissa había instalado aspersores de agua por toda la propiedad y un gran sistema de irrigación. Cuando terminaron, Norm se fue a ver a otro de sus clientes que vivía más cerca del incendio. El fuego estaba ahora causando estragos, según los partes radiofónicos. Los habían estado escuchando en la camioneta, y la situación parecía grave. Los canales de noticias de Boston informaron esa noche de que un gran incendio ardía en los Berkshires, espoleado por vientos inusualmente fuertes que aún no habían amainado. Melissa siguió escuchando los informes meteorológicos hasta bien entrada la noche y consultó el mapa de incendios, que seguía el rápido avance de las llamas, desde su ordenador.

A medianoche, se preocupó mucho al ver que la zona del incendio crecía y se acercaba. Había un río y una carretera comarcal entre su casa y el fuego, y si este atravesaba cualquiera de los dos, su finca se hallaría en peligro inmediato. Se quedó dormida mientras miraba el ordenador, hasta que a las dos de la madrugada la despertó un fuerte golpe en la puerta de su casa.

Se despertó sobresaltada y bajó corriendo las escaleras, ya vestida, mientras se despabilaba rápidamente. Todavía soplaba el viento cuando abrió la puerta y vio a dos ayudantes del sheriff, a los que no conocía, y un coche oficial con las luces encendidas detrás de ellos.

—Estamos evacuando la zona —dijo uno de los ayudantes—. Tienen que abandonar la casa lo antes posible. El fuego se dirige hacia aquí.

Melissa se quedó mirándolos, y tomó una decisión rápida.

—Gracias por avisarme —respondió con educación.

—¿Necesita ayuda? ¿Hay niños en la casa, animales en el granero? Puede dejar el ganado suelto y tendrán que arreglárselas solos—. Alguna gente de la zona estaba asustada por sus caballos, pero el fuego se movía demasiado rápido ahora como para poder meterlos en tráileres y sacarlos. Algunos propietarios se negaban a dejar sus casas hasta que sus caballos estuvieran a salvo.

—No hay niños ni animales —contestó—. Solo estoy yo.

—Bueno, pues salga rápido. ¿Quiere que la llevemos a algún sitio? La carretera principal aún está abierta, pero las secundarias están cerradas. —Cuando miró por encima de sus cabezas, pudo ver el brillante resplandor naranja del fuego en el cielo nocturno.

—Estaré bien —les aseguró, y se fueron mientras ella cerraba la puerta.

La decisión que acababa de tomar improvisadamente era que no se iba a ir. No quería abandonar su casa. Se iba a quedar allí, haciendo lo que estuviera en su mano para salvarla. No le importaba si moría en el intento. Lo único que le preocupaba en estos momentos era perder su hogar. Era todo lo que tenía y lo único que amaba. Y no había trabajado tanto durante cuatro años para abandonarlo ahora. No tenía miedo del fuego en sí ni de resultar herida, solo del daño que el fuego pudiera causar a la mansión. Habría sido distinto si Robbie hubiera estado allí con ella. Pero no estaba. Lo único que le preocupaba era la casa, y solo era responsable de sí misma.

Mientras observaba el incendio desde las ventanas le dio la impresión de que el fuego crecía minuto a minuto. El aire estaba impregnado de humo y ceniza, lo que dificultaba la respiración. Su camioneta había quedado cubierta por una fina capa gris. Volvió a salir para rociar el techo con una manguera y enseguida empezó a toser por culpa del aire acre. Estaba intentando empaparlo todo cuando Norm apareció poco después. No se alegró de verla allí, y gritó por encima del sonido de la manguera mientras se dirigía hacia ella.

—¿No te han evacuado todavía? A mí me evacuaron hace una hora—. Ella asintió con la cabeza, pero no dijo nada, y se concentró en lo que estaba haciendo mientras él cogía otra manguera—. Tienes que salir de aquí, Melissa. No puedes hacer nada más. El fuego viene en esta dirección. No hay tiempo que perder.

—No me voy a ir —respondió con firmeza, con los ojos fijos en el techo de la casa para asegurarse de que cada centímetro quedaba mojado.

—No digas tonterías. No puedes arriesgar tu vida por una casa. Si pasara lo peor, puedes reconstruirla. —Ella se limitó a negar con la cabeza, y él pudo ver que lo decía en serio y que no se iba a ir a ninguna parte. Norm se dirigía a ofrecerse como voluntario para ayudar a los bomberos porque, hasta el momento, no habían podido controlar las llamas. Pero no quería dejarla ahí. Había algo en su determinación que daba miedo. Sabía lo mucho que significaba esa casa para Melissa, pero esto era una locura. La agarró del brazo y el agua de la manguera los roció a ambos. La camisa de ella estaba mojada cuando se volvió hacia él.

—Voy a quedarme, Norm. Tú puedes irte.

—No me iré de aquí sin ti. —Le apretó el brazo con más fuerza y ella se zafó con una mirada que le advertía que estaba dispuesta a ofrecer resistencia si intentaba llevársela consigo—. Vamos, Mel, sé razonable. Es demasiado peligroso que te quedes. Si el fuego llega hasta aquí, podrías quedarte atrapada o podría caerte un árbol encima, o parte de la casa. —Una vieja estructura victoriana de madera como su casa ardería en cuestión de minutos.

—No me importa. Esto es todo lo que tengo ahora. Y si muero en el incendio, nadie me echará de menos—.

En cuanto pronunció esas palabras, supo que eso no era verdad. Su hermana, Hattie, la echaría de menos. Sabía que a su hermana aún le importaba, aunque ahora estuvieran muy distanciadas. Hattie nunca había dejado de ponerse en contacto con ella varias veces al año. Era su hermana quien daba el primer paso, Melissa nunca lo hacía—. Todo lo que tengo es una hermana monja, y ella cree en todas esas patrañas de que, si muero, iré a un lugar mejor. Hace seis años que no nos vemos—. Norm sabía que ese no era el final de la historia, pero ahora no era el momento de hacer preguntas, y Melissa probablemente no le habría contado nada de todos modos. Nunca antes había mencionado a su hermana.

—Yo también creo en esas patrañas y no tengo ningunas ganas de acabar en ese hipotético lugar mejor contigo. No me iré hasta que vengas conmigo, así que serás responsable de matarme a mí también si nos quedamos. —Estaban tosiendo por el humo que el viento transportaba desde kilómetros de distancia.

—Déjame, Norm. Estaré bien. —Y si no iba a estar bien, no le importaba en absoluto. Norm lo entendió ahora, por primera vez. Nunca se había dado cuenta de lo decidida que estaba a quedarse sola, y de lo poco que le importaba su propia vida. Fuera lo que fuese lo que le hubiera sucedido en el pasado, la había vuelto indiferente al hecho de vivir o morir. Eso le hizo sentir pena por ella.

—Eres una mujer testaruda —le dijo, y ella no lo negó. Entraron en la casa para alejarse del humo y vieron en un informativo que el fuego estaba a tres kilómetros de distancia y avanzando a un ritmo vertiginoso.

—Voy a perder la casa —dijo con voz sombría. Luego sacó una funda de almohada de un armario, se precipitó al salón y empezó a meter las fotografías del niño dentro de la funda. Él mientras tanto la observaba, preguntándole con los ojos, pero sin pronunciar palabra. Ella lo miró y continuó con lo que estaba haciendo.

—Es mi hijo. Murió de un tumor cerebral cuando tenía diez años, hace seis. Su muerte se llevó por delante mi matrimonio, por eso estoy aquí —dijo con voz llana, sin dramatismo. Nunca le había dicho eso a nadie. La funda de almohada estaba llena y pesaba cuando terminó, con todos los marcos de plata que contenían fotografías de Robbie. Norm la miró con tristeza mientras volvían a la cocina para ver la televisión de nuevo, pero la imagen había cambiado drásticamente cuando vieron otra vez el mapa del tiempo. El viento había girado en un ángulo de noventa grados y se dirigía hacia el norte, llevándose el fuego consigo, lo que era una mala noticia para la gente que vivía en aquella dirección, pero significaba que la casa de Melissa se había salvado milagrosamente. Miró a Norm con incredulidad. Su casa también estaría ahora a salvo, a no ser que el viento volviera a cambiar de dirección—. Si todavía creyera en Dios, pensaría que se trata de la respuesta a una oración, pero la gente que está ahora en la dirección del fuego tiene problemas graves. Lo siento por ellos.

—Todavía creo en los milagros —dijo Norm en voz baja, y por fin encontró las palabras que quería decirle después de haber visto la expresión de su cara y lo que la había visto hacer en su sala de estar—. Siento lo de tu hijo, Mel. No sabía quién era el niño. —Había visto las fotos muchas veces mientras trabajaba en la casa. Era un niño precioso, de pelo oscuro y ojos grandes como los de su madre.

Se sentaron en la cocina durante un minuto. Las piernas le temblaban de alivio porque el viento había cambiado de dirección y su casa estaba a salvo. Ahora ni siquiera le importaba que Norm supiera lo de Robbie. Se había sentido desnuda unos minutos antes, cuando se lo había contado.

—Todo cambió cuando él murió —dijo con voz suave—. Casi acabó conmigo. Bueno, en realidad, acabó con gran parte de mí. He estado medio muerta desde entonces. Dejé mi trabajo, mi vida, mi matrimonio. Nada de eso tenía ya sentido sin él. Lo único que ha tenido sentido y que me ha mantenido viva desde entonces es esta casa. Y si se quemara, me iría con ella. Es lo único que me mantiene viva ahora.

—Eso no es suficiente —protestó con delicadeza.

—Lo es para mí —respondió con una sonrisa cansada. Había sido una noche larga.

—¿Y tu hermana, la que es monja? ¿Por qué no te ves con ella?

—No soporto a las monjas. Estábamos muy unidas hasta que ella eligió la salida cobarde, hace dieciocho años. Nuestra relación ha cambiado mucho desde entonces. La última vez que la vi fue en el funeral de mi hijo. No la echo de menos —afirmó con dureza—. No es la misma persona que era. Yo tampoco. Me hice cargo de ella después de la muerte de nuestros padres. Ella tenía doce años, yo dieciocho. Entonces me convertí en su padre y su madre. Eso me hizo madurar muy rápido. Pasé todos mis años en la universidad cuidando de ella. Se volvió loca a los veinticinco años y se unió a una orden religiosa. Me enfadé mucho con ella y nos distanciamos después de eso. Me casé un año más tarde y tuve a Robbie.

Y nuestras vidas fueron muy distintas a partir de ese momento.

—¿Por qué odias a las monjas? —Había una dureza en ella que Norm había intuido y vislumbrado, pero que nunca había visto en su plenitud.

—Es una larga historia que no necesitas saber. Solo me incumbe a mí. Mi madre era una fanática religiosa y le hubiera encantado que sus dos hijas nos metiéramos a monjas. Se salió con la suya con mi hermana, aunque para entonces hacía tiempo que mi madre había muerto. Yo no corrí ese riesgo. Abandoné la religión hace mucho, a los dieciséis años. —A Norm le sonaba como si hubiera renunciado a todo, a la gente, a la vida, a su familia, a Dios. Lo único que le quedaba era esta casa. Se dio más cuenta que nunca de lo que significaba la casa para ella, y también le hizo comprender por qué Melissa nunca dejaba que nadie se le acercase. Estaba encerrada tras sus muros, sola—. ¿Quieres comer algo? —le ofreció ella. Estaba amaneciendo y Melissa acababa de dejar claro que el tema de su pasado quedaba cerrado. Él asintió y ella preparó huevos revueltos para los dos. Comieron, hablaron del incendio y luego él se marchó. Norm todavía quería ayudar en el incendio como voluntario. Sabía que Melissa ya estaba a salvo y podía arreglárselas sola. Lo habría hecho de todos modos, incluso sin él, pero se alegraba de haber estado allí con ella. Ahora la admiraba más que nunca, pero también se compadecía de ella como nunca antes. Ahora sabía de qué estaba huyendo y qué la había llevado a recluirse en las montañas. Era un atisbo de quién era ella en realidad, algo que él nunca había entendido del todo.

Melissa puso los platos en el lavavajillas después de que Norm se hubiera ido, un poco arrepentida por haberle hablado de Robbie. No era asunto suyo. Se llevaban bien, pero no eran amigos. Las fotos de su hijo seguían en la funda de almohada sobre una silla de la cocina. El teléfono sonó poco después de las siete, y se sobresaltó al escuchar una voz familiar que no había oído en años.

—He estado viendo las noticias en Nueva York. ¿Estás bien, Mellie? —Era Hattie. Siempre se comunicaban por carta o correo electrónico. No habían hablado en seis años. A los cuarenta y tres, Hattie todavía sonaba como una niña—. He estado rezando por ti toda la noche.

—No creo en eso —le recordó Melissa—, pero debe de haber funcionado. El viento cambió de repente hace dos horas y mi casa se ha salvado. Sin embargo, muchas otras personas han perdido las suyas. El fuego todavía está fuera de control, pero no se dirige hacia aquí por ahora. —Aunque en cualquier instante eso podía cambiar si el viento variaba de nuevo de dirección.

—Me alivia oír eso. También estamos rezando por ellos. ¿Has sufrido daños?

—Puede que haya algunos árboles chamuscados en el límite de la finca, pero el fuego no ha llegado a la casa. Anoche venía directamente hacia nosotros. Intentaron evacuarme, pero me he quedado.

—No deberías haberte quedado. ¿Estás bien, Mel? Aparte del fuego, quiero decir.

—Por supuesto. Estoy bien. ¿Cómo estás tú? ¿Todavía sigues siendo el ángel de la misericordia, curando heridas de bala en el Bronx? —El hospital donde trabajaba estaba en uno de los peores barrios de Nueva York.

—Sí, así es. Te echo de menos. Pienso mucho en ti. —Se hizo un largo silencio entre ellas, ninguna de las dos sabía qué decir. Después de tantos años, el abismo que las separaba era enorme. Era difícil salvar ahora esa distancia, excepto con breves correos electrónicos en los que se deseaban mutuamente una feliz Navidad o un feliz cumpleaños. La herida entre ellas parecía de repente estar en carne viva—. ¿Me dejarías ir a visitarte? —le preguntó Hattie. Melissa tardó un minuto en contestar.

—No lo sé. Tal vez. ¿Por qué querrías hacerlo?

—Porque seguimos siendo hermanas. Nuestra orden ya no lleva el hábito excepto en ocasiones religiosas importantes. Podrías dejar de lado el hecho de que soy monja. — Sabía que Melissa odiaba verla con hábito.

—¿Cómo podría olvidarlo? Tú eres mejor persona que yo, Hattie. No queda nada de quien yo era. Robbie se llevó a esa persona consigo. Cada vez me parezco más a mamá —dijo con naturalidad.

—Siempre serás mi hermana y siempre te querré. Hiciste mucho por mí cuando todavía éramos unas crías.

—Eso fue hace mucho tiempo. Gracias por haber llamado —dijo Melissa con voz emocionada—. Supongo que podrías venir algún día y ver en qué he estado trabajando durante estos últimos cuatro años.

—¿Eres feliz ahí?

—Me mantiene ocupada y me siento en paz. Eso es suficiente para mí. Me alegro de que la casa no se quemara anoche.

—Yo también —dijo su hermana menor con cariño—. Me encantaría verte, Mellie.

—Lo pensaré —fue todo lo que consiguió sacarle a Melissa—. Cuídate, Hattie. —Y luego, segundos antes de que ambas colgaran, susurró—: Yo también te quiero.

Fue lo más emotivo que había sucedido en toda la noche, casi tan intenso como haber estado a punto de perder la casa. Le recordó que seguía teniendo una hermana, la viera o no, y que no importaba lo mucho que se hubieran distanciado.

Volvió a poner las fotos de Robbie en la estantería, subió a acostarse y pensó en los dos, en Robbie y en Hattie. Se preguntó cómo sería ver otra vez a su hermana. Había sido una noche larga y aterradora, pero gracias a Dios, la casa que tanto significaba para ella estaba a salvo. Se le habría roto lo que le quedaba de corazón si se hubiera quemado hasta los cimientos. Ya había perdido bastante. No podía perder la casa también. Su mente se inundó con recuerdos de Hattie, todo lo que habían pasado juntas y lo que habían significado la una para la otra hacía tanto tiempo. Le asustaba volverle a abrir la puerta a esos sentimientos. Traían consigo tantas cosas que quería olvidar.

3

Al día siguiente, el fuego seguía fuera de control, pero estaba muy al norte de la casa de Melissa, y el viento no había vuelto a cambiar de dirección. Los bomberos llegaban desde Boston, otras partes de Massachusetts, Connecticut, y New Hampshire para tratar de controlarlo. Según las noticias, solo el diez por ciento estaba controlado.

Norm había pasado la noche en el límite del fuego, con un grupo de voluntarios. Había sido un trabajo agotador y aterrador.

Melissa había recibido un correo electrónico de Carson, que quería saber si estaba bien. Ella le había respondido brevemente y le había dado las gracias. Realmente le agradecía su preocupación. El fuego estaba trayendo consigo la gente y los recuerdos del pasado.

Al tercer día del incendio, desde Rochester y Búfalo les enviaron más bomberos, y por fin lograron contener el fuego en un sesenta por ciento. En ese momento ya no cabía duda de que había sido un incendio provocado. El jefe de bomberos lo confirmó. Se habían perdido trescientas casas y casi dos mil personas se concentraban en los refugios que se habían instalado en las escuelas locales.

El día después de que el incendio estuviera prácticamente controlado, mostraron imágenes del pirómano por televisión. Tenía diecisiete años y parecía un niño asustado cuando lo detuvieron en casa de su madre. Al parecer, él y su madre habían estado sin hogar durante un tiempo, y las personas a las que entrevistaron dijeron que había mostrado signos de problemas psiquiátricos después de que sus compañeros le hicieran *bullying* en la escuela. Hacía poco que habían vuelto a mudarse. Dada la gravedad del delito, y su edad, iba a ser juzgado como un adulto. Melissa lo miraba a través de la televisión con odio en los ojos. Había estado a punto de privarla de su casa.

Norm y ella hablaron de eso cuando fue a verla para saber cómo estaba. Mientras miraba al pirómano, se dio cuenta de que solo era un año mayor que Robbie. No podía imaginarse a alguien tan perturbado y despiadado como para provocar un incendio de la forma en que ese chico lo había hecho. Las noticias decían que había provocado pequeños incendios con anterioridad. Parecía aterrorizado en las breves imágenes que vieron de él.

—Espero que lo envíen a la cárcel durante mucho tiempo —dijo Melissa, enfadada, cuando Norm y ella hablaron del asunto.

—Es solo un crío —comentó Norm, y sitió pena por él.

—¿Cómo puedes decir eso después de lo que ha hecho? Piensa en todos los hogares que se han quemado.

—Tendría que estar en un hospital psiquiátrico, no en la cárcel —insistió Norm con compasión. Melissa no se compadecía de él; había provocado la pérdida de muchos hogares. Por televisión habían informado de que la madre del chico estaba en un centro de rehabilitación y que no se podía contactar con ella para que hiciera declaraciones. No se había hecho mención al padre, y la vida del chico parecía trágica. Había estado viviendo solo, en una casa que era poco más que una choza.

—Alguien debería haber detectado lo mal que estaba el muchacho hace mucho tiempo. El fallo es de nuestro sistema —dijo Norm en voz baja—. Parece que ha tenido una vida terrible.

—Otras personas son también víctimas del sistema, y no van por ahí provocando incendios. —No había piedad en su voz.

—¿Has vuelto a tener noticias de tu hermana? —preguntó él, para cambiar de tema, y Melissa negó con la cabeza.

—Quiere venir a verme. Pero todavía no he decidido lo que quiero hacer al respecto.

—Tal vez podríais hacer las paces entre vosotras —sugirió con delicadeza, mientras Melissa miraba a lo lejos y pensaba en ello. Parecía demasiado tarde, después de tantos años. Y era demasiado doloroso como para intentarlo.

—Ya no tenemos nada en común. Quizá nunca lo tuviéramos. Siempre fuimos distintas. Ella era mucho más extrovertida que yo, lo que hizo que pareciera una locura mayor cuando decidió meterse a monja. Siempre quiso ser actriz, y justo cuando empezaba a tener buenas oportunidades, se esfumó.

—¿No es eso lo que hiciste tú cuando murió tu hijo? —le preguntó; ella se quedó estupefacta durante un minuto y después negó con la cabeza.

—Aquello fue distinto. Todo nuestro mundo se vino abajo. Hattie solo estaba empezando. Era joven, le estaban pasando cosas buenas. No tenía ninguna razón para huir. Fue pura cobardía, buscar refugio en el convento en lugar de enfrentarse a la vida.

—No todo el mundo es tan valiente como tú, Melissa.

—No soy valiente, y tienes razón, yo también hui.

—¿Qué tipo de trabajo hacías antes? —La primera vez que la había oído hablar de su carrera fue cuando ella le contó que había dejado su trabajo.

—Solía escribir. Artículos, libros. Me quedé sin palabras tras la muerte de mi hijo. Todo parecía tan irrelevante después de eso..., todo era tan pequeño comparado con él.

—¿No echas de menos escribir? —Ahora sentía curiosidad por ella. Melissa le había mostrado algunas piezas del rompecabezas, pero no el conjunto, lo que había aumentado las ganas de saber más.

—Ya no —respondió—. Era parte de otra vida. Mi marido era mi agente, así nos conocimos. Sigue trabajando de eso en Nueva York. Su mujer es una escritora de misterio de notable éxito. Se mantiene ocupado con ella. Intentó que volviera a escribir, pero no pude. Ahora prefiero trabajar con mis manos. No tengo ganas de volver a escribir. Mis libros eran bastante oscuros. Era otra época. —Norm sospechaba que Melissa tenía talento. Era muy culta y brillante. Había una mirada de determinación en sus ojos cuando hablaba de no volver a escribir. Había elegido un camino distinto.

—¿Puedo haber leído alguna de tus obras? —le preguntó, con curiosidad—. ¿Firmabas con tu nombre? ¿Ficción?

—Firmaba con mi nombre de soltera, Melissa Stevens. Era la verdad apenas disimulada como ficción.

Pareció asombrado.

—¿Esa eres tú? He leído algunos de tus libros. Eran muy perturbadores e inquietantes. Todos nos hemos sentido así alguna vez, enfadados por las injusticias que hemos padecido e impotentes para vengarnos del pasado o para olvidarlo. Fuiste lo bastante valiente como para escribir acerca de unos sentimientos que muchos de nosotros hemos experimentado. He leído dos de tus libros un par de veces. Estaban muy bien escritos. Eres alguien importante, Melissa —dijo impresionado.

—Me parecía importante hablar de ello. Pero ¿qué sentido tiene ahora? Las personas con las que estaba enfadada están todas muertas. Mi madre era una mujer amargada, enfadada y mezquina. Mi padre era débil y un borracho que desperdició su vida. No hay nada más que decir.

—Es una pena enterrar un talento así —dijo él amablemente, y ella se encogió de hombros.

—Hay otras cosas que quiero hacer. Es doloroso desnudarse de esa manera.

—Pero también debe de ser curativo, una especie de catarsis. —Ella no respondió. Se limitó a asentir con la cabeza. Era obvio que no quería hablar de ello. Norm se fue un rato después.

De camino a casa, Norm estuvo pensando en la conversación que habían mantenido. Había una parte misteriosa de ella que le fascinaba. No era solo una mujer interesante que había optado por una vida tranquila en el campo. Había huido de un marido, de una vida, de una carrera, de la fama, del éxito, de una ciudad, incluso de sus propios lazos familiares evitando a su hermana. Se daba cuenta de que era una mujer que había sido profundamente herida, tal vez por algo más que la pérdida de su hijo. Y al haber leído sus libros, sabía que su juventud y su infancia habían sido una pesadilla de abusos emocionales infligidos por una madre cruel.

Su ira contra el joven pirómano le había parecido desmesurada. Su reacción fue visceral, pura rabia. Parecía impropio de ella. Melissa era muy distante, fría y poco comunicativa, pero nunca la había visto tan enfadada. No consideraba que la juventud del chico y sus evidentes problemas fueran atenuantes del crimen. Había puesto en peligro su querido hogar y lo odiaba por ello.

Cuando Melissa supo por el periódico que la comparecencia estaría abierta al público, se dirigió al juzgado del condado la mañana en que esta iba a tener lugar. Quería enterarse de lo que ocurriría y ver su cara en persona. El día señalado, la ira y la indignación la invadieron mientras se dirigía al juzgado. Se sorprendió cuando vio al chico, que los agentes del sheriff conducían a la sala esposado y con grilletes en las piernas. Parecía tener unos catorce años y la cara bañada en lágrimas.

Se llamaba Luke Willoughby, y lo defendía un abogado de oficio. Otras gentes del lugar habían acudido también para ver cómo se iba a desarrollar la vista. Melissa sospechaba que muchas de las personas que llenaban la sala habían perdido sus casas. Ella tenía menos motivos para estar allí, pero la curiosidad que sentía por él y una ira profunda la habían impulsado a acudir.

El abogado de oficio solicitó al juez que lo pusiera bajo la custodia del sistema judicial de menores, cosa que fue denegada, dada la gravedad del delito. No se había graduado en el instituto, había abandonado los estudios aquella primavera y cumpliría dieciocho años en septiembre, por lo que técnicamente aún no era un adulto. Se declaró no culpable y el juez lo envió a un centro psiquiátrico para adultos para determinar si estaba en condiciones de ser juzgado. «No culpable, señoría», fueron las únicas palabras que pronunció durante todo el proceso. Se mostró respetuoso y parecía destrozado, y el abogado de oficio confirmó que sus padres no estaban en la sala. Explicó que su padre había desaparecido cuando Luke tenía siete años, y su madre estaba en rehabilitación por orden del tribunal, y no había podido acudir. Añadió que llevaban varios años sin hogar, y que el chico vivía solo en una choza en ausencia de su madre. El juez asintió sin que su rostro mostrara ninguna emoción.

Los ayudantes del sheriff pasaron junto a Melissa cuando acompañaban al chico de vuelta a la cárcel. En ese momento, la rabia que había sentido por él se desvaneció de repente como arena entre sus dedos. Tenía un aspecto tan trágico y desolado que era difícil imaginárselo cometiendo un crimen tan atroz, que había costado varias vidas y causado dolor a tanta gente. Quiso acercarse a él y tocarlo, porque como había dicho Norm, la idea de encerrarlo en la cárcel junto a hombres adultos le pareció de repente un error. Tampoco parecía estar loco, solo desesperadamente perdido. Quería preguntarle por qué lo había hecho, pero no lo conocía y no hubo posibilidad de hablar.

Su rostro aterrorizado la acompañó durante todo el camino a casa, y se sintió avergonzada por haber ido allí. El chico se hallaba en un infierno propio, y nada bueno saldría de ello, independientemente de lo que decidieran hacer con él. Era justo lo que Norm había dicho, un alma perdida que se había caído del sistema a una edad temprana y que necesitaba ayuda. Seguramente se habría sentido de otro modo si hubiera perdido su casa como resultado de su criminal acción, pero eso no había pasado y había dejado de estar enfadada con él. No podía imaginarse una vida como la que habría llevado de niño ni el castigo que le esperaba ahora, fuera recluido en un hospital psiquiátrico o en la cárcel. De cualquier manera, el futuro que le esperaba era terrible y ya había tenido una vida dura hasta entonces. Verle en persona había abierto su corazón al perdón.

Cayó en la cuenta otra vez de que el pirómano era solo un año mayor que Robbie, y de la misma edad que tenía ella cuando su madre murió, asumió el rol materno con su hermana y se hizo totalmente responsable de ella al cabo de un solo año. ¿Y si su propia ira hacia su madre se hubiera manifestado a través del crimen? En lugar de eso, había escrito sobre ello y ese sentimiento había impulsado una carrera lucrativa. Pero se trataba de un chico indefenso y enfermo, intentando superar su propio dolor de la única manera que sabía: provocando incendios, dañando propiedades y causando la muerte de personas. Le dolía el corazón pensar en la trágica vida de aquel chico, y eso hacía que su propia ira por la frialdad de su madre pareciera muy pequeña. La vida del joven pirómano iba a empeorar en lugar de mejorar. Era realmente trágico, y ya solo sentía pena y compasión por él.

Aquello le hizo pensar en su hermana cuando llegó a casa. Su peor crimen, a ojos de Melissa, había sido ingresar en una orden religiosa, cosa que ella había criticado duramente en su momento. Pero si dieciocho años después seguía allí, debía de haber sido una buena decisión para ella. Sus dos años en África cuidando huérfanos y su vida como enfermera en un hospital eran admirables. De repente, Melissa quería volver a verla. Aunque ahora no tuvieran nada en común, sí compartían una historia, y aún se querían, aunque las cosas no hubieran salido bien.

Le envió un correo electrónico y la invitó a ir a verla. La respuesta de Hattie llegó al ordenador de Melissa en menos de una hora. Aceptó la invitación agradecida, pero le dijo que no pasaría allí la noche, sino que haría el viaje de ida y vuelta en el mismo día. Era un viaje de cuatro horas desde Nueva York, lo que significaba que no tendrían demasiado tiempo para estar juntas. Aunque quizá eso fuera lo mejor para una primera visita después de tanto tiempo. Ahora eran casi extrañas la una para la otra.

Hattie volvió a escribir más tarde para decirle que podría ir dentro de diez días. Hasta ese sábado no tenía ninguna jornada libre. Melissa respondió que la fecha le parecía bien. Estuvo pensando en ello durante mucho tiempo después de haberle contestado a su hermana. Estaba tan emocionada por verla como asustada. Estar con ella iba a abrir muchas puertas de la memoria, algunas de ellas muy dolorosas, pero de repente tenía muchas ganas de verla y Hattie le había dicho lo mismo.

Prometió llegar lo antes posible. Le iban a dejar uno de los coches del convento. Melissa estuvo pensando en su hermana de manera casi constante durante los diez días siguientes, y soñaba con ella por las noches. En sus sueños, ambas eran todavía niñas en Nueva York, Hattie de seis o siete años, y Melissa tenía doce o trece, y siempre se sentía responsable de ella. Y entonces, se acordaba de haber cuidado de ella cuando su madre cayó enferma y después de que muriera, y se sentía como una madre una vez se quedaron solas tras la muerte de su padre. Habían estado tan unidas y de repente todo se rompió cuando Hattie desapareció de su vida y renunció al mundo. Melissa tenía su propia vida en aquel entonces, con Carson y con Robbie a su lado. Y ahora había pasado mucho tiempo. No quedaba nadie de la gente a la que habían amado, solo ellas dos.

Melissa durmió mal la noche anterior a la llegada de Hattie. Se despertó varias veces durante la noche, y estuvo despierta mucho rato antes de volver a dormirse. Se levantó temprano por la mañana, bajó al piso inferior y preparó café. Era un hermoso y caluroso día de julio, pero no hacía tanto calor como antes del incendio. Una ligera brisa soplaba entre los árboles. El día anterior había ido a la tienda de ultramarinos para comprar algunas cosas que pensaba que a Hattie le gustarían. Ya ni siquiera sabía lo que le gustaba.

Hattie los había visitado algunas veces cuando Robbie era pequeño, pero Melissa seguía enfadada con ella. En los primeros años no la dejaban salir del convento con frecuencia. Preferían que las monjas más jóvenes permanecieran en la comunidad, y las mantenían ocupadas con proyectos y tareas. Melissa se negaba a visitarla en el convento. No podía soportar la idea. Así que Hattie consiguió permiso para visitarla, pero cada vez lo hacía con menos frecuencia, y así se fueron distanciando más. Sus dos años en África marcaron un punto de inflexión, y Hattie parecía más segura que nunca de su vocación cuando regresó. Melissa la había visto más a menudo cuando Robbie cayó enfermo. Su hermana se quedaba a veces con él para que Melissa y Carson pudieran descansar. Tras su muerte, Melissa dejó Nueva York y cortó todos los lazos con su vida anterior. La última vez que se habían visto fue en el funeral de Robbie, y Melissa apenas había hablado con ella. Estaba aturdida. Ahora tenía miedo de que al verla volvieran los malos recuerdos.

La furgoneta que le habían prestado en el convento hizo su aparición a las diez de la mañana. Melissa sabía que debía de haber salido de Nueva York antes de las seis para llegar a esa hora. Entornó los ojos a la luz del sol para ver a su hermana y se sorprendió cuando esta bajó del coche en vaqueros, camiseta blanca y zapatillas de deporte. Tenía el mismo aspecto que cualquier otra mujer de unos cuarenta años que va a recoger o dejar a sus hijos a la escuela. Llevaba el pelo corto. Aunque se le había desvanecido un poco el color cobrizo y su tono era ahora más apagado, este seguía siendo sorprendentemente brillante. El cabello pelirrojo había sido la perdición de la existencia de Hattie cuando era más joven, pero su personalidad estaba a la altura. La iluminaba como un letrero de neón en cuanto entraba en una habitación, y todos los profesores que había tenido la recordaban por sus travesuras, su risa constante y su cabello pelirrojo. Melissa siempre tuvo más facilidad para pasar desapercibida, y Hattie la envidiaba por eso.

Melissa se fijó en que había engordado un poco, pero seguía estando guapa, y tenía la misma cara sonriente. Hattie parecía cautelosa, pero sonreía ampliamente mientras se acercaba y le daba un abrazo a su hermana mayor.

—Estás estupenda, Mellie —dijo con admiración—. ¿Cómo te mantienes en tan buena forma?

—Trabajo como una mula. —Melissa le sonrió, mientras se sentaban en el porche, y luego entró a buscarle algo para comer. Había comprado los bollos de canela que a Hattie le encantaban de pequeña, y su cara se iluminó al verlos.

—No he comido un bollo de canela en veinte años. Desayunamos siempre avena y hay patatas en cada comida. Así es muy fácil ganar peso. Este sitio es hermoso —dijo mirando a su alrededor. Reparó en todos los detalles y toques impecables, y se imaginó que Melissa los había añadido ella misma. Conocía a su hermana y sabía lo minuciosa y atenta que era con los detalles. El apartamento de Nueva York también estaba decorado con detalles elegantes, sobre todo cuando sus libros empezaron a subir a lo más alto de la lista de los más vendidos y ella comenzó a ganar un buen dinero. A Carson también le iban bien las cosas y sus ingresos conjuntos les habían proporcionado una vida muy agradable. Melissa había invertido lo suficiente para poder seguir viviendo bien ahora también. Hattie se alegró y se sintió aliviada por su hermana. No tenía ni idea de cómo había quedado su situación económica tras el divorcio, pero la casa era prueba de que tenía suficiente dinero para vivir bien, a pesar de que no había trabajado en siete años. Había dejado de escribir cuando Robbie cayó enfermo. Nunca se separó de su hijo en el último año—. Este lugar sería un muy buen retiro conventual —dijo Hattie, mientras se servía un bollo de canela.

—Ni lo sueñes —respondió Melissa de inmediato, y Hattie se rio. Ver reír a su hermana, con el azúcar pegajoso por toda la boca, con el mismo aspecto que tenía de niña, hizo sonreír a Melissa.

—Solo lo menciono por si te sientes sola aquí arriba —dijo Hattie con inocencia.

—No me siento sola —contestó Melissa con firmeza—. Me gusta estar sola. Y he trabajado en esta casa todos los días durante cuatro años.

—Se nota. Has hecho un trabajo fantástico.

—Gracias. —Sonrió a su hermana menor—. Era una ruina cuando la compré, y necesitaba mucho trabajo. Era justo lo que me hacía falta para mantenerme ocupada. Tengo un gran contratista que me ayudó a hacer todo lo que yo quería.

Le mostró a Hattie toda la casa, y luego volvieron al porche con una jarra de limonada. Melissa sirvió dos vasos y observó a su hermana en silencio.

—No has cambiado, Hattie. —Estaba tan guapa y era tan afectuosa como siempre.

—Lo dudo, pero me encanta lo que hago. Eso ayuda. Y sé que odiabas la idea, y que fue repentino, pero el convento fue la elección correcta para mí. Cuando entré me di cuenta de que no estaba hecha para librar las batallas a las que me enfrentaba como actriz. Aquello no era para mí.

—Podrías haber elegido otro tipo de carrera profesional —dijo Melissa con tristeza.

—Me siento segura donde estoy. Y sabía que no podrías protegerme para siempre. Necesitabas hacer tu propia vida. —El hecho de que Melissa se hubiera casado un año después de que Hattie entrara en el convento se lo había confirmado. Sentía que había sido una carga para su hermana durante catorce años y que le había impedido llevar una vida normal para una joven de su edad. No le parecía justo.

—Parece una locura, pero a veces me siento como mamá. Me he vuelto tan criticona desde que Robbie murió y estoy sola. A veces me oigo a mí misma, y hablo igual que ella —reconoció Melissa—. Lo odio. Ella era tan dura con todos, o conmigo al menos.

—Tuvisteis una mala racha los dos últimos años de su vida —dijo Hattie. Melissa asintió mientras pensaba en ello.

—Nunca la perdoné por lo que hizo, y luego se murió. Creo que ella tampoco me perdonó a mí. Cometieron un terrible error al enviarme fuera. —El tono de voz de Melissa era duro. Se sentía como si hubiera ocurrido ayer mismo.

Hattie no esperaba tocar este tema, pero se sumergió en los recuerdos profundos con ella.

—Ella no sabía qué más hacer. Al menos eso es lo que pensé después. En aquel momento no era más que una niña, y no entendía todas las consecuencias de la decisión que tomaron. No entendí nada de nada hasta que me lo explicaste más adelante.

—No «tomaron» ninguna decisión; fue ella quien la «tomó» —la corrigió Melissa, todavía enfadada por el recuerdo. Había cambiado su vida para siempre—. Papá nunca me defendió. Creo que se sintió aliviado de que mamá tomara la decisión por él. Nunca hablamos de ello antes de que muriera. El tema era tabú. Pero el precio que pagué fue real.

—Lo sé —dijo Hattie con tristeza, mirándola compasivamente—. Lo entiendo ahora. Pero para ellos no había otra opción. Mamá era demasiado católica como para permitirte abortar. Y entonces la gente no se quedaba con los bebés nacidos fuera del matrimonio. Era 1987. Tenías dieciséis años, no podías cuidar de un niño tú sola y les habría dado demasiada vergüenza que te quedaras con él. —En cierto modo, fue un alivio para las dos hermanas hablar de ello. Melissa no tenía intención de hacerlo, pero al ver a Hattie todo le volvió a la memoria, tal y como había temido.

—Así que me enviaron a ese calabozo en Irlanda y me obligaron a entregar al bebé en adopción. Mamá dijo que no podría volver a casa si no lo hacía. ¿Qué otra cosa podía hacer con dieciséis años?

—Te habrías arruinado la vida si te hubieras quedado con el bebé. Y no habrías podido seguir en un colegio católico de Nueva York con un hijo nacido fuera del matrimonio. —Habían ido a colegios católicos privados toda su vida.

—En cambio, arruiné mi vida renunciando a mi hija. Nunca he vuelto a ser la misma. Y dos años después, estaba cuidando de ti. Y no me importó. Fuiste mi bebé desde el momento en que naciste. Desde que yo tenía seis años. —Melissa sonrió a Hattie.

Cuando pensaba en el bebé al que su madre la obligó a renunciar, siempre había una rabia y una amargura subyacentes, justo bajo la superficie, que lo impregnaba todo, especialmente ahora, que no tenía nada más. Por eso sus libros habían sido tan sombríos, ya que intentaba exorcizar los demonios que la atormentaban, aunque nunca lo había logrado. El hecho de que su madre la desterrara y la obligara a entregar el bebé la había traumatizado de por vida.

—¿Lo sabía Carson? —le preguntó Hattie, con curiosidad. Siempre había tenido esa duda, pero nunca se había atrevido a preguntárselo. En su momento, su madre no le dijo a Hattie que Melissa se había ido de casa durante siete meses porque estaba embarazada, pero la propia Melissa se lo había contado cuando Hattie tenía dieciséis años. Melissa le había advertido con severidad que no dejara que le ocurriera lo mismo a ella. Hattie aún recordaba lo sorprendida que se había quedado cuando Melissa le contó toda la historia, cuando tuvo edad suficiente como para entenderlo...

—Por supuesto que lo sabía —le respondió Melissa—. Se lo dije después de que me propusiera matrimonio. Nunca me habría casado con él si no lo hubiera hecho partícipe de un secreto como ese. Y supongo que mi cuerpo solo daba para dos embarazos. Lo intentamos, pero nunca me quedé embarazada después de Robbie. Carson reaccionó muy bien cuando se lo conté. El bebé tendría dieciséis años cuando Carson y yo nos casamos, y me preguntó si quería intentar ponerme en contacto con ella. Me dijo que le gustaría que viniera a visitarnos. Lo intenté, llamé a San Blas, y hablé con la madre superiora, pero me dijo que no había forma de encontrarla. Todos los registros se quemaron en un incendio unos años después de que yo me fuera. Me dijo que no tenía ni idea de dónde había ido el bebé, o el nombre de las personas que lo adoptaron. Desde entonces he oído la misma historia en boca de otras mujeres, e incluso leí un libro sobre ello. Ponía al descubierto las prácticas de esos conventos y hogares para madres y bebés en Irlanda e Inglaterra. Lo escribió un periodista que había perdido la fe en el catolicismo. A finales de los años cuarenta había muchos conventos como ese en Irlanda. Eran fábricas de bebés en aquella época. El mío fue probablemente uno de los últimos. Cuando las buenas chicas católicas de familias respetables se metían en problemas, la Iglesia les ofrecía una solución perfecta. Íbamos a Irlanda durante el embarazo, desaparecíamos de nuestras casas y escuelas, y dejábamos a los bebés con ellos, lo que facilitaba las cosas para nuestros padres, y las monjas daban a los bebés en adopción a parejas americanas ricas, e incluso a estrellas de cine. Los padres adoptivos hacían grandes donaciones a la Iglesia, y todo el mundo quedaba contento, excepto las chicas que entregaban a sus bebés cuando eran demasiado jóvenes como para tener voz en ello o considerar otras opciones. Los padres adoptivos conseguían lo que la gente llama hoy «bebés de diseño», nada de drogas ni de chicas que vinieran de malos hogares, todas eran católicas blancas de clase media y alta. Los padres de las chicas embarazadas que podían permitírselo pagaban al convento una buena suma de dinero por nuestra manutención, y luego los padres adoptivos pagaban una fortuna a cambio de bebés blancos y sanos procedentes de familias decentes.

»Cuando yo estuve allí la chica más joven tenía trece años. Me dijo que su tío, el hermano de su madre, la había violado. Sus padres dijeron que estaba pasando un año en un internado, que fue lo mismo que mamá les dijo a sus amigos. Les explicó que mis notas habían empeorado porque estaba loca por los chicos, así que me habían enviado a un buen colegio en Irlanda durante un año, y que me había convertido en un ángel cuando volví a casa. Solo hubo un único chico. Lo amaba. Y solo tuvimos sexo una vez. Estábamos demasiado asustados para hacerlo de nuevo, pero me quedé embarazada aquella primera vez. Sus padres lo enviaron a una escuela militar en Mississippi, y después a Annapolis para estudiar en la universidad. Nunca más supe de él. No volví a tener relaciones sexuales hasta mi tercer curso de universidad en Columbia, cinco años después. Estaba demasiado traumatizada para salir con alguien. El padre del bebé y yo éramos unos niños. Él tenía incluso más miedo de sus padres que yo de los nuestros. Lo mandaron fuera dos días después de que les comunicara la noticia. Se escapó para decírmelo. La escuela a la que iba parecía una prisión militar. Su padre era un oficial de la Marina retirado. Nos trataron como a criminales. Creíamos que estábamos enamorados, pero ¿quién sabe lo que significa el amor a los dieciséis años? Mamá y papá también se deshicieron de mí muy rápido.

—Ya me acuerdo —dijo Hattie mientras lloraba por su hermana.

—San Blas fue una pesadilla, peor de lo que me temía. Y las monjas lo tenían todo preparado para la adopción antes de que yo diera a luz. No me dijeron nada sobre la familia, solo que eran «gente encantadora» y que la iban a llamar Ashley. Estaban en el convento, esperando, cuando la tuve. En el momento en que la comadrona la sacó se la llevaron de la habitación. Dijeron que sería un pecado dejarme sostenerla y alegrarme de lo que había hecho. Nunca pude tenerla en mis brazos y solo pude verla envuelta en una manta mientras una de las monjas se la llevaba. —Melissa había soñado con ese momento durante años—. Nunca me permitieron conocer a los padres adoptivos. Se quedaron con ella una semana en un hotel de Dublín y después volvieron a Estados Unidos.

Nunca supe en qué ciudad vivían. No supe nada de ellos, excepto que eran americanos.

»Había setenta u ochenta chicas en la escuela, de todas partes de Estados Unidos, y una chica de París que lloraba todo el tiempo. Tenían en las instalaciones dos monjas que eran comadronas, así que nunca salíamos del convento, ni siquiera para dar a luz, a menos que una tuviera gemelos, o que algo fuera mal durante el parto; entonces las llevaban al hospital. Nos trataban como a criminales, chicas malas que necesitaban ser castigadas, y nos hacían trabajar como esclavas. No había asesoramiento ni terapia. Solo nos quedábamos allí el tiempo que duraba el embarazo, íbamos a clase por las mañanas para no perder el curso cuando volviéramos a casa, y trabajábamos durante el resto del día. Cuando nacían los bebés, nos enviaban a casa dos semanas después, con el corazón roto para siempre.

—He leído en alguna parte que la Iglesia empezó a ponerse nerviosa con este asunto. Cuarenta o cincuenta años de adopciones a altos precios, que debían de haber reportado una fortuna, dadas las donaciones que aceptaban a cambio de recién nacidos sanos para ser adoptados. Las monjas cubrieron sus huellas quemando todos los registros, para que nadie pudiera encontrar a los bebés que habían dado en adopción. Se borró todo rastro de ellos, incluidos los nombres de las personas adineradas que los habían adoptado.

—San Blas todavía existe, lo he comprobado. Ahora es un hogar para monjas ancianas y retiradas. Ya no se dedican a las adopciones. A nadie en la Iglesia le gusta hablar de ello, pero de vez en cuando se oyen comentarios. La mayoría de las chicas que fueron allí estaban demasiado avergonzadas para hablar de ello, incluso ahora, años después. Y probablemente los hombres con los que se casaron más tarde no saben nada de esto.

Melissa parecía desolada mientras le contaba a Hattie los detalles que no le había contado hasta entonces. Hattie se sintió profundamente conmovida por sus palabras. Era una historia horrible si lo que decía era cierto y Hattie no dudó de que todo fuera verdad. La hizo casi sentirse culpable por ser monja, pero a veces ocurrían cosas difíciles de explicar o justificar, incluso en la Iglesia. Y también creyó lo que le había dicho Melissa, que lo habían encubierto. Ella misma había oído hablar de algunos de esos conventos y hogares para madres y bebés. Habían cumplido una función en el pasado, pero ya no tenían sentido en el mundo de hoy, que era más abierto.

—Nunca perdoné a mamá por aquello, creo que seguiría sin hacerlo, incluso si estuviera viva —dijo Melissa con la voz rota. Hablar de ello le había desgarrado de nuevo el corazón.

—Las monjas probablemente tenían buenas intenciones, y en los primeros tiempos realizaban un trabajo necesario. Lo que me parece mal es que ganaran dinero con ello, aunque todo fuera para la Iglesia. Y que destruyeran los registros. Pero en aquella época, la gente no buscaba a los bebés que habían entregado ni a sus padres biológicos. Eso es nuevo, incluso en las adopciones por parte del Estado. Esos registros solían ser confidenciales, y nadie podía obtener esa información, hasta que se cambiaron las leyes —dijo Hattie en voz baja.

—Quemar los registros era una forma de que fueran confidenciales para siempre —dijo Melissa con amargura—. Desde entonces no puedo ni ver a las monjas. Dejé de creer en Dios, y dejé de ir a la iglesia cuando volví a casa. Mamá no se atrevió a obligarme a ir. Papá se comportaba como si no supiera nada, y mamá cayó enferma unos meses después de mi regreso, así que nunca hablamos de ello. Tú y Carson sois los únicos que lo sabéis.

—¿Crees que podrías averiguar algo si fueras tú misma a Irlanda? Alguna monja anciana podría recordar algo. Es una posibilidad remota, pero podría valer la pena —sugirió Hattie.

—Cuando las llamé, la madre superiora me dijo que no quedaba ninguna de las antiguas monjas. Fue hace treinta y tres años, y todas están muertas, retiradas o reasignadas a otros destinos desde hace años. Ha habido cuatro madres superioras desde entonces y ninguna de ellas quiere hablar de ello o recordarlo. Parecían comprensivas, pero se pusieron muy nerviosas cuando las llamé. No creo que volver allí ahora cambie las cosas. Durante treinta y tres años he estado intentando aceptarlo. Casi lo he conseguido, pero no del todo. Todavía no he perdonado a mamá, pero ¿de qué me serviría eso? Ahora que Robbie está muerto, me gustaría saber dónde está mi hija, solo para conocerla y asegurarme de que tiene una buena vida. Ya no le sirvo como madre ahora, es adulta, y probablemente tampoco me habrá perdonado por haberla abandonado, pero he perdido dos hijos. Robbie, a quien adoraba, y una niña pequeña llamada Ashley a la que nunca conocí. Lo siento, y es posible que no seas capaz de entenderlo, pero no pude soportar que te metieras a monja. Cada vez que te veía solo podía pensar en las monjas de San Blas. Te convertiste en una de ellas. Es agradable verte sin el hábito ahora. Vuelves a parecer tú misma. Nunca pude entender por qué querías formar parte de todo eso. Todavía me siento traumatizada cuando veo una monja. Afortunadamente, ya no las veo a menudo.

—La mayoría de las órdenes ya no llevan hábito. Siento que hayas pasado por todo eso y que yo empeorara las cosas —dijo Hattie con profundo pesar.

—¿Por qué lo hiciste? —Melissa parecía desconcertada—. Eras una niña tan feliz. ¿Por qué querías esa vida? Nunca fuimos demasiado religiosos, excepto mamá.

—Pasaron cosas que me hicieron pensar que era la opción correcta, la única opción, en ese momento. Es difícil de explicar.

—Eras una buena actriz. Tenías talento. Justo cuando empezabas a tener oportunidades, lo dejaste.

—A veces, las carreras que elegimos cuando somos jóvenes no son las adecuadas. Tú dejaste de escribir y tenías mucho más talento que yo. Cuando fui a Los Ángeles, me di cuenta de que la interpretación y Hollywood no eran para mí.

—Eso es distinto. No podía escribir después de la muerte de Robbie. Sentir las cosas era demasiado doloroso. Quería insensibilizarme. Tienes que sentirlo todo para ser un buen escritor. No puedes huir de la verdad. Y después de lo de Robbie, de saber que se había ido y que nunca volvería a tenerlo en mis brazos, la verdad era demasiado dolorosa. Dejé de sentir algo por Carson, o por cualquier otra persona. Por eso nunca lo culpé por tener una aventura. Durante mucho tiempo, necesité dejar de sentir cualquier cosa.

—¿Y ahora? —le preguntó Hattie, preocupada por ella.

—Amo mi hogar, y me alegro de volver a verte —confesó. No le había abierto la puerta de par en par, pero sí una rendija, y por ahora eso era suficiente—. Y sentada aquí así, no pareces una monja, solo la hermana con la que crecí.

—Gracias por dejarme venir —dijo Hattie, profundamente conmovida por la franqueza de Melissa.

—Creo que necesitaba verte. Ha sido muy extraño. El incendio que casi destruye mi casa fue provocado por un pirómano. Cuando me enteré, lo odié con todas mis fuerzas. Quería que se pudriera en la cárcel por lo que había hecho. Fui a ver la vista, como si fuera un ahorcamiento público, y todo lo que vi fue a un chico aterrorizado de diecisiete años que ha tenido una vida terrible y que probablemente esté muy enfermo. No era el monstruo que esperaba encontrarme, y mientras me alejaba del juzgado, me di cuenta de que lo había perdonado. Tiene problemas mayores que mi odio, y lo más seguro es que nunca tenga una vida adecuada ni en un psiquiátrico ni en la cárcel. Odiarlo era una carga demasiado pesada, y me di cuenta entonces de que quería verte, y de que no podía culparte siempre por haberte metido a monja. No formabas parte de lo que pasó en San Blas. No puedo culparte por eso. Y si eres feliz con la vida que has elegido, aunque yo no la entienda, me alegro por ti, y me parece bien. —Se cruzaron una mirada tierna, mientras Hattie extendía la mano y tocaba a su hermana.

—También soy enfermera, no lo olvides. Me encanta el trabajo que hago en el hospital. Mis mejores años fueron en el orfanato de Kenia. Tal vez para mí aquello fue un poco como esta casa para ti. Estar allí curó muchas de mis viejas heridas. Me gustaría volver algún día, si me enviaran. Pero por ahora estoy satisfecha con lo que hago. Y tal vez podamos vernos de vez en cuando. —Hattie lo decía de verdad. La había echado mucho de menos.

—¿Quieres quedarte esta noche? —le preguntó Melissa amablemente, y Hattie respondió con pesar.

—No puedo. Prometí que volvería, y mañana tengo guardia en el hospital. Andan escasos de personal y no puedo fallarles. —Melissa asintió y se hizo cargo de la situación. Estaba agradecida por el tiempo que habían compartido.

—La próxima vez. Quiero que vuelvas a venir —añadió Melissa—. Pero nunca voy a convertir esto en un convento de retiro —dijo y ambas se rieron.

Había sido un día importante para las dos y Hattie comprendió cosas que nunca había entendido del todo. Le horrorizó la historia de Melissa sobre el convento de Irlanda donde había dado a luz a su primer bebé y lo había abandonado. Hattie sospechaba que esa historia perseguiría a Melissa hasta el día de su muerte. Le habría gustado poder hacer algo al respecto, pero era demasiado tarde. Melissa había perdido a sus dos hijos y tenía que encontrar la manera de vivir con ello. Parecía que lo había conseguido, pero eso la había marcado profundamente, al igual que los acontecimientos de la vida de Hattie la habían marcado a ella. La vida era así, y ambas lo sabían. Las viejas heridas se curaban con el tiempo, pero las cicatrices permanecían. Y Melissa estaba profundamente marcada por el bebé que había abandonado cuando tenía dieciséis años. No se sentía culpable por la muerte de Robbie, habían hecho todo lo posible por él y su final había sido un cruel giro del destino. Pero se sentiría siempre culpable por haber renunciado a una niña llamada Ashley y haber permitido que las monjas se la llevaran y la vendieran a unos desconocidos. Su madre lo había permitido para no sentirse avergonzada delante de sus amigos. Había cosas que Melissa nunca podría perdonar, y Hattie también había pagado un precio por ello. El profundo odio que Melissa sentía por las monjas las había separado durante años.

Pasaron el resto del día paseando por la finca, y se sentaron en el borde del arroyo, con los pies metidos en el agua fresca. Melissa le sirvió un abundante almuerzo, y le preparó fruta, algo para picar y un sándwich para el viaje de vuelta.

Se abrazaron en serio por primera vez en años. Habían aclarado las cosas, en la medida de lo posible, y ya no se culpaban mutuamente de las decisiones que habían tomado y de las cosas que no habían hecho. Algunas no podían evitarse. De diferentes maneras, el fervoroso catolicismo de su madre las había marcado a ambas. Pero a pesar de todo, seguían queriéndose.

Melissa se detuvo en la entrada y saludó con la mano mientras Hattie se alejaba. Había sido un día perfecto para las dos, se habían resuelto algunos viejos misterios y se habían deshecho de fantasmas.

Hattie la vio en el espejo retrovisor mientras se dirigía a la carretera y la saludó. Melissa estaba allí, todavía fuerte y alta y hermosa, como siempre lo había sido, sin importar lo mal que lo hubiera pasado, o las cicatrices que arrastrase. En todos los aspectos importantes, no había cambiado. Seguían siendo hermanas. Solo había una cosa que a Hattie le gustaría hacer por ella ahora. Parecía imposible, pero tal vez no lo fuera. Mientras conducía de vuelta a Nueva York, pensando en todas las cosas que su hermana había hecho por ella cuando eran jóvenes, supo que tenía que intentarlo, por imposible que pareciera

4

Hattie se había convertido en la hermana Mary Joseph durante los últimos dieciocho años, cosa que Melissa seguía ignorando. Sus amigas en el convento la llamaban Mary Joe, y los más cercanos a ella simplemente Joe, pero su vida en el convento no existía para Melissa. Hattie pensó en su hermana mayor constantemente durante la semana posterior a su visita, y le envió un correo electrónico diciéndole lo bien que lo había pasado y lo mucho que significaba ese encuentro para ella. Melissa respondió calurosamente por primera vez en años.

Las confidencias que se habían hecho las habían aproximado, y le habían revelado a Hattie cosas que desconocía sobre Melissa. Sabía lo del bebé que había dado en adopción, pero nunca había sido consciente del infierno por el que su hermana había pasado mientras estuvo fuera, ni de que todavía lloraba a la niña treinta y tres años después, y que lamentaba profundamente haberla dado en adopción. No tenía ni idea de que Melissa se había puesto en contacto con el convento, y que encontrarla ahora estaba fuera de toda esperanza, con el encubrimiento que había destruido todos los registros. A Hattie no le gustaba cómo sonaba esa historia, y esperaba que no fuera tan mercenaria y siniestra como pensaba Melissa. No parecía algo de lo que la Iglesia pudiera sentirse orgullosa.

De alguna manera, el temor a perder su querida casa en el reciente incendio había sido una cura de humildad para Melissa y la había hecho sentirse vulnerable de nuevo, algo que no había sentido en mucho tiempo. Ahora se mostraba más abierta y agradecida de reencontrarse con su hermana, a la que había evitado ver durante casi dos décadas. Hattie se había mostrado tan dulce, amable e inocente durante su visita como siempre lo había sido, y Melissa pensó mucho en ella durante los días siguientes...

Hattie estaba atormentada por lo que había averiguado, y finalmente fue a ver a la madre superiora para hablar de ello. Tenía claro lo que quería hacer, pero no sabía si se lo permitirían. Parecía poco probable, pero ella era un miembro serio y comprometido de su comunidad religiosa, y nunca había pedido nada antes. Había entregado todos sus bienes mundanos a la Iglesia cuando ingresó en el convento, cosa que su hermana mayor desaprobó. Incluso había renunciado a lo poco que le quedaba de la herencia que le habían dejado sus padres. Había gastado una buena parte en la universidad, respetando la voluntad de sus progenitores, y en clases de interpretación para desarrollar su incipiente carrera de actriz. Pero renunció voluntariamente a lo que tenía cuando tomó los votos de pobreza, castidad y obediencia. Le quedaba un pequeño fideicomiso que no podía ceder a la Iglesia y que pasaría a Melissa o a sus herederos cuando Hattie muriera, y si Melissa no tenía herederos y fallecía antes que Hattie, solo entonces el dinero restante pasaría a la Iglesia. Hattie nunca había tocado un céntimo de ese dinero, que seguía intacto. Había redactado un testamento en el que dejaba esa pequeña cantidad a Robbie, y luego, tras su muerte, a Melissa, según las condiciones del fideicomiso, y a la Iglesia, si Melissa no la sobrevivía. Melissa no necesitaba dinero, pero era todo lo que Hattie podía dejarle en herencia. Esta nunca había solicitado sacar dinero del fideicomiso y quería que todo fuera para su hermana. Pero si la madre superiora le permitía tocar ese dinero ahora, sería una especie de regalo en vida para Melissa, y le daría un buen uso.

La superiora, la madre Elizabeth, era una mujer severa y estricta, pero era justa, y se preocupaba mucho por las monjas que tenía a su cargo. Las más jóvenes la temían y tenían miedo de los castigos que imponía por las infracciones graves, pero las monjas que llevaban más tiempo allí y estaban acostumbradas a su carácter la conocían mejor y la querían. Era un modelo para todas ellas; tradicionalista, pero también compasiva. Hattie no tenía ni idea de cómo reaccionaría a lo que tenía que decirle. Concertó una cita para reunirse con ella una mañana temprano, antes de salir para el trabajo. Hattie había estado pensando en el fideicomiso durante su viaje de vuelta a Nueva York después de ver a Melissa.

—La paz sea contigo —saludó la madre superiora cuando Hattie entró en su despacho. La madre Elizabeth la invitó a sentarse. Aquello hizo que Hattie se sintiera de nuevo como una novicia, o incluso como una postulante. Parecía preocupada, mientras la monja de más edad le sonreía—. ¿Qué puedo hacer por ti? —Se veían constantemente, pero todas las monjas estaban siempre ocupadas, la mayoría eran enfermeras o profesoras, y no recordaba que Hattie le hubiera pedido nunca verla. Observó en silencio la forma en que la hermana Mary Joseph acariciaba las cuentas del rosario en su cintura mientras hablaban.

—Me gustaría hacer un viaje, madre —dijo Hattie con voz temblorosa. Hacía años que no podía tomar sus propias decisiones y hacer lo que quisiera, y sabía que estaba pidiendo mucho.

—¿Un viaje? —La madre Elizabeth parecía desconcertada—. ¿Qué clase de viaje? ¿Un retiro de algún tipo? —Sabía lo mucho que la joven monja había disfrutado de sus años en África y se preguntaba si querría volver allí de visita. No le habría sorprendido. Tenía un don para tratar con los más pequeños, y había acogido a los niños desfavorecidos con los que había trabajado allí.

—No es un retiro, madre. Me gustaría ir a Irlanda.

—¿Para unas vacaciones? —El lugar la sorprendió. Tenían una casa en los Adirondacks donde todas pasaban dos semanas en verano. Nadaban, jugaban al tenis y daban largos paseos. Pero ninguna de las monjas iba a Europa de vacaciones, y menos por su cuenta. Y no se trataba de una peregrinación a Lourdes, Jerusalén o Roma.

—Tampoco son vacaciones. —Hattie se dio cuenta, con el corazón encogido, de que no habría forma de convencer a la madre superiora a menos que le contara la verdad, la auténtica razón por la que quería ir—. Es una historia un poco larga. Es algo que quiero hacer por mi hermana. Ella me cuidó después de la muerte de nuestros padres. Yo solo tenía doce años y le debo mucho. A los dieciséis tuvo un bebé fuera del matrimonio. Nuestros padres, en realidad mi madre, la enviaron a Irlanda, a un convento de allí, para que tuviera el bebé y lo diera en adopción. Fue hace treinta y tres años. Al cabo de un tiempo, a los treinta y dos, se casó y tuvo un niño. Mi sobrino murió de un tumor cerebral hace seis años y mi hermana nunca se recuperó. Le dio la espalda a su matrimonio y a una carrera exitosa, y se encerró en sí misma. Hace dos semanas la vi por primera vez en seis años y hablamos del bebé al que renunció. —La hermana Mary Joseph no quería hablar mal del convento de Irlanda como lo había hecho Melissa, así que tenía cuidado con lo que decía. La madre Elizabeth era una firme defensora de la Iglesia y de sus hermanas monjas de todo el mundo.

—Muchas chicas jóvenes que se metían en problemas iban a Irlanda o a Inglaterra, a los hogares de madres y bebés, como los llamaban entonces, y desaparecían por un tiempo. Los conventos de allí estaban bien preparados para cuidar de ellas y se encargaban de las adopciones. A menudo era la mejor solución para las chicas y sus padres. Dejaban a sus bebés, volvían a casa y reanudaban sus vidas, sin que nadie supiera lo que había pasado —explicó la superiora—. Por lo que he oído, colocaban a los bebés en buenas familias. Los hogares ingleses para madres y bebés eran a menudo de propiedad privada y no se gestionaban con tanta responsabilidad.

—Eso es más o menos lo que le pasó a mi hermana en el convento en Irlanda. Pero ahora también ha perdido a su hijo, además de al bebé al que renunció. Intentó contactar con el convento, para ver si podía conocer a su hija, que ahora ya es una adulta de treinta y tres años, pero le dijeron que todos los registros habían quedado destruidos en un incendio. No tiene forma de saber dónde está su hija. Solo sabe que fue adoptada por americanos. Y que tenían pensado llamarla Ashley. Fue todo lo que le dijeron sobre ellos.

—Estoy segura de que las monjas de Irlanda que se encargaron de esas adopciones eligieron buenos padres para ella. Puedes estar segura de ello —insistió la madre superiora con los labios fruncidos.

—Incluso el Estado ha cambiado sus normas sobre no contactar con los niños que las mujeres dan en adopción. Muchas personas han encontrado a sus padres biológicos a través de internet. Pero no hay forma de que mi hermana pueda averiguar nada si los registros fueron destruidos. —Hattie no insinuó que Melissa creía que el incendio había sido intencionado, pero la madre superiora parecía sospecharlo.

—He oído esos rumores de que los registros fueron destruidos. Creo que las monjas a cargo de esos conventos pensaron que lo mejor era dejar el pasado enterrado. En aquella época, mucha gente ni siquiera les dijo a sus hijos que eran adoptados. Y muchas de aquellas jóvenes nunca dijeron a sus maridos ni a los hijos que tuvieron luego que habían dado un bebé en adopción cuando eran adolescentes. La verdad puede causar mucho daño.

—Mi hermana dice que se lo contó a su marido antes de casarse. Y ahora está sola. Creo que la ayudaría a recuperarse de sus pérdidas si yo pudiera averiguar algo sobre su hija y así tranquilizarla. Madre, me gustaría ir a Irlanda y visitar el convento donde mi hermana entregó al bebé, cerca de Dublín, y tal vez a alguno de los otros conventos, para ver si se ha conservado algún registro o alguna de las monjas recuerda algo sobre ella.

—Es una aguja en un pajar, hermana Mary Joe —dijo la madre superiora con una mirada de desaprobación—. Y si descubrieras algo, ¿qué pasaría si eso perturbara la vida de su hija cuando apareciese su madre biológica? Los registros se destruyeron por una buena razón y, sin duda, tras haber reflexionado mucho sobre ello.

Hattie se preguntó qué estarían pensando ahora. ¿Tenía razón Melissa? ¿Solo habían destruido los registros para proteger a la Iglesia? Melissa había llamado a esos conventos «fábricas de bebés», administrados con fines de lucro, no solo con la buena intención de proporcionar recién nacidos a parejas sin hijos para que los adoptaran. Todas las parejas adoptantes habían sido ricas, según le contó su hermana, y una gran cantidad de dinero había acabado en manos de la Iglesia. Pero Hattie no le dijo eso a la madre Elizabeth, porque sabía que la rechazaría. No quería causar problemas a los conventos. Todo lo que quería era ayudar a su hermana a encontrar al bebé al que había renunciado, cosa de la que se había arrepentido toda su vida. O al menos, averiguar algo sobre dónde había ido el bebé.

—No me propongo contactar con mi sobrina, si tengo la suerte de averiguar dónde está o adónde ha ido. Solo quiero encontrar la información. Después dependerá de mi hermana. Puede que no tenga el valor de contactar con ella, pero al menos sabrá algo sobre su hija, quién la adoptó y dónde creció.

—No estoy segura de que sea una buena idea traer a los fantasmas del pasado —siguió la madre Elizabeth. Pero podía ver la angustia en los ojos de Hattie y lo mucho que se preocupaba por su hermana—. ¿Y cómo te propones pagar el viaje? No tenemos fondos para algo así, y no puedo justificarlo ante el obispado en nuestras cuentas. Supongo que tu hermana estaría dispuesta a afrontar el gasto.

Hattie negó con la cabeza.

—Ella no sabe que quiero ir. No quiero darle esperanzas y luego decepcionarla si no consigo encontrar nada.

—Lo cual es más que probable —le recordó la madre Elizabeth.

—Me queda un pequeño fideicomiso de mis padres. No he podido transferirlo a la Iglesia. Tuve que seguir las condiciones que se estipulaban. Lo dejé a beneficio de mi sobrino cuando hice los votos, y a mi hermana, si le ocurría algo a él. Nunca he tocado ese dinero, y podría cubrir el viaje.

—¿Y cuánto tiempo te llevaría?

—Quizá unas semanas. Podría ir cuando todas las hermanas vayan a la casa del lago en los Adirondacks, si usted lo permite. —La madre superiora permaneció sentada en silencio durante varios minutos, pensando, mientras Hattie esperaba, rezando para que viera con buenos ojos la petición.

—Esta es una propuesta muy inusual, hermana. Tendría que enviarte sola. No puedo prescindir de nadie para ir contigo. Necesitamos a todas las hermanas para ayudar a las más ancianas en el lago. Y no hace falta que te recuerde lo rápido que está dispuesta la gente a criticar a la Iglesia, injustamente. Se han contado historias sobre esos conventos, tratando de difamarlos, alegando que había codicia y beneficio de por medio. Estoy segura de que eso no es cierto. Solo gente agradecida que dona honradamente a la Iglesia. No quiero que te veas envuelta en ninguna polémica ni que confundas nuestros motivos con los suyos. Las monjas que dirigían los conventos que acogían a esas jóvenes prestaban un afectuoso servicio a todos los interesados, hogares para los bebés que nadie quería, y un lugar donde las madres solteras podían refugiarse, para salvar su reputación y la de sus familias. Las parejas que no podían tener hijos propios volvían a casa con un bebé en brazos, y les daban un futuro estable y una buena vida. Los motivos eran totalmente limpios. Pero también comprendo tu deseo de ayudar a tu hermana a encontrar el camino de vuelta desde un lugar muy oscuro. Perder a su hijo debió de ser desgarrador para ella. ¿Se recuperó su matrimonio?

Hattie sacudió la cabeza como respuesta.

—Su marido la dejó y se casó con otra mujer. Ella no luchó por conservar su matrimonio. Estaba paralizada por el dolor en aquel momento, y ahora está sola. —Hattie tenía la sensación de que, si Melissa se hubiera vuelto a casar, la madre Elizabeth no habría visto con buenos ojos la petición. No quería dar cabida a la curiosidad o a un capricho, pero estaba dispuesta a ayudar a curar el corazón roto de una madre que había perdido tanto a su marido como a su hijo. Y tal vez, como Hattie esperaba, esto podía ayudar a su hermana, aunque nada le devolvería al hijo que había perdido ni recuperaría el tiempo que no había pasado con la hija a la que había renunciado. Pero quizá la verdad fuera una liberación para su corazón dolorido. Era la única razón por la que la madre Elizabeth podría permitir que la hermana Mary Joseph se fuera.

La madre superiora se mostró severa por un momento.

—Preferiría que no hablaras de esto con nadie, hermana. Diremos que vas a realizar una misión para la orden, y que te enviamos a visitar un convento en Irlanda para llevarla a cabo. Cualquier cosa que descubras, no debes hablarlo con las hermanas de aquí cuando regreses. Se trata de una misión personal, lo cual es muy poco frecuente. Pero sé lo mucho que trabajas en el hospital, lo mucho que haces por nuestra comunidad, y los milagros que hiciste salvando vidas de niños en el hospital de Kenia. No volveré a dar mi consentimiento a algo así. ¿Entendido?

—Sí, madre —dijo obediente. Su corazón latía con fuerza en su pecho. No sabía cómo lo había hecho, pero la había convencido y había conseguido la aprobación para el viaje.

—Y cualquier cosa desagradable que descubras, si eso es lo que ocurre, queda entre nosotras. Puedes irte cuando nos traslademos a la casa del lago, y te quiero de vuelta dentro de dos semanas, tres a lo sumo. Y espero que me informes periódicamente mientras estés fuera. No te quedes vagando por Irlanda como un espíritu libre. Debes alojarte en los conventos que visites, no en los hoteles de la zona. Te daré una carta firmada por mí, dando el visto bueno a tu misión, pero sin explicar de qué se trata. Recuerda quién eres y dónde están ahora tus lealtades. Nosotras somos tu familia. Te embarcas en una misión por piedad hacia tu hermana. Pero ella ya no es tu vínculo principal. Somos Hermanas en Cristo, como lo eres también con las monjas de los conventos que vas a visitar. Debes permanecer leal a ellas también. Esta no es una misión de investigación, con el fin de criticar lo que sucedió en aquellos conventos hace mucho tiempo. Estás buscando información sobre la hija que tu hermana dio en adopción, y eso es todo. Tenlo en cuenta cuando vayas.

—Sí, madre, así lo haré.

Pero, por lo que había dicho, Hattie dedujo fácilmente que la madre superiora también había oído cosas sobre esos conventos. La mayor parte había ocurrido antes de ser nombrada madre superiora, pero todavía debían seguir funcionando cuando ella era joven en la orden. Con independencia de la pureza que debieran representar, siempre había rumores y cotilleos en la Iglesia. Incluso aquellos que se dedicaban a la vida religiosa eran también humanos. Los rumores resultaron ciertos cuando se trató de los sacerdotes culpables. Hablar era parte de la naturaleza humana. Y ni siquiera los conventos estaban exentos de los chismes. De hecho, a veces era todo lo contrario. Y se había rumoreado sobre los hogares de madres y bebés durante años.

Hattie salió del despacho unos minutos después, y casi se puso a volar. Besó la mano de la madre superiora antes de abandonar la habitación y se le dibujó una ancha sonrisa en los labios durante todo el trayecto hasta el trabajo. No tenía a nadie a quien contárselo. No quería que Melissa supiera lo que estaba haciendo, por si no descubría nada más que lo que su hermana ya sabía. Y había prometido no decírselo a sus compañeras. Solo ella y la madre superiora sabrían lo que estaba haciendo.

Aquella noche, durante la cena, las monjas estuvieron hablando de sus próximas vacaciones en el lago, y Hattie dijo en voz baja que no podía ir. Les contó que la madre superiora la enviaba a una misión durante el tiempo que ellas estarían allí y todas las demás lamentaron que se perdiera las vacaciones, al tiempo que elogiaron el sacrificio que había aceptado realizar. Hattie se sentía culpable por haberles mentido, pero estaba encantada de ir. Y rezaba por encontrar algo que aliviara el doloroso corazón de su hermana después de tantos años.

Al día siguiente llamó al banco y se identificó como Harriet Stevens, lo que le resultó extraño. No había usado ese nombre en dieciocho años. Explicó que necesitaba retirar dinero de su fondo fiduciario. La cantidad de la que podía disponer en vida había estado acumulando intereses durante años. Se sorprendió al saber que ese dinero había aumentado considerablemente. No era una gran fortuna, pero era más que suficiente para el viaje, y mucho más. El banquero le preguntó si quería ponerlo en una cuenta corriente o de ahorros, pero ella no tenía ninguna de las dos cosas. Siendo monja no necesitaba una cuenta bancaria, y además no se le permitía tener una. Aceptó ir al banco y abrir una cuenta corriente, y transferir parte del dinero que utilizaría para pagar el billete de avión y tener efectivo para los gastos del viaje. Tenía previsto ser frugal y, de todos modos, se alojaría en conventos, por lo que no tendría que pagar comidas u hoteles.

En la época en que las hermanas partieron hacia el lago —lo que no estaba exento de complicación porque varias monjas ancianas iban en silla de ruedas, y las más jóvenes estaban entusiasmadas ante la idea de nadar, pescar y jugar al tenis durante dos semanas—, Hattie estaba ya preparada para iniciar su viaje. A excepción de las monjas de mayor edad, todas prescindirían de sus hábitos durante el tiempo que durase su estancia vacacional. Hattie también planeaba usar ropa ordinaria en su viaje por Irlanda.

Tenía la maleta preparada la noche antes de que las demás se fueran. Llevó dos de sus hábitos por si las monjas de Irlanda fueran estrictas e insistieran en ello, pero lo demás era ropa normal, camisas sencillas, zapatillas de deporte y vaqueros, y una chaqueta por si hacía frío por las noches.

Al día siguiente, las ayudó a subir a los autobuses, y la madre superiora la estuvo mirando largo tiempo y le dio un abrazo.

—Cuídate, hermana Mary Joe. Y buena suerte. —Parecía sincera cuando lo dijo.

—Gracias, madre, por dejarme ir —le susurró Hattie.

En muchos sentidos, estar en el convento era una prolongación de su infancia, por eso se había refugiado allí tras sus primeras incursiones como actriz. Descubrió muy pronto que ese mundo no era para ella, y este era el más seguro que se le había ocurrido. No podía confiar en que su hermana la protegiera para siempre. Melissa nunca lo había entendido, pero a ella le convenía esta vida. Había renunciado a una carrera con la que había soñado, pero ser enfermera encajaba mucho mejor con su carácter. La orden había elegido bien por ella. Los últimos dieciocho años habían supuesto una vida gratificante de la que nunca se había arrepentido. Ahora le daba un poco de miedo pensar en volver a salir al mundo por su cuenta. Lo hacía por Melissa. Ninguna otra cosa le habría infundido el valor de viajar sola a Irlanda. Vivía completamente rodeada de mujeres, excepto por algunos sacerdotes, y eso era reconfortante. Con su hábito de enfermera en el trabajo, sabía que era casi invisible para los médicos del hospital y los pacientes masculinos a los que atendía. Se olvidaban de que era una mujer, una mujer atractiva. Ya no estaban obligadas a llevarlo cuando no trabajaban, los fines de semana, pero Hattie vestía un hábito almidonado de color blanco puro en el trabajo, y también lo había llevado en África. Y en casa se ponía vaqueros y camisetas en sus días libres. Aquella noche, al salir hacia el aeropuerto, se sentía desnuda yendo en vaqueros, camisa y chaqueta, con el pelo corto y pelirrojo. Ya no estaba acostumbrada a mezclarse con otras mujeres y no se veía así desde los veinticinco años.

Había comprado un billete en clase económica en una aerolínea *low-cost* para el vuelo a Dublín. Además, iría de convento en convento, por lo que no estaría sola en los hoteles. Así que se sentía relativamente segura a pesar de que era la primera vez que viajaba sin compañía desde que entró en la orden. Cuando fue a Kenia, había ido con un grupo de monjas enfermeras y las acompañaba un sacerdote. Y una vez en África, vivía dentro de los confines de una comunidad religiosa.

Se sintió extrañamente libre después de haber facturado, deambulando por el aeropuerto, esperando a embarcar en su vuelo. Había llamado a Melissa la noche anterior para avisarla de que iba a ausentarse durante unas semanas. Le contó que se iba a un retiro, algo que pareció molestar a Melissa.

—No te veo en seis años, ¿y ahora me abandonas para ir a un retiro?

—No estaré mucho tiempo —la tranquilizó Hattie, conmovida por que a Melissa le importara tanto. Habían vuelto a sentirse más unidas después de su visita a los Berkshires. Todo lo que Melissa había compartido con ella había dado como resultado este viaje. Y como había dicho la madre superiora, estaba en una misión, pero no el tipo de misión del que le había hablado a las otras monjas, o el retiro que le había mencionado a Melissa. Su misión era encontrar a Ashley, una aguja en un pajar, como había dicho la madre Elizabeth. Hattie rezaba para tener suerte, o para que ocurriera algún milagro y encontrar algún dato que diera paz al corazón y la mente de Melissa. Encontrar a Ashley, o algún rastro de ella, era lo único que le importaba. Esperaba acabar reuniendo a madre e hija. Ese sería el mejor regalo de todos, y el deseo más preciado de Hattie.

Cuando el avión despegó, rumbo a Dublín, su misión había comenzado. Cerró los ojos y rezó con todo su corazón y su alma para que fuera un éxito.

5

Cuando el avión aterrizó en el aeropuerto de Dublín, solo llevaba una maleta de mano. Se dirigió a la parada de autobuses para coger el que iba a Port Laoise, a una hora de Dublín, tal y como le habían indicado. Había intercambiado correos electrónicos con la oficina del convento de San Blas y habían accedido a dejarla pasar la noche ahí.

El paisaje era llano. Podría haber estado en cualquier lugar, y mientras hacía el trayecto se le ocurrió que era la misma carretera por la que había pasado su hermana cuando había ido a San Blas. Melissa, en aquel entonces una adolescente embarazada a la que habían desterrado de su casa y enviado a un país extranjero para dar a luz y entregar a su bebé, debió de sentirse aterrorizada. A Hattie le dolía el corazón al pensar en lo devastada que debía estar. Eso hizo que quisiera rodear a su hermana y abrazarla. Ella solo tenía diez años en aquel momento, y no podía entender por lo que estaba pasando Melissa, aunque la había oído discutir con su madre y sabía que estaba embarazada y que tenía que marcharse. La madre de Hattie le hizo jurar que no diría nada de lo que había oído.

Había visto a Melissa llorar desconsoladamente el día que se fue, rogando a sus padres que la dejaran quedarse. La cara de su madre mostraba severidad, y no dejaba de decirle a Melissa que era una deshonra. Cuando se hubo marchado, Hattie se fue a su habitación y también lloró. Iba a echar de menos a su hermana durante los siete u ocho meses que dijeron que iba a estar fuera, casi un curso escolar entero. Pero Melissa iría a la escuela en el convento de Irlanda, así que no perdería el curso. Era su tercer año de instituto. Melissa siempre había querido ir a la universidad en California, pero al final ingresó en Columbia para poder quedarse en casa y cuidar de Hattie. Su sueño de ir a California se esfumó cuando su madre y su padre murieron, con un año de diferencia. Su madre falleció de cáncer de estómago, y su padre de lo que el médico llamó «problemas de hígado». Años después, Hattie comprendió que eso significaba que era alcohólico. Lo había mantenido en secreto y Hattie nunca se lo imaginó, pero Melissa lo sabía. Lo veía beber por las noches, y su madre lo acusaba de ser una vergüenza y un fracasado, un marido inútil y un vago, cuando lo despedían de los trabajos una y otra vez, mientras la herencia de sus padres seguía disminuyendo. Todavía tenía lo suficiente para mantenerlas y pagar la escuela privada de sus hijas, pero a su madre le preocupaba que el dinero no durara para siempre. Hattie era consciente, ya desde niña, de que estar casada con su madre no podía ser fácil. Ella lo criticaba abiertamente y lo menospreciaba delante de las niñas. Eso hacía que Melissa la odiara aún más. Su padre procedía de una buena familia, pero nunca había tenido éxito en nada, tampoco trabajando en el sector bancario, y se había gastado casi todo su dinero. Dejó a sus hijas lo suficiente para salir adelante, si se administraban bien y no eran derrochadoras. Y les dejó una considerable póliza de seguro de vida que duró hasta que Hattie entró en el convento y los libros de Melissa empezaron a tener éxito. Después de eso, el dinero del seguro se acabó, salvo los pequeños fideicomisos que ambas hermanas habían recibido, y que Hattie todavía conservaba y nunca había tocado hasta ahora.

Su madre procedía de un entorno mucho más modesto, y sus padres no le dejaron nada cuando murieron en un accidente, por lo que tuvo que abandonar la universidad y ponerse a trabajar como secretaria. Pero era guapa y sexy, y llamó la atención del que sería su marido cuando ambos trabajaron en el mismo banco. La familia de su padre nunca la vio con buenos ojos, y eso la amargó todavía más. Aun así, a pesar de que él bebía y lo echaban de los trabajos, se las arregló para mantener a la familia con lo que quedaba de su herencia. No podía proporcionarles la vida fácil y los lujos que su mujer esperaba, pero ella nunca tuvo que trabajar desde que se casó. Además, habían heredado el piso de los padres de él en Park Avenue, donde vivieron hasta que Melissa lo vendió tras la muerte de sus padres y se mudó a un pequeño apartamento en el West Side con Hattie. Melissa había llevado bien las finanzas.

Su padre era un hombre bondadoso, pero bebía mucho por las noches y, cuando no tenía trabajo, durante todo el día. Mientras sus padres vivían, Hattie se escondía en la habitación que compartía con su hermana para no tener que oír a sus padres pelearse. Pero Melissa lo sabía todo. Su madre culpaba a su padre del embarazo de su hija y le decía que si hubiera sido un mejor padre, hubiera controlado mejor a sus hijas y hubiera estado sobrio, eso no habría ocurrido. Melissa intentó decirle que no era culpa suya. Ella solo buscaba el amor, pero él se negó a hablar con su hija del tema y dejó que su mujer decidiera qué hacer al respecto. Pagó para enviarla fuera y, cuando volvió, actuó como si no hubiera pasado nada. Su madre le dijo a Melissa que era culpa suya que hubiera contraído un cáncer de estómago, por toda la preocupación y la vergüenza que le había causado. La gente cuchicheaba sobre ellos, por la forma de beber de su padre. Y hasta el último día, culpó a su marido y a su hija mayor de su enfermedad. Él murió menos de un año después, y estuvo en coma el último mes de su vida, tras una gran borrachera, así que las niñas nunca pudieron despedirse de él ni decirle que le querían. De adulta, Melissa sentía que el propio veneno de su madre la había matado. Había sido una mujer amargada, infeliz e insatisfecha toda su vida. Melissa escribió sobre ella en sus libros, y sobre el padre débil que se había rendido y había muerto. Las dos hermanas sentían pena por su padre. Había sido un hombre atemorizado, decaído y triste, un fracasado en la vida y a ojos de su mujer. Eso había convertido a Melissa en una luchadora, y había hecho que Hattie anhelara un refugio seguro, que había encontrado al fin cuando tomó los votos. Nada podía tocarla en el convento.

Cuando llegaron a la terminal de autobuses, Hattie tomó un taxi para ir a San Blas, que se perfilaba en la oscuridad como la prisión que Melissa había descrito. Aquello hizo que Hattie se estremeciera. No podía ni imaginar lo que debió de sentir su hermana —una adolescente asustada que se encontraba lejos de casa por primera vez, y que en los meses venideros tendría que enfrentarse a terrores y agonías desconocidos— tantos años atrás.

La cena ya se había servido cuando Hattie hizo sonar la campana del convento. Una monja anciana que se apoyaba en un bastón salió a recibirla. Tenía una sonrisa amistosa. Hattie le explicó quién era, y la anciana monja pareció sorprendida.

—Creí que eras monja.

—Sí, hermana, lo soy. Lo siento. Ahora la mayor parte del tiempo ya no llevamos el hábito. Lo tengo guardado en mi maleta.

—Las cosas deben de ser muy modernas en América —dijo y anduvo cojeando por los oscuros pasillos mientras Hattie la seguía—. Sube las escaleras, tercer piso, primera habitación a la derecha. La puerta está abierta. El aseo está al final del pasillo. Celebramos la misa a las cinco y media; el desayuno a las seis y cuarto en el refectorio.

—Gracias, hermana —respondió Hattie, mientras subía las escaleras con su bolsa.

Parecía un escenario perfecto para una historia de fantasmas o una película de terror. La habitación era sombría y estaba vacía cuando entró y suavemente cerró la puerta tras ella. El lugar era tan lúgubre como Melissa lo había descrito, aunque contó que las chicas vivían en dormitorios, hasta veinte en una sola habitación, y Hattie se preguntó si esos dormitorios aún existían. Ahora era un hogar para monjas ancianas, y Hattie dudaba de que las alojaran en dormitorios, sino más bien en celdas como la que ella ocupaba.

Esa noche se acostó en la cama, pensando en su hermana. Ya no le sorprendía lo enfadada que había estado con su madre y lo amargada que desde entonces la había dejado aquella experiencia. Había sido una joven feliz antes de aquello, aunque algo introvertida y estudiosa, y volvió siendo una mujer airada, que hervía de rabia contra su madre.

Hattie puso la alarma del despertador que se había llevado a las cinco de la mañana, y cuando el sonido la despertó, se duchó y se vistió con su hábito. Aunque estaban en agosto, el convento era húmedo y frío. Solo había otras dos monjas en su piso. Llegó a la misa puntualmente a las cinco y media, se acomodó en un banco y observó en silencio a la comunidad de monjas que vivían allí, algunas de su edad, otras mucho más mayores y algunas jóvenes de aspecto serio, unas treinta y cinco en total. Las monjas más ancianas que vivían en el convento estaban exentas de asistir a misa a esa hora, y eran muchas, según le dijeron.

Desayunaron en silencio en el refectorio, según la antigua tradición, muy diferente a lo que hacían en el convento donde vivía la hermana Mary Joseph. Ella estaba acostumbrada al parloteo de las conversaciones durante el desayuno, antes de que todo el mundo se apresurara a empezar su jornada de trabajo en las escuelas y los hospitales de la ciudad.

Tenía cita con la madre superiora de San Blas a las nueve de la mañana, y volvió a su habitación durante dos horas para rezar. Esperaba encontrar alguna información que le permitiera seguir el rastro de la hija de Melissa, pero la reunión fue desalentadora. La madre superiora era una mujer de unos sesenta años que solo llevaba dos años allí, y le contó que sabía poco sobre las adopciones que habían tenido lugar hacía tanto tiempo. Confirmó que no quedaba nada de los archivos, y le comunicó a Hattie que no había manera de recuperarlos ahora, ya que no se hicieron copias de los registros y documentos para proteger la privacidad de todos, incluida la de su hermana.

—No querían que se filtrara quién había estado aquí. Y los padres adoptivos también querían confidencialidad. A todos les convenía mantenerlo en secreto y deshacerse de los expedientes cuando ya no sirvieran para nada —dijo con firmeza, evidentemente persuadida de la necesidad del procedimiento.

—Pero ¿qué pasa con las chicas que querían saber qué había sido de sus bebés, o con los propios niños una vez se hicieron adultos? Es inhumano que no tengan forma de averiguar nada.

—Renunciaron a sus bebés y renunciaron a cualquier derecho a saber —respondió fríamente la madre superiora.

—Las madres eran también niñas y no tenían ni idea de cómo eso las afectaría más adelante. Creo que, en algunos casos, aquello arruinó sus vidas. ¿No quedan monjas que estuvieran aquí en esa época y que puedan recordar algo? —le preguntó Hattie, sintiéndose desesperada. La aguja en el pajar estaba resultando tan huidiza como ella había temido.

La madre superiora fue amable pero firme, y no le ofreció ninguna esperanza. Hattie se quitó el hábito y después se fue a dar un paseo para despejar la mente y pensar qué hacer a continuación. Tenía una lista con otros tres conventos que visitar, uno a solo dos horas de distancia, pero el de San Blas era donde Melissa había estado, y le frustraba no haber encontrado más pistas aquí. Tenía la esperanza de que alguna monja de los viejos tiempos pudiera haber sido transferida a uno de los otros conventos en los que se habían realizado adopciones, y que aún estuviera allí y recordara algo sobre Melissa y su bebé, y sus padres adoptivos. Era una posibilidad remota, como mínimo. Pero era todo lo que tenía para seguir, ya que no había información en San Blas.

Durante su paseo se adentró en el pueblo vecino. Todavía era temprano y las tiendas aún no habían abierto, pero la bibliotecaria estaba barriendo las escaleras de la biblioteca y acababa de abrir las puertas. Sin saber qué más hacer, Hattie entró y sonrió a la bibliotecaria cuando esta se acercó al mostrador después de barrer. Era una mujer alta y delgada, de rostro afilado, que miró a Hattie con desconfianza y la identificó de inmediato como una extraña. Parecía lo bastante mayor como para haber estado allí cuando San Blas era una fábrica de adopciones. Hattie decidió ser audaz y aprovechar la oportunidad, y se lanzó de cabeza.

—¿Llevas mucho tiempo trabajando aquí? —le preguntó Hattie, tratando de sonar desenfadada.

—Bastante tiempo. ¿Por qué quieres saberlo?

—Tengo curiosidad por San Blas —dijo Hattie, yendo al grano—. Una amiga de mi madre adoptó un bebé aquí.

—Mucha gente lo hizo. Americanos, sobre todo. Ricos, e incluso algunas estrellas de cine. Todo el mundo por aquí lo sabe. No es ningún secreto. —No, pero todo lo demás sí lo era—. Eres americana —añadió—. ¿La amiga de tu madre era una actriz de cine?

La pregunta hizo sonreír a Hattie.

—No, pero tenían dinero. Tengo entendido que la gente pagaba una fortuna a la Iglesia por esos bebés. —Mientras lo decía pudo ver cómo la bibliotecaria se irritaba.

—¿Eres periodista?

—No, no lo soy. —Pensó en decirle que era monja, pero decidió que era una mala idea.

—Cada pocos años, alguien emprende una caza de brujas a cuento de esas adopciones. Desde que esa traidora escribió un libro sobre el tema y dejó la Iglesia.

—¿Se ha escrito un libro? —le preguntó Hattie. El único que conocía era el que había mencionado Melissa, escrito por un periodista. Pero cuando Hattie había preguntado a su hermana por él, esta no recordaba al autor ni el título y dijo que lo había tirado.

—Es basura. Todo es mentira. Está prohibido por la Iglesia —respondió la bibliotecaria—. Era una de las monjas de aquí por aquel entonces, y luego les dio la espalda. No eres católica, ¿verdad? —le preguntó a Hattie en tono acusador.

—Sí, lo soy —dijo Hattie con sencillez.

—Entonces no deberías husmear lo que no te concierne y que ocurrió hace mucho tiempo, y tratar de vilipendiar a la Iglesia. Hicieron algo bueno por todas esas chicas desafortunadas y pecadoras, y pusieron a los bebés en buenos hogares. Eso es todo lo que importa. El resto no es asunto de nadie.

—¿Cómo se titula el libro? —insistió Hattie.

—*Se venden bebés.* Los católicos no pueden leerlo. Y un buen católico no querría hacerlo.

—Gracias —dijo Hattie educadamente, y salió de la pequeña biblioteca mientras la mujer la miraba con enfado.

Se adentró en el pueblo y se detuvo en una librería. Una joven estaba limpiando el polvo de los libros cuando Hattie entró y le preguntó si tenía un ejemplar del libro que había mencionado la bibliotecaria. Se preguntaba si estaría descatalogado. La chica le dijo que miraría en la trastienda y volvió unos minutos después con un ejemplar polvoriento. Sonrió con picardía.

—Se supone que no podemos tenerlo. Está prohibido por la Iglesia, pero al dueño le gusta tener libros como este en la trastienda. Creo que trata sobre algún escándalo de por aquí.

Después de pagarlo, Hattie lo guardó en el bolso y regresó al convento. Se sentó en el jardín a leer mientras las monjas más jóvenes llevaban a las ancianas en silla de ruedas al aire libre para que tomaran un poco el sol de la mañana. Hattie estaba tan absorta en el libro que apenas se fijó en ellas. El libro estaba escrito por una mujer llamada Fiona Eckles, y el texto de la contracubierta informaba de que se había cuestionado su vocación después de servir en San Blas como enfermera y comadrona, y que finalmente dejó la Iglesia. Decía también que ahora enseñaba literatura en la Universidad de Dublín. En la fotografía parecía tener más de sesenta años, si la foto era reciente. El libro se había publicado unos pocos años antes. La autora afirmaba que le había llevado años escribirlo. Las pocas páginas que Hattie leyó corroboraron lo que su hermana le había relatado sobre San Blas y las adopciones que tuvieron lugar allí.

Hattie llamó a información de Dublín desde el teléfono móvil que había adquirido en el aeropuerto. Consiguió el número telefónico de Fiona Eckles y le dejó un mensaje. Estaba haciendo la maleta cuando la autora la llamó y Hattie le preguntó si podía reunirse con ella para hablar de su libro. Fiona Eckles dudó un instante y le preguntó si era periodista. Hattie le dijo que no lo era, pero que su hermana había estado en San Blas a finales de los años ochenta.

—Estuve allí en aquella época, pero dudo que pueda proporcionarle mucha información. Ayudaba a dar a luz a los bebés, pero nunca tuve acceso a los registros ni a los nombres de los padres adoptivos. —Dijo que ya había recibido llamadas como esa, de mujeres desesperadas por saber dónde habían ido a parar sus bebés—. Mis compañeras monjas se encargaban de que no se pudiera seguir el rastro. Eso era parte del trato. Algunas de las parejas que adoptaban eran muy conocidas. Reconocíamos a las estrellas de cine, pero no a las demás. Fue un negocio en auge durante un tiempo. La Iglesia no quiere que nadie hable de ello. Si no me hubiera ido, probablemente me habrían excomulgado —dijo con una risa sarcástica—. No podía quedarme después de lo que había visto.

Hattie se preguntó si habría conocido a Melissa o si la recordaría. Llevaba con ella una fotografía de Melissa a los dieciséis años, por si acaso. Guardaba varias fotografías de ella y de sus padres en el convento de Nueva York.

Fiona aceptó reunirse con ella aquella misma tarde a las seis, en el vestíbulo de un hotel de Dublín. Después de la llamada, Hattie paseó por el convento para verlo mejor a la luz del día. Era tan lúgubre y deprimente como de noche. Dejó una nota para la madre superiora, agradeciéndole que le permitiera quedarse, junto a una pequeña donación para el convento. Recogió su maleta y llamó a un taxi para que la llevara a la terminal de autobuses.

Cogió un autobús hacia Dublín y se registró en un pequeño hotel con el tiempo justo para encontrarse con Fiona Eckles en el hotel Harding para tomar una copa. Se moría de ganas de conocerla y escuchar lo que tenía que decir. Se sintió ligeramente culpable por alojarse en un hotel, pero no tenía tiempo para contactar con un convento, a pesar de lo prometido a la madre Elizabeth.

Hattie reconoció fácilmente a la mujer por la fotografía del libro. Fiona Eckles llevaba el pelo corto y completamente blanco. Sus ojos azules estaban rodeados por líneas de expresión y tenía una sonrisa fácil. Parecía una persona feliz, no un alma torturada, y tenía un aire de abuela bien vestida con su traje de lino azul marino. Poseía una figura esbelta. Hattie pensó que podría tener setenta años, y nada en su estilo o comportamiento sugería que hubiera sido monja. Podría haber sido banquera o ejecutiva, aunque llevaba ya muchos años siendo profesora universitaria. Escribía obras de no ficción y había publicado un total de cuatro libros, todos ellos polémicos, el más reciente de los cuales trataba sobre sacerdotes descarriados. Había sido un éxito de ventas. Su estilo era sencillo, claro y directo.

—Espero poder ayudarte —dijo con amabilidad Fiona Eckles cuando se sentaron —, pero dudo que pueda hacerlo. Asistí a cientos de partos, tal vez miles, mientras estuve en San Blas. Los que no tenían complicaciones. Los casos de alto riesgo iban al hospital y los atendía un médico. Tenía muy poco contacto con las chicas hasta que se ponían de parto y no sabía nada en absoluto de los padres adoptivos, nunca los conocí. Excepto a las estrellas de cine, por supuesto. Varias actrices famosas adoptaron bebés allí. Todas las reconocíamos, y siempre se armaba revuelo cuando aparecía una. Sabíamos quiénes eran incluso cuando usaban nombres falsos.

—Mi hermana estuvo allí en 1988 —le contó Hattie tras las presentaciones iniciales. Pidieron dos copas de vino.

—Yo estaba allí entonces, ayudando a dar a luz a bebés noche y día.

—Mi hermana dice que era una factoría de bebés.

—No se equivoca —reconoció Fiona Eckles con un pequeño suspiro—. Al final, yo también pensaba eso. Las traían, las obligaban a trabajar y a ir a la escuela, entregaban a sus bebés y cobraban a sus padres una fuerte suma por mantener a las chicas allí durante varios meses. Luego se llevaban a sus bebés, cobraban una enorme suma a los padres adoptivos, para la Iglesia, por supuesto, y enviaban a las chicas a casa dos semanas después del parto como si nada hubiera pasado. Sin terapia, sin asesoramiento, simplemente atendían el parto y luego las echaban, mientras un montón de dinero cambiaba de manos, procedente de gente rica que no podía tener sus propios hijos. Supongo que se ajustaba a las necesidades de todos en aquella época. Pero yo hablaba con ellas cuando estaban de parto, y sé que muchas de esas chicas no querían renunciar a sus bebés; lo hacían porque era su única opción. Sus padres no las dejaban volver a casa hasta que lo hicieran. Una de ellas hizo una huelga de hambre y estuvo a punto de morir; se negaba a firmar los papeles, pero al final lo hizo. Todas lo hicieron. Me rompía el corazón ver sus caras cuando nos llevábamos a los bebés minutos después de haber dado a luz. Cuando podía hacerlo, al menos intentaba que las chicas los vieran y los cogieran en brazos. Nuestras órdenes eran llevarnos a los bebés inmediatamente, que no hubiera contacto entre madre e hijo, después de todo lo que habían pasado. Llevábamos a cabo partos naturales, así había menos responsabilidad para nosotras. Los padres adoptivos solían esperar en la guardería. A partir de ese momento, todo terminaba para las jóvenes madres. No tenían contacto con sus bebés, no tenían la posibilidad de cogerlos o despedirse de ellos. Fue muy traumático para la mayoría de las chicas. Probablemente para todas.

»Después de un tiempo, simplemente ya no podía hacerlo más, era demasiado doloroso de ver, peor que el parto. Dejé que las monjas enfermeras fueran quienes les quitaran a los bebés. Yo no podía hacerlo. Abandoné el trabajo de comadrona y la Iglesia cuando me fui. En cierto modo, también a mí me destruyó. Me recuperé, pero me llevó mucho tiempo, y nunca me perdoné por haber formado parte de ello. Teníamos órdenes muy estrictas sobre nuestros protocolos. Por eso escribí el libro. Quería concienciar a la gente, y quizá conseguir algún tipo de perdón. La Iglesia sostenía que prestábamos un servicio noble, pero nunca admitieron cuánto dinero ganaban. Creo que estaríamos aún más horrorizados si supiéramos lo que ganaron en todos esos años.

—¿Había también chicas de por aquí? —le preguntó Hattie.

—Muy pocas. Por lo general, sus padres no podían permitírselo. Había algunas que eran de la alta sociedad y aristócratas de Londres, alguna chica francesa, española o italiana, pero eran sobre todo americanas. Sus padres podían pagar más para enviar a sus hijas, y a los americanos que adoptaban les gustaba que los bebés fueran también americanos. Era principalmente un negocio para la Iglesia.

—¿Por qué quemaron los archivos? —le preguntó Hattie con voz triste. Odiaba pensar en aquello por lo que había pasado su hermana.

—¿Por qué crees tú? Para que no se pudiera contactar con nadie, para que nadie hablara. Los padres de las niñas no querían que nadie supiera que sus hijas habían dado a luz fuera del matrimonio. Y muchos de los padres adoptivos solían fingir que los bebés eran suyos. Desaparecían durante seis meses y luego reaparecían de repente con un bebé. Quemar los registros protegía a todos, incluida la Iglesia por lo que había hecho. Estuvieron haciéndolo durante décadas, mucho antes de que yo llegara allí, y cuando me di cuenta de lo que ocurría, y de cómo funcionaba todo, al final me di por vencida y me fui. Tardé un año más en renunciar a mis votos y pedir que me permitieran abandonar la orden. Dejé de creer en la bondad y la inocencia de la Iglesia. No quería formar parte de ella. Hizo que mis años como monja fueran una parodia. Sentí que había hecho más daño que bien y que había formado parte de un aquelarre que coaccionaba a esas chicas para que entregaran a bebés a los que querían. Sus padres ni siquiera venían a recogerlas después de todo por lo que habían pasado. Simplemente las subíamos a un avión y las enviábamos a casa, dos semanas después del parto. En pie y puerta. Siguiente. Fue despiadado y rentable. Ten cuidado —le advirtió a Hattie—, si lees demasiado sobre este tema, puede pasarte lo mismo que a mí. No quería formar parte de una Iglesia que hiciera cosas así por puro beneficio económico. Tal vez, si lo hubieran hecho gratis, debido a la ignorancia y a algunas creencias arcaicas, podría haberles perdonado. Pero no por afán de lucro hasta ese punto. Estoy segura de que hubo algunos inocentes involucrados, pero las monjas que dirigían San Blas entonces sabían lo que hacían. No les importaban en absoluto las chicas, solo los bebés que podían vender a parejas ricas y desesperadas. La verdad no es bonita —añadió con voz firme, pero sus ojos se entristecían cuando hablaba de las chicas.

Hattie le mostró entonces la fotografía de Melissa a los dieciséis años y Fiona negó con la cabeza.

—Lo siento, pero no la recuerdo. Lo único que recuerdo de ese año es que hubo tres actrices famosas de cine a las que entregamos bebés. —Las nombró, y Hattie se sorprendió al saber quiénes eran. Las tres eran actrices muy famosas de Hollywood—. Si investigas un poco, tal vez averigües algo por ahí. Mira quiénes adoptaron niñas. Podría ser una manera encubierta de encontrar a la hija de tu hermana, si fue adoptada por una figura importante de Hollywood. Si no, no creo que haya ninguna forma de localizarla. Todavía quedan algunas monjas que estuvieron implicadas en aquello, pero la mayoría son ya muy mayores. Las más ancianas han muerto, y las que quedan vivas están repartidas por ahí. Intenté dar con ellas cuando escribí el libro, pero encontré a muy pocas, y ninguna quiso hablar conmigo. La Iglesia trató de desacreditarme y afirmó que yo estaba psicológicamente desequilibrada, pero no llegaron muy lejos con eso. En resumidas cuentas, la Iglesia hizo algo feo, por muy buenas que fueran sus intenciones originales, y no quieren que nadie lo sepa. Lo han escondido debajo de la alfombra, y no tolerarán que nadie lo descubra ahora. No dice mucho a su favor. Por eso quemaron los registros. Tenían demasiadas cosas que ocultar para conservarlos. —Era una táctica propia de tiempos de guerra y funcionó. Todas las pistas que podrían haber conducido al bebé de Melissa se habían convertido en cenizas en el fuego.

Luego hablaron un rato sobre el futuro de la Iglesia, y del trabajo de Hattie en África. Dos horas después de su encuentro, Hattie se despidió de Fiona Eckles, no sin antes agradecerle toda la información que le había proporcionado.

—Investiga sobre esas actrices de cine, a ver si puedes encontrar algo por ahí —la animó Fiona—. Vale la pena intentarlo.

—Lo haré —prometió Hattie.

De camino al hotel se detuvo en un cibercafé. Se conectó y buscó en Google los nombres de las tres actrices que Fiona había mencionado. La primera había fallecido quince años atrás, pero su hija también era actriz y había protagonizado una película reciente. Tenía la edad adecuada. Las otras dos estrellas seguían vivas, una se había retirado recientemente, la otra seguía trabajando, y no se decía nada de sus hijos. Pero eran tres pistas que Hattie pensaba seguir. Si el bebé de Melissa no había sido adoptado por una actriz famosa, el rastro terminaría ahí. Pero mientras tanto, siempre quedaba la esperanza de que Ashley hubiera sido una de las afortunadas que fueron adoptadas por una madre famosa, lo que facilitaría su búsqueda. Hattie imprimió la información y volvió a su hotel.

Esa noche tuvo pesadillas en las que veía a su hermana de adolescente, gritando de dolor durante el parto, y a las monjas huyendo con su bebé mientras Melissa intentaba arrastrarse tras ellas y no podía. Hattie se despertó en medio de una creciente ola de pánico, llorando por Melissa. Y al igual que Fiona, todo eso la hizo sentirse culpable por asociación. ¿Cómo pudieron las monjas hacer algo así? La crueldad venal de todo aquello abrumó a Hattie y la hizo avergonzarse de repente por ser monja. Quería tirar su hábito. Quería volver a casa, a la seguridad de su convento, pero aún no podía hacerlo. Estaba en una misión y tenía un trabajo que hacer. Sabía que tenía que continuar hasta el final. No sabía si alguna vez le contaría a Melissa todo lo que había averiguado. Pero la quería más que nunca por todo lo que había tenido que soportar. Y Hattie sabía lo que tenía que hacer a continuación. No podía volver a Nueva York, al menos no todavía. Debía ir a Los Ángeles y localizar a las dos actrices vivas y a los tres bebés adoptados tras comprobar que hubieran nacido en 1988.

Por la mañana, cambió su billete de vuelta a Nueva York por uno de Dublín a Los Ángeles, con escalas en Londres y Chicago. Odiaba Los Ángeles, después de su única visita a esa ciudad cuando era una joven actriz, pero no importaba. Ahora habría ido al fin del mundo para encontrar a Ashley y reunirla con su hermana. Y Fiona Eckles le había dado la única pista que tenía. Había sido un golpe de suerte encontrarla, y descubrir su libro a través de la bibliotecaria. Y también fue una suerte que la librería tuviera un ejemplar, y que Fiona accediera a verla.

Hattie le envió un correo electrónico a la madre Elizabeth diciendo que estaba de camino a Los Ángeles para reunir más información. Y todo lo que podía hacer era rezar para que la aguja en el pajar que estaba buscando apareciera allí. Una vez que la encontrara, si es que lo hacía, le daría a Melissa la información, y entonces le correspondería a ella decidir lo que haría a continuación. Y eso era solo si las pistas que Fiona le había dado resultaban correctas. Para que eso ocurriera iba a hacer falta algo más que suerte. Sería un milagro. Hattie cerró los ojos y rezó mientras su avión a Los Ángeles despegaba. El viaje a Dublín había sido productivo, después de todo.

6

Hattie durmió mal en el vuelo de Dublín a Los Ángeles. Cambiaron de avión en Heathrow, y tuvo a su lado durante la mayor parte del viaje a un bebé que lloraba sin cesar. Estaba cansada y se sentía físicamente enferma cuando aterrizaron en Los Ángeles, después de la parada en Chicago. Había estado en Los Ángeles para una prueba cuando era joven, y lo había odiado tanto que se juró no volver jamás. Pero ahora estaba aquí por Melissa, y alejó los demás pensamientos de su mente. Habría hecho cualquier cosa por su hermana. Se sentía tan cerca de ella ahora como cuando eran unas chiquillas.

Tomó un autobús hasta el centro de Los Ángeles y se registró en un hotel de Sunset Strip. La zona no tenía buen aspecto, había gente sin hogar en las calles, pero el hotel era barato. Y no conocía ninguno de los conventos de la ciudad. Era más sencillo alojarse en un hotel. Se puso el hábito, porque pensó que podría protegerla cuando saliera del hotel para cenar en un restaurante cercano. Siempre se sentía segura e invisible cuando lo llevaba puesto. La camarera le sirvió una taza de café gratis porque era monja, y tampoco permitió que dejara propina.

Se dirigió a la oficina de servicios al volver a su hotel, aturdida por la diferencia horaria y el largo viaje. Buscó información sobre las tres actrices en internet y vio que la actriz que se había retirado recientemente tenía un hijo de treinta y tres años. Así que Fiona no se había equivocado. Obviamente, había adoptado un bebé el año en que nació Ashley, pero era un niño. La joven actriz, hija de la estrella ya fallecida, vivía en Beverly Hills y era la novia de un famoso cantante de punk rock. Hattie encontró su número de teléfono y su dirección, en una página web en la que aparecía información privada sobre famosos, lo que no era raro de encontrar en internet. Se quedó mirando la pantalla cuando vio la información. La chica se veía hermosa en las fotografías, pero no se parecía en nada a Melissa.

La tercera actriz cuyo nombre había obtenido de Fiona seguía trabajando, era muy famosa, estaba rodando una película y tenía una hija, también de treinta y tres años. El sitio web de uno de sus fans decía que la hija trabajaba para una organización que proporcionaba asistencia legal y médica a niños maltratados de los barrios pobres, y que tenía un título de trabajadora social. Su marido era abogado en el mundo del espectáculo y trabajaba en un conocido bufete. Tenían dos hijos. No había ninguna fotografía suya, y a partir de lo poco que Hattie leyó sobre ella pensó que sería una mujer normal, con estudios y de buen corazón. El breve artículo que trataba sobre ella decía que se había graduado en la Escuela de Trabajo Social de la Universidad de Columbia, la misma a la que había ido Melissa. Pero ni la trabajadora social ni la joven actriz se llamaban Ashley, así que probablemente no se trataba de ella. Aun así,

Hattie quería conocerlas. Eran las únicas pistas que tenía.

Hattie anotó ambos números de teléfono, todavía sorprendida por lo fácil que era conseguir las señas de contacto de los famosos. Realmente no tenían privacidad. Decidió llamarlas por la mañana. Quería probar con la actriz primero. Después volvió a su habitación, se acostó en la cama con el hábito puesto, se quedó dormida y no se despertó hasta que el sol empezó a entrar por las ventanas, a las nueve de la mañana del día siguiente. Por un momento no supo dónde estaba, pensó que seguía en Dublín, y luego se acordó de que estaba en Los Ángeles.

Hattie volvió a la cafetería, esta vez con vaqueros y camiseta, tomó un café y una tostada y regresó a su habitación para hacer las llamadas. Había estado pensado en ello esa mañana. Le había dicho a la madre Elizabeth que no trataría de conocer a las chicas, pero ahora que estaba allí, la tentación era demasiado grande.

El nombre de la joven actriz era Heather Jones. Hattie marcó su número, esperando oír el buzón de voz, o un asistente, pero contestó la actriz en persona. Hattie se quedó sorprendida un momento, y sin pensarlo dijo que era una periodista que quería entrevistarla.

—¿De dónde llamas? —La voz sonaba displicente y no particularmente interesada, pero no colgó, y Hattie se puso a pensar a toda prisa y le dijo que era para una revista de internet para adolescentes, e inventó un nombre. Dijo que era nueva y que sus lectores estaban locos por ella. Heather Jones soltó entonces una risita y sonó complacida —. ¿Quieres enviarme un cuestionario? —preguntó despreocupada, y Hattie pensó en qué decir a continuación.

—Preferiría conocerte en persona. No te robaré mucho tiempo. —Y para su sorpresa, la chica aceptó confiada y la citó a las cuatro de la tarde en su casa de Beverly Hills. Había sido más fácil de lo que Hattie se había imaginado. No tenía ni idea de qué decirle ni de cómo sacar el tema de Melissa, pero ahora estaba metida hasta el cuello y decidida a seguir adelante.

Intentó entonces localizar a la segunda joven, cuyo número había encontrado en internet. Tampoco se llamaba Ashley. Cuando saltó el buzón de voz, Hattie dejó un mensaje.

Tomó un taxi para llegar a tiempo a su cita en Beverly Hills y se sintió como si estuviera viviendo una película. Le recordó su breve estancia en Los Ángeles dieciocho años atrás. El novio roquero y famoso de Heather Jones estaba descansando en la piscina cuando una criada abrió la puerta. Hattie temió que le pidieran unas credenciales que no tenía, pero la criada la condujo hasta el salón, donde Heather estaba hablando por teléfono. Esta terminó la llamada en cuanto Hattie entró, le sonrió y le ofreció una copa, que Hattie rechazó. La actriz se tumbó en el sofá y la invitó a sentarse en una silla frente a ella.

—¿Necesitas fotos? —le preguntó alegremente—. Acabamos de hacer una sesión promocional, mi asistente puede enviarte las que necesites.

—Eso sería perfecto, gracias —dijo Hattie, sintiéndose aturdida. Era todo tan hollywoodiense y tan parecido al mundo del que había huido. Era una monja, no una reportera, pero se recordó a sí misma que lo hacía por su hermana. Intentaba pensar en cosas que pudieran interesar a los adolescentes. Le preguntó sobre los inicios de su carrera, las películas en las que había participado, cuál era la que más significaba para ella, qué sueños tenía para el futuro y qué mensaje le gustaría enviar a sus fans adolescentes. A la actriz le encantaba hablar de sí misma, y no era difícil mantenerla ocupada. Por último, Hattie deslizó una pregunta pertinente al final.

—¿Cómo crees que te afectó saber que eras adoptada? ¿Te hizo sentir más cerca de tu famosa madre, o querías competir con ella? —La actriz la miró por un momento como si Hattie le hubiera hablado en chino.

—¿Adoptada? ¿De qué estás hablando? No soy adoptada. ¿Pone eso en internet? —Parecía sorprendida—. Nací en Italia cuando mi madre se tomó seis meses de descanso entre rodaje y rodaje para tenerme—. Obviamente, su madre había vuelto a casa con un bebé, alegando que había dado a luz en el extranjero, mientras se tomaba un descanso en Italia, donde nadie la había visto. Era una de las niñas a las que nunca se les había dicho que era adoptada—. No sé dónde has oído eso. Todo el mundo dice que me parezco a mi madre, pero siempre fuimos muy distintas. Como sabes, mi madre padecía un terrible problema de abuso de sustancias. Eso me decidió a no ser como ella. Quería tener su talento, pero no sus problemas. Murió cuando yo tenía diecisiete años de una sobredosis en nuestra piscina. La encontré yo. Por eso nunca he tomado drogas y no bebo. Y como sabes, Billy Zee, mi primer marido, tenía un problema de adicción a la heroína, lo dejé por eso. De hecho, me gustaría recordar a tus lectores que nunca, nunca se metan en las drogas. Quiero que pongas eso en el artículo. Eso es lo más importante que tengo que decir. —Era tan sincera que Hattie se sintió conmovida. La actriz no era demasiado interesante, pero tenía una ingenuidad conmovedora, a pesar de su impresionante aspecto físico y del ajustado traje blanco que llevaba.

—Por supuesto, lo resaltaré en negrita —le aseguró Hattie—. Querría agradecerte tu tiempo y tu mensaje a nuestros jóvenes lectores —añadió tratando de sonar sincera y sintiéndose ligeramente culpable.

—¿Cuándo saldrá? —le preguntó Heather, poniéndose en pie.

—No estoy segura. Probablemente a lo largo del próximo mes. —Hattie se sintió como una consumada mentirosa, ya que había sido capaz de mirar fijamente a Heather Jones durante toda la entrevista. Su año de nacimiento coincidía, e incluso el mes, pero Hattie estaba casi segura de que no era la hija de Melissa. Era muy probable que hubiera nacido en San Blas, pero era hija de otra persona. No sabía que había sido adoptada, y nunca lo sabría sin registros que lo probaran y sin la confirmación de su madre adoptiva, muerta desde hacía mucho tiempo.

Su novio entró entonces en la habitación, rodeó a Heather con un brazo, la atrajo hacia sí y la besó, mientras una criada aparecía para acompañar a Hattie a la salida. Heather saludó con una sonrisa sensual mientras Hattie abandonaba la casa. La criada llamó a un taxi y este llegó en pocos minutos, mientras Hattie esperaba en la calle frente a la casa de Heather. Se sentía como si hubiera atravesado las cataratas del Niágara en un barril, pero no creía haber encontrado a Ashley. No le había dado esa impresión en absoluto.

Volvió a su hotel y se quedó dormida de nuevo. Se despertó cuando sonó el teléfono de su habitación. Era la otra joven a la que había llamado antes, la trabajadora social, que le dijo que acababa de recibir el mensaje al llegar a casa del trabajo. Hattie estaba medio dormida, todavía con jetlag, y decidió volver a intentar la táctica de la entrevista, ya que había funcionado tan bien la primera vez. Esta mujer se llamaba Michaela Foster, no Ashley. Era la hija de la famosa actriz Marla Moore, a la que incluso Hattie conocía por su nombre. Le dijo que la llamaba para una entrevista sobre su trabajo humanitario con los niños de los barrios desfavorecidos.

—Creo que se trata de un error —dijo amablemente Michaela Foster—. Yo no doy entrevistas, soy trabajadora social. Probablemente estaba buscando a mi madre, Marla Moore. Ahora mismo está rodando una película. Si llama a su equipo de relaciones públicas en ICM, ellos lo organizarán cuando vuelva si está interesada. Está en un rodaje en Quebec. —Estaba a punto de colgar cuando Hattie la detuvo.

—No, la buscamos a usted. Lo que hace es muy interesante. Estoy escribiendo un artículo sobre los hijos de mujeres famosas y las profesiones que eligen. ¿Alguna vez se sitió atraída por la interpretación? —Hattie trató de que siguiera hablando con la intención de captar su interés.

—Nunca. Sé que es un trabajo duro. Y yo nunca he querido ser el centro de atención. Mi madre y yo somos muy distintas. Tal vez porque soy adoptada —dijo en un tono alegre y natural, a todas luces se sentía cómoda con quién era y era muy consciente de sus orígenes.

—Realmente me gustaría conocerla —insistió Hattie, sintiéndose como una acosadora.

—Si le interesa el trabajo que hacemos, debería hablar con mi jefe o con mi equipo, no solo conmigo. —Michaela dudó un momento y luego sonó sorprendida y un poco confundida, pero continuó—: ¿Por qué no viene a mi despacho mañana por la tarde? Es importante sensibilizar a la opinión pública sobre las necesidades de los niños de los barrios desfavorecidos del centro de la ciudad. Hay gente que vive muy por debajo del nivel nacional de pobreza aquí mismo, en Los Ángeles—. Parecía inteligente y comprometida con su trabajo. Había algo en su manera de ser directa que le recordaba a Melissa, pero Hattie se dijo a sí misma que era una proyección de sus propios deseos.

—Gracias —dijo Hattie, casi sin respiración y sintiéndose nuevamente como una mentirosa. La joven del teléfono parecía encantadora, una persona de carne y hueso. Sabía que era adoptada, lo que facilitaría las cosas si decidía hablarle de Melissa. Hattie quería decirle enseguida la verdad. La joven actriz parecía haber disfrutado de la falsa entrevista, pero no parecía ser tan inteligente como Michaela y el ego de Heather se había hecho evidente en todo momento.

Hattie estuvo despierta toda la noche, pensando en lo que iba a decir y en cómo hacerlo. Por la mañana se sentía agotada y por la tarde era un manojo de nervios. Se dirigió a la dirección que le había dado Michaela Foster. Su oficina se encontraba en un edificio moderno y luminoso, en una zona renovada que hasta hacía pocos años había sido un barrio marginal, pero que estaba siendo rehabilitada. Hattie dio su nombre a una joven recepcionista, y unos minutos después Michaela salió a recibirla. Tenía una sonrisa cálida y amable, y Hattie se sorprendió por un momento. Michaela se parecía mucho a la madre de Hattie y Melissa, aunque en una versión mucho más agradable, alegre y joven. Destilaba encanto y humildad y era claramente muy inteligente, poseía una belleza natural. Hattie se quedó mirándola, sin saber qué decir.

—He pedido a mi equipo que esté disponible, por si quiere charlar con ellos —dijo con desenvoltura, haciendo que Hattie se sintiera bienvenida, y culpable por sus mentiras para llegar hasta ella. Y la promesa a la madre Elizabeth que estaba a punto de romper. Hattie quería aprovechar la oportunidad mientras estaba allí.

—Eso no será necesario —dijo Hattie en voz baja—. Señora Foster, Michaela, tengo que contarte una historia. Puede parecer una locura, pero no lo es. Si eres quien espero que seas, te estaba buscando. Mi hermana lo lleva haciendo durante años. Creíamos que te llamabas Ashley —dijo Hattie, sintiéndose tonta. Michaela Foster pareció sorprendida.

—Ese es mi segundo nombre. Mi madre quería llamarme Ashley, pero mi padre prefería Michaela, así que llegaron a un acuerdo, y Ashley es mi segundo nombre. ¿Dónde me has estado buscando?, ¿y para qué? —Parecía desconcertada.

—Principalmente en Irlanda. He llegado hace dos días.

—Nací en Irlanda —dijo con cara intrigada—. Mis padres me adoptaron allí y me trajeron a casa. Creo que las adopciones en el extranjero eran más fáciles entonces. Hoy es más complicado.

Hattie se lanzó sin esperar más.

—Mi hermana, Melissa, dio a luz a una niña allí cuando solo tenía dieciséis años y estaba soltera. Mis padres la enviaron lejos, a un convento de Irlanda para esconder su embarazo y para que diera en adopción al bebé una vez naciera. Eso hizo, y toda su vida se ha arrepentido. Al cabo de muchos años, dieciséis exactamente, se casó y tuvo un hijo. Nunca le ocultó a su marido lo del bebé que dio en adopción, y fueron una familia feliz hasta que su hijo de diez años murió de un tumor cerebral. Eso fue hace seis años. Después de eso se divorciaron y ella está sola desde entonces. Mi hermana se puso en contacto con el convento para averiguar dónde estaba su hija, quién la había adoptado y dónde había crecido, con la esperanza de encontrarla algún día. Las monjas le dijeron que todos los registros habían sido quemados y destruidos, y que no había forma de seguir el rastro de ninguno de los bebés ni de las madres biológicas o los padres adoptivos.

Michaela también miraba a Hattie, como si hubiera visto un fantasma.

—Yo también las llamé. A San Blas. Mi madre me dijo abiertamente que yo era adoptada. Siempre lo supe, ella nunca me lo ocultó. Cuando yo nací, mis padres eran mayores; ella tenía cuarenta años y él sesenta y dos. Mi padre era un productor famoso, pero apenas lo recuerdo; murió repentinamente cuando yo tenía tres años. Mi madre es una persona maravillosa, una mujer honrada y con un talento increíble. Siempre ha reconocido que la adopción fue un error. Pensó que se le despertaría el instinto maternal, pero no fue así. Ella tiene una gran carrera y está muy ocupada. Incluso ahora, con setenta y tres años, rueda unas dos películas al año, más si puede. La adopción fue idea de mi padre, y mi madre se culpa por no haber pasado más tiempo conmigo cuando yo era joven. Dice que no tiene instinto maternal, pero lo hace mejor de lo que cree. La quiero mucho y ella me quiere. Ha sido una madre maravillosa.

»He querido saber más sobre mi madre biológica desde que era adolescente. Mi madre me animó a averiguarlo. Sabía que mi madre biológica era americana y de una buena familia de Nueva York. Pero eso era todo lo que sabía. A los dieciocho años, llamé a San Blas y me dijeron que todos los registros habían sido destruidos. No había nada que pudiera hacer después de eso, así que me rendí y pensé que nunca conocería la identidad de mi madre biológica ni nada de ella.

—Mi hermana hizo lo mismo. Hace poco me confesó que renunciar a ti fue lo peor que hizo en su vida y que, en cierto modo, eso la destrozó. Sus padres la obligaron a hacerlo, y nunca se lo perdonó. Creo que llamó al convento un par de veces y obtuvo la misma respuesta. Era un callejón sin salida. Quiero ayudarla, así que yo misma fui allí hace unos días. Es un lugar horrible. Lo peor de todo es que destruyeron los registros intencionadamente, pensando que hacían lo correcto, para proteger la privacidad de todos, incluida la suya propia.

»La única razón por la que tengo tu nombre es porque me encontré con una mujer que era monja y comadrona allí. Desde entonces ha dejado la Iglesia, pero recordó que tu madre había adoptado un bebé el año en que nació el de mi hermana. Era una posibilidad remota, pero decidí venir aquí para intentar encontrarte y esperar que tuviéramos suerte. Es un milagro si realmente eres mi sobrina. Mi hermana no sabe que estoy aquí, no sabe que fui a Dublín para ir a San Blas en persona. Hace poco me contó detalles que nunca me había contado, y me di cuenta de que el mejor regalo que podía hacerle era encontrar a su hija. A ti, con suerte. Así que aquí estoy. Te pareces mucho a mi madre, y espero que seas el bebé que hemos estado buscando.

Había lágrimas en los ojos de Hattie cuando lo dijo, y en los de Michaela mientras escuchaba la historia. No fue una sorpresa para ella, sino un alivio, y de repente tuvo la sensación de que estaba completa.

—Y por cierto —añadió Hattie con una sonrisa irónica—, como sorpresa adicional, no soy periodista, soy monja.

—¿Eres monja? —Michaela pareció sorprendida al principio y después se rio—. No pareces ni actúas como una monja.

—Pero lo soy. He dejado el hábito en el hotel. Mi orden no requiere que lo lleve puesto en el día a día. Y no podría haberme hecho pasar por periodista si apareciera con el hábito.

—Supongo que no. —Michaela sonrió.

—¿Estarías dispuesta a hacerte una prueba de ADN? —preguntó Hattie y ella asintió, pensativa.

—Ya te he comentado que mi madre es muy abierta de mente y siempre me animó a encontrar a mi madre biológica. Pero no quiero contarle nada de esto hasta que estemos seguras. Creo que, de alguna manera, será un shock si aparece lo que ella llama mi «verdadera» madre. Ella es mi madre verdadera y lo ha sido toda mi vida. Pero hay espacio en mi vida para la mujer que me dio a luz. No puedo ni imaginar el trauma que debe de haber sido para una chica de dieciséis años tener un bebé y renunciar a él.

—Creo que nunca se recuperó de ello. Se volvió más dura. Y perder a su hijo casi acabó con ella.

—¿Dónde vive? ¿En Nueva York? —Hattie había dicho que vivía en Nueva York, así que Michaela pensó que su madre biológica también viviría allí.

—Vive recluida en los Berkshires, en Massachusetts, desde hace cuatro años. Se mudó allí dos años después de la muerte de su hijo. Y está divorciada.

—¿A qué se dedica?

—Es una escritora con mucho talento, escribía bajo el nombre de Melissa Stevens. Lo dejó cuando su hijo cayó enfermo y no ha vuelto a escribir desde entonces. Dice que no volverá a hacerlo.

Michaela se mostró nuevamente sorprendida.

—He leído todos sus libros. Son brillantes, pero muy oscuros y deprimentes.

—Ha pasado por mucho. No voy a decírselo hasta que estemos seguras. Puedo proporcionar una muestra para la prueba de ADN, si eso ayuda. Creo que de momento deberíamos mantenerlo en secreto entre nosotras. No quiero ilusionarla y luego defraudarla.

—Quiero conocerla —dijo Michaela, mirando con seriedad a Hattie— y quiero que mis hijos la conozcan. Hace años que renuncié a encontrarla. Parecía inútil después de que me contaran lo del incendio. ¿Por qué querían ocultar los registros? ¿Solo para proteger la privacidad de todos? Mi madre nunca me ocultó que me había adoptado.

—Otros sí lo hicieron. —Hattie pensó en Heather Jones. Entonces respiró profundamente—. La Iglesia ganó mucho dinero con las adopciones, y no quieren que la gente lo sepa. Durante mucho tiempo tuvieron un negocio próspero con ello. Las niñas que tenían sus bebés allí provenían de familias que podían permitirse enviarlas lejos, y todos los padres de adopción eran ricos y podían pagar cualquier precio por los bebés que adoptaban. Hay muchos conventos que se ocupaban de las chicas pobres que tenían bebés fuera del matrimonio. Pero había un puñado de ellos en Irlanda que cobraban precios altos y que lo convirtieron en un negocio muy lucrativo, algo que algunas personas desaprueban. Se hizo para beneficiar a la Iglesia. Mi hermana, mis padres y tus padres adoptivos formaron parte de eso, y había otros como ellos. Las monjas estaban particularmente orgullosas de las estrellas de cine que acudían a ellas para conseguir bebés, fue así como tuve noticias de tu madre y de ti. Si no hubiera sido una famosa actriz de cine, la antigua monja con la que hablé no la habría recordado y yo nunca te habría encontrado, así que supongo que ambas hemos tenido suerte. ¿Crees que tu madre se molestará?

—Al principio, probablemente más de lo que se imagina, pero se lo tomará bien. Ella me dio todo lo que necesitaba, una educación en las mejores escuelas, niñeras que cuidaban de mí cuando estaba fuera rodando, casas hermosas en las que vivir, vacaciones en lugares increíbles. Nunca me faltó de nada. Solo que ella no estaba conmigo la mayor parte del tiempo, pero yo no era infeliz. Son gajes del oficio de que tu madre sea una estrella de cine famosa. Nunca me sentí maltratada o descuidada —le aseguró a Hattie. Esta la creía, parecía muy indulgente con los defectos de su madre adoptiva—. Nunca se volvió a casar después de la muerte de mi padre, así que no tuve que competir por su atención.

—Parece una persona maravillosa —dijo Hattie con admiración.

—Lo es. Y se alegrará por mí una vez que se acostumbre a la idea. ¿Cuándo podremos hacer la prueba de ADN? —preguntó con cara de emoción. Hattie ya sabía que solo hacía falta una muestra de saliva y un kit de ADN especial que proporcionaban los médicos.

—¿Qué tal mañana?

—Estupendo. Llamaré a mi médico.

—Yo también puedo hacerlo si eso acelera el proceso.

—Me gustaría que vinieras a conocer a mis hijos y a mi marido mañana —dijo Michaela con cariño—. ¿Cuánto tiempo te quedarás?

—Todo el que sea necesario —respondió Hattie en voz baja, disfrutando de la agradable sensación que le proporcionaba la esperanza de haber encontrado realmente a Ashley. Parecía demasiado bueno para ser cierto. La aguja en el pajar había brillado bajo la luz del sol de la verdad, y ella la había encontrado, con la ayuda de Fiona Eckles. Realmente era un milagro, para todos ellos. Tenía que agradecer a Fiona que la hubiera puesto en el camino correcto.

Después de comprometerse a ir a cenar la noche siguiente, Hattie llamó a Fiona desde su hotel. Era tarde en Dublín, pero esta le había dicho que se quedaba trabajando hasta altas horas de la noche, así que la llamó y le contó lo sucedido.

—¿Y cómo te afecta eso a ti ahora? —le preguntó Fiona, mientras Hattie se preguntaba qué quería decir.

—Seré su tía, supongo, si la prueba de ADN demuestra que es hija de mi hermana.

—¿Y cómo te sientes con respecto a la Iglesia? —le preguntó Fiona con énfasis.

—No estoy segura. No tengo ningún respeto por las monjas que estuvieron involucradas en aquello, particularmente las que quemaron los registros y arruinaron innumerables vidas con esa acción. Otras mujeres no tendrán tanta suerte como nosotras. El hecho de que recordaras el nombre de algunas madres adoptivas famosas facilitó su localización.

—No olvides que lo que esas monjas hacían tenía la aprobación de la Iglesia. No estaban protegiendo la privacidad de nadie, sino cubriendo su rastro y el dinero que ganaban para la Iglesia, para que nadie pudiera criticarlas por ello. Y obligaron a las chicas a entregar a sus bebés, con la aprobación de sus padres.

—¿Qué estás insinuando? —le preguntó Hattie, con cara de preocupación.

—Digo que la vocación es una cosa delicada. Está hecha de cristal. La mía se rompió para siempre por lo que vi y lo que descubrí en San Blas.

—Creo que la mía sigue intacta —dijo Hattie en voz baja—. Para mí esto solo tenía que ver con mi hermana, nada más. —No había emprendido una caza de brujas para condenar a la Iglesia, como había hecho Fiona con su libro.

—Concierne a todo el mundo, Hattie. Es cuestión de integridad y honradez, y motivaciones puras. Incluso la Iglesia tiene los pies de barro a veces. Al final, no pude aceptarlo. Me sentí como si me hubiera comprometido a una vida de hipocresía que tenía que ver con el dinero, no con ayudar a esas parejas sin hijos y a pobres chicas que eran demasiado jóvenes para saber lo que estaban haciendo y el precio que pagarían más adelante. Mira a tu hermana, y lo que aquello supuso para ella.

—Mi vocación es fuerte —le aseguró Hattie, tratando de convencerse a sí misma tanto como a Fiona.

—Entonces, me alegro por ti. La mía no lo era. Tuve que irme después de todo lo que sabía. Quizá nunca estuve destinada a ser monja. Entré por razones poco sólidas, después de un compromiso roto, cuando me dejaron plantada en el altar. Eso no es suficiente para durar toda una vida.

Hattie sabía por qué había entrado en el convento, y esperaba que la razón fuera lo bastante buena como para aguantar hasta el final. Sin duda, lo que había sabido sobre San Blas había cambiado su respeto por algunas de las decisiones que tomaba la gente de la Iglesia, pero no su fe. Había buscado el convento como un refugio y un lugar seguro, y todavía lo era para ella.

Volvió a dar las gracias a Fiona por la valiosa información que la había llevado hasta Michaela, y colgó pensando en lo que había dicho la antigua monja. Hattie solo pudo concluir que la vocación de Fiona había sido frágil, y no lo bastante fuerte como para soportar todo lo que había visto en San Blas y el papel que había desempeñado en ello. Hattie no había tenido nada que ver con eso. No tenía las manos manchadas de sangre. Solo era una niña cuando ocurrieron aquellas cosas. Pero las palabras de Fiona seguían resonando en su cabeza... una vocación es una cosa delicada... como el cristal ... y en su corazón, Hattie sabía que tenía razón.

7

Tanto Michaela como Hattie prepararon las muestras de saliva para los kits de ADN al día siguiente. Michaela fue a ver a su médico y Hattie se dirigió a un laboratorio de la Universidad de California y cursó la solicitud. Melissa también se haría uno más adelante, que sería concluyente, pero estas primeras pruebas les darían una idea aproximada de si estaban emparentadas y habían tomado el camino correcto. Hattie no quería darle a Melissa falsas esperanzas y después romperle de nuevo el corazón.

Esa noche fue a cenar a casa de Michaela y conoció a su marido y a sus hijos. David Foster era un hombre atractivo de unos treinta años. Tenía los ojos y el pelo oscuro y un hoyuelo en la barbilla. Parecía una estrella de cine. Michaela le contó que había trabajado como actor y modelo antes de estudiar derecho y convertirse en abogado especializado en el mundo del espectáculo. Ahora trabajaba para un prestigioso bufete. Parecía estar muy enamorado de Michaela y se llevaba muy bien con sus hijos.

Los niños, Andrew y Alexandra, eran adorables y muy bien educados. Tenían seis y cuatro años, y todos juntos parecían formar una familia perfecta. Michaela tenía el pelo oscuro, como Melissa, y también era alta y delgada. Sus rasgos se parecían más a los de su abuela, pero se movía igual que Melissa. Ahora le resultaba difícil creer que no fueran parientes. Le parecía muy obvio.

Los niños disfrutaron jugando con Hattie antes y después de la cena, y ella se estaba ilusionando con la idea de que podría ser su tía abuela, aunque se sentía un poco joven para ello. Hattie solo tenía diez años más que Michaela, puesto que Melissa era muy joven cuando la tuvo.

Michaela le había explicado todo a David la noche anterior. Él sabía de los intentos de su mujer por encontrar a su madre biológica, y se alegraba de que de alguna manera se hubieran reunido, si es que Hattie estaba en lo cierto y había encontrado milagrosamente a la niña perdida de Melissa. Hattie estuvo pensando en ellas al día siguiente durante todo el viaje de vuelta a Nueva York. Michaela y ella habían acordado que Hattie no le diría nada a Melissa hasta que tuvieran los resultados de las pruebas de ADN. Y Michaela también quería esperar antes de decírselo a su madre adoptiva. De todos modos, se había marchado a un rodaje y no volvería a Los Ángeles hasta dentro de un mes. No era el tipo de noticia que Michaela quisiera darle por teléfono.

Hattie y Michaela prometieron mantenerse en contacto mientras esperaban los resultados de las pruebas. Durante el vuelo a Nueva York, Hattie tuvo tiempo de pensar en ellas y en todo lo que le había contado Fiona Eckles. Esto, junto con lo que había visto ella misma en San Blas, corroboraba todo lo que Melissa le había dicho la última vez que se vieron, cuando Hattie la visitó en su nueva casa.

Hattie se sentía profundamente avergonzada por pertenecer a una Iglesia que utilizaba a la gente con ánimo de lucro y se aprovechaba de sus sufrimientos, dejando a las jóvenes heridas para siempre por haber renunciado a sus bebés de una manera tan cruel. Iba en contra de todo lo que ella creía sobre la Iglesia, y quería tener tiempo a solas para reflexionar.

Apenas había estado una semana fuera, pero había visto y descubierto muchas cosas en Dublín y en Los Ángeles. Se sentía como una persona distinta mientras volaba de vuelta a Nueva York. Las monjas todavía estaban en la casa del lago, y no volverían hasta dentro de una semana. Hattie podría haberse unido a ellas, pero no quería hacerlo. Necesitaba tiempo para asimilar todo lo que había visto y oído. Tampoco estaba preparada para ver a Melissa de nuevo. No había forma de que pudiera ocultarle el hecho de que había conocido a Michaela, y de que estaba casi segura de que había encontrado a su hija.

Todo lo que quería ahora era volver al convento, que era su refugio. Sabía que allí estaría en paz. Para ella era como volver a estar en el vientre materno.

Cuando llegó a casa, al convento, le envió un correo electrónico a la madre Elizabeth y le dijo que se quedaba en Nueva York para recuperarse del viaje. Al leerlo, la madre superiora creyó que el viaje había resultado infructuoso, algo que no la sorprendió, y lamentó que la hermana Mary Joseph hubiera realizado un largo viaje para nada. Había sido un bonito gesto hacia su hermana, aunque hubiera quedado en nada, y así podría decirse a sí misma que había hecho todo lo posible por ayudarla.

Hattie pasó la semana siguiente rezando, dando gracias al Dios misericordioso que la había guiado por el camino correcto para encontrar a la hija de Melissa. La prueba de ADN casi parecía innecesaria. Estaba segura de haber dado con la persona adecuada. Pero lo que la atormentaba era el sufrimiento de las chicas jóvenes, y que la mayoría de ellas nunca podrían encontrar rastro alguno de los bebés a los que habían renunciado. Parecía algo profundamente injusto.

Estuvo muy callada la noche en que las monjas volvieron a casa desde las Adirondacks. Se las veía bronceadas y relajadas, y contaban anécdotas sobre lo que habían hecho y lo mucho que se habían divertido. Eran como colegialas que volvían a casa después de ir de campamento. Todo eran juegos inocentes y actividades saludables al sol y al aire libre, cosas que también le habrían sentado bien a Hattie, si hubiera estado de humor para unirse a ellas.

La madre Elizabeth la invitó a su despacho después de la cena aquella misma noche.

—Supongo que el viaje no ha sido un éxito —dijo con solemnidad, mientras Hattie se sentaba frente a ella. La madre superiora parecía profundamente compungida, porque sabía lo mucho que significaba aquello para ella.

—En absoluto, madre —respondió Hattie con una sonrisa lenta y pacífica y una luz en sus ojos que la madre superiora nunca había visto antes. Era una especie de alegría beatífica—. Creo que la he encontrado. En realidad, es un milagro. Nos hicimos una prueba de ADN para ver si somos parientes, y estamos esperando los resultados.

—¿Cómo demonios la has encontrado? —Se mostró genuinamente sorprendida. Parecía que se había puesto en contacto con ella, a pesar de que recordó que Hattie había dicho que no lo haría.

—Una de las monjas que había sido comadrona en la misma época en que mi hermana estuvo allí dejó la orden y escribió un libro sobre ello. Lo que vio en San Blas la empujó a pedir que la liberaran de sus votos. El libro es impactante por su dolorosa franqueza. Conocí a la autora. No recordaba a mi hermana, pero al parecer, muchos de los padres adoptivos eran de Hollywood. Algunas mujeres eran actrices famosas, y casi todas las parejas procedían de Estados Unidos. Recordaba perfectamente que aquel año tres actrices famosas adoptaron bebés y me dio sus nombres. Por eso fui a Los Ángeles. Una de ellas quedó descartada porque adoptó un niño, pero las otras dos adoptaron niñas. Y estoy casi segura de que una de ellas es Ashley, el bebé que mi hermana dio en adopción. La adoptó la actriz Marla Moore. No creo que fuera la mejor de las madres, pero la joven parece haber tenido una buena vida. Es trabajadora social en Los Ángeles, se ocupa de los niños pobres de la ciudad, y su marido es abogado en el mundo del espectáculo. Tienen dos hijos adorables, una niña de cuatro años y un niño de seis. Y me reuní con ellos, aunque le dije a usted que no lo haría. No podía saber si era ella si no lo hacía. —La madre Elizabeth asintió y no dijo nada—. Ella se puso en contacto con el convento hace quince años, con el consentimiento de su madre adoptiva, porque quería averiguar lo que pudiera sobre su madre biológica. Le hablaron del incendio y de que cualquier rastro de las adopciones había sido destruido. Después de eso se dio por vencida, igual que mi hermana. Si yo no hubiera encontrado a la antigua monja que escribió el libro, nunca habría dado con ella. Era una posibilidad remota, pero creo que hay muchas posibilidades de que sea ella.

—¿Se lo has dicho ya a tu hermana? —le preguntó la madre Elizabeth, que se alegraba por ella. Sospechaba que había algo que la hermana Mary Joseph no le había contado todavía. Estaba segura de que había una razón por la que no se había unido a ellas en las Adirondacks, aunque ya estaba de vuelta en Nueva York.

—Quiero esperar a los resultados de las pruebas. Si esa joven y yo somos genéticamente compatibles, entonces es casi seguro que mi hermana también lo será.

—¿Por qué pareces preocupada, hija mía? Tus ojos me dicen que hay algo que no me estás contando. ¿Tienes miedo de que no haya coincidencia? —La fecha de nacimiento de Michaela también era la correcta, pero podía ser solo una coincidencia.

—No demasiado. Lo que me ha afectado profundamente es todo lo que he visto y he descubierto en Dublín. ¿Cómo pudieron hacer todo lo que hicieron? Ganar dinero con todos esos bebés, y destruir a conciencia todas las evidencias que habrían ayudado a las madres y a los niños a reencontrarse algún día, o al menos a que las madres pudieran saber qué había sido de ellos.

—Estoy segura de que pensaban que estaban haciendo lo correcto. Las adopciones abiertas no se practicaban entonces, o eran muy poco habituales, al igual que buscar a las madres biológicas por internet. Todo eso era muy confidencial en aquella época. Se consideraba una información que podría arruinar la vida de la gente si salía a la luz.

—Eso no explica por qué todas las chicas que iban allí eran de familias que podían pagar las cuotas que exigía la Iglesia. Por esa razón, allí no había chicas pobres ni tampoco de la localidad. Y los padres adoptivos eran todos americanos muy ricos. Se aprovechaban al máximo de la situación y la administraban como un negocio.

—Ahora puede sonar así, pero probablemente fue dirigido de forma eficiente, lo que las honra y beneficia a todos.

—Fue más que eso, madre. Era muy rentable. Mi hermana lo llama una fábrica de bebés y, después de haber estado allí y de saber lo que sé ahora, creo que tiene razón. Tras hablar con la autora del libro que leí, la antigua monja que fue comadrona allí, tengo graves interrogantes sobre la Iglesia y la gente que la dirigía. Ni siquiera dejaban que las niñas tocaran o vieran a sus bebés cuando nacían, o que los sostuvieran en sus brazos. Debió de romperles el corazón.

Eso es lo que le ocurrió a Melissa. Haber dado a su hija en adopción seguía siendo una herida abierta para ella.

La madre Elizabeth suspiró mientras escuchaba.

—Las mujeres que han sido liberadas de sus votos nunca son una fuente sólida para edificar la fe —le recordó a Hattie, que pensó en ello y asintió.

—Todo lo que allí vio y experimentó la apartó de la Iglesia.

—Tal vez se hubiera ido de todos modos. Una vocación que no es sólida no dura para siempre. Es como un puente débil, tarde o temprano se rompe, y si estás en medio de él, caes al abismo. ¿Intentó ella influir en ti?

—En absoluto —dijo Hattie, aunque sabía que no era del todo cierto—. Solo me comentó que había puesto su fe a prueba.

—Y su fe le falló —señaló la madre superiora—. Ella no se quedó ni respetó sus votos. Los rechazó.

—Creo que quedó muy marcada por lo que ocurrió allí, y por su participación en ello.

—Debemos aprender a perdonar, tanto a nosotros mismos como a los demás. Nuestra Iglesia no es perfecta, ni las personas que la componen ni ninguno de nosotros. Debo creer que las monjas que dirigían San Blas y los demás conventos y hogares para madres y bebés tenían las mejores intenciones cuando lo hicieron. ¿Quién puede culparlas por aceptar solo padres adoptivos que fueran de fiar y tuvieran una estabilidad económica? Al menos, los bebés que adoptaban estarían seguros y nunca tendrían que pasar apuros. No hicieron grandes donaciones a la Iglesia para poder abusar de ellos. Y tu sobrina, si realmente la has encontrado, parece que no se puede quejar. Ha tenido una buena vida, envidiable para muchos, junto a su madre, una estrella de cine. ¿Quién no querría eso para una niña a la que se ha abandonado? Y te olvidas de que las chicas que iban allí, como tu hermana, apenas eran poco más que niñas, adolescentes en el mejor de los casos. ¿Qué clase de vida les podrían haber dado a sus hijos? Una vida de vergüenza y deshonra, condenadas al ostracismo y rechazadas por sus comunidades y el mundo, e incluso por sus propias familias. Creo que las monjas de San Blas hicieron lo mejor que pudieron en unas circunstancias que eran malas, y parece que tuvieron bastante éxito, también en beneficio de la Iglesia. Ahora tienes que dejar todo esto atrás, hermana Mary Joseph, y dar gracias a Dios por haber encontrado a la chica, si es que se trata de ella. Estoy segura de que tu hermana estará muy agradecida, sobre todo al saber que fue adoptada por personas que la cuidaron bien, y que tuvo una buena vida. —La madre superiora se negó a ver el lado sórdido de la historia que había conmocionado profundamente a Hattie y Fiona Eckles—. No puedes dejar que esto haga tambalear tu fe en todo lo que crees y a lo que has dedicado tu vida. Tienes una vocación fuerte. En la vida de todo religioso, llega un momento que pone a prueba la fe. Debes resistir y salir de él más fuerte, mejor y más comprometida. —Hattie guardó silencio, solo pudo asentir con la cabeza y besar el anillo de la superiora antes de salir de su despacho, sintiéndose como una colegiala que ha sido enviada al despacho del director para que le recuerde los principios y creencias del colegio. Pero incluso después del discurso de la madre Elizabeth, Hattie odiaba todo lo que ahora sabía sobre San Blas y sentía que eso había estado mal. Y, al igual que Fiona Eckles, su fe había quedado sacudida por ello, y posiblemente también su vocación.

Al día siguiente, la madre Elizabeth le sugirió que pasara más tiempo rezando hasta que se sintiera mejor. Haber salido al mundo y haber conocido a determinadas personas evidentemente la había trastornado.

Ese día pasó la hora del almuerzo en el hospital rezando en silencio, y se quedó más tiempo que las demás en la capilla al final de la jornada. Se quedó después de la misa matutina y se saltó el desayuno. Luego fue a confesarse. Pero no importaba lo que Hattie hiciera, la prueba a la que su fe se estaba viendo sometida estaba acabando con ella. Nunca había luchado tanto para fortalecer sus creencias y aferrarse a ellas, y se sentía como si estuviera colgada del borde de un acantilado, agarrándose solo con los dedos. Debajo de ella se abría el abismo, esperando a tragársela.

—Estás luchando con el mismísimo diablo —le dijo la madre superiora cuando la convocó de nuevo a su despacho. Se dio cuenta de que la monja más joven seguía pasándolo mal. Apenas había sonreído desde que había vuelto de su viaje, y pasaba todo su tiempo libre arrodillada en la iglesia. Fregaba el suelo de la cocina cada noche como penitencia, pero nada le hacía ningún bien. Ni la abnegación ni la oración fervorosa la habían aliviado. Hattie se preguntaba si la madre superiora estaba en lo cierto, y el diablo la tenía en sus garras. Pero el único demonio que podía ver eran las monjas que vivieron en San Blas mientras las chicas estaban allí, y lo que habían hecho para eliminar todo rastro del paradero de los bebés.

Mientras seguía con sus oraciones, llegaron los resultados de las pruebas de ADN. No cabía duda, había compatibilidad genética entre ella y Michaela Ashley Moore Foster y también la habría con Melissa. El índice de la prueba era alto, lo que era muy esperanzador y motivo de celebración. Michaela llamó a Hattie al convento. Ambas habían recibido los correos electrónicos con los resultados al mismo tiempo. Michaela estaba exultante y Hattie sonrió por primera vez desde hacía semanas.

—¿Cuándo puedo conocerla? —Michaela estaba ansiosa por conocer ahora a Melissa.

—Iré a verla en cuanto pueda y se lo diré —prometió Hattie. Melissa aún no sabía que Hattie había estado en Dublín y en San Blas, y había encontrado a Michaela Ashley. Hattie sonreía de oreja a oreja y Michaela dijo que había llorado al leer los resultados. Su madre seguía fuera, en el rodaje, pero había decidido que no se lo iba a contar hasta después de conocer a Melissa, para poder tranquilizarla y asegurarle que Melissa era una persona decente—. Intentaré ir este fin de semana, si no estoy trabajando. Y si lo estoy, intentaré intercambiar mis turnos. Puedo ir y volver en un día si es necesario. Lo hice la última vez.

—Gracias —dijo Michaela, profundamente conmovida por lo que estaba sucediendo—. ¿Debo llamarte tía Hattie ahora? —Se le había hecho raro preguntar por ella como la hermana Mary Joseph en el convento, ya que se había presentado como Hattie Stevens cuando se conocieron y vestía con ropa normal. Michaela seguía sorprendida de que fuera monja.

—Puedes llamarme lo que quieras —respondió Hattie, y prometió llamarla tan pronto como se lo hubiera dicho a Melissa. Era un momento que Hattie estaba saboreando, la oportunidad de ayudar a curar las heridas del pasado de su hermana.

La madre Elizabeth vio su cara después de la llamada. La hermana Mary Joe estaba radiante.

—Hay compatibilidad —fue todo lo que dijo, y la madre superiora lo entendió inmediatamente.

—Enhorabuena. Eso debería alegrarte. —Sabía lo mucho que había estado luchando.

—Me gustaría ir a ver a mi hermana este fin de semana —pidió esperanzada, y la madre superiora asintió.

—Por supuesto, tienes mi permiso. Quédate a pasar la noche si quieres. Es un viaje largo para ir y volver en un solo día.

—Gracias, madre —dijo agradecida. Lo único que quería ahora era ver la cara de Melissa. Eso haría que todo valiera la pena, sin importar el reto a su fe que el viaje a

Dublín había supuesto desde entonces. Era un pequeño precio que tendría que pagar comparado con lo que su hermana había pasado.

Melissa estaba lijando la quinta puerta cuando Norm pasó por su casa al final del día. Había prometido llevarle más papel de lija de grano fino. Había siete puertas más que quería restaurar, e iba justo por la mitad. Norm se había ido a Maine unos días a navegar con sus amigos, y durante ese tiempo ella había echado de menos sus visitas improvisadas. Era la única persona a la que Melissa veía y con la que hablaba regularmente. Desde el incendio, se pasaba con más frecuencia.

—¿Qué tal en Maine? —le preguntó.

—Genial. Condiciones de viento perfectas para navegar y langosta fresca todas las noches. —Que él supiera, ella no se había ido de vacaciones desde que vivía allí, y eso le extrañaba. Pero no tenía ningún sitio al que ir, ni nadie con quien quisiera estar, así que se quedaba ahí y trabajaba en la casa—. Te traeré algunas langostas de Boston la próxima vez que vaya —prometió él, y ella se rio ante la sugerencia.

—No sabría cocinarlas.

—Cocinaré yo. —Era la primera vez en cuatro años que había sugerido comer con ella. Normalmente compartían una limonada o un té helado en el porche, o una taza de café en invierno. Nunca la había invitado a cenar, pero ella parecía más amable desde el incendio, así que se arriesgó, y a ella no pareció importarle que le insinuara comer juntos o que se ofreciera a cocinar para ella—. ¿Qué has hecho mientras yo no estaba?

—Dos puertas más. —Le sonrió.

—Tienes que salir de aquí de vez en cuando —dijo con cautela.

—¿Por qué? Soy feliz aquí.

Se sentaron un rato en el porche y ella le sirvió un vaso de vino. Llevaba pantalones cortos, y él no pudo evitar fijarse en sus largas piernas y en la elegancia con la que se movía.

Todo había vuelto a la normalidad desde el incendio, excepto para la gente que había perdido sus casas. Ambos habían leído en el periódico que tras su evaluación psiquiátrica el pirómano había sido declarado apto para ser juzgado como adulto, lo cual era jurídicamente correcto, pero tristísimo. Al provocar el incendio había arruinado su vida y la de las personas a las que había perjudicado. Sin duda iría a la cárcel, a los diecisiete años. Melissa se entristecía cada vez que pensaba en ello, y lo sentía por él. Nunca había tenido la oportunidad de tener una vida decente, y seguramente no la tendría ahora.

Eran más de las seis cuando Norm se fue. Esa noche había quedado para cenar con unos amigos en la taberna. No le pidió que se uniera a ellos; de todos modos, ya sabía que ella no lo habría hecho. Era como un caballo salvaje que se ponía nerviosa con facilidad. Había tardado años en sentirse cómoda con él, mientras trabajaban juntos en la casa.

Estaba poniendo los vasos en el lavavajillas después de que Norm se fuera, cuando Hattie la llamó. No habían hablado desde su supuesto retiro. Su hermana había estado evitándola hasta que tuvo los resultados de la prueba de ADN.

—¿Qué has estado haciendo? —le preguntó Hattie, como si hubieran estado hablando todo el tiempo.

—Lijando algunas puertas y limpiando la maleza, no vaya a ser que haya otro incendio.

—¿No tienes gente que lo haga?

—Me gusta hacer muchas cosas yo misma. ¿Cómo fue tu retiro?

—Interesante. Te lo contaré cuando te vea.

—Me muero de ganas —dijo Melissa sarcásticamente, y ambas rieron.

—Tengo algo de tiempo libre este fin de semana —le dijo Hattie.

—¿Quieres venir?

—Me encantaría. Tengo permiso para pasar la noche. —El hecho de que lo dijera de esa manera hizo que Melissa se preguntara cómo soportaba vivir una vida tan limitada, que necesitara pedir permiso para cada movimiento que hacía. Pero esa era la vida que había elegido. Había renunciado a su libertad para siempre. Melissa no podía tolerar que nadie le dijera lo que tenía que hacer, y nunca lo había hecho.

—Estás invitada a quedarte.

—Estaré allí a la hora de comer. Saldré temprano —dijo Hattie, apenas capaz de contenerse—. ¿Necesitas que lleve algo?

—Solo necesito que vengas tú.

«Iré yo y te llevaré la mejor noticia que has tenido», se dijo Hattie. No podía devolverle a Robbie, pero había encontrado a Ashley. Michaela Ashley. Hattie no podía esperar hasta el sábado. Contaba las horas.

8

Hattie salió del convento a las siete de la mañana del sábado, y no levantó el pie del acelerador durante todo el trayecto desde Nueva York. No había tráfico a esa hora, y mantuvo la camioneta del convento justo en el límite de velocidad todo el tiempo. No podía esperar a llegar allí y ver la cara de Melissa cuando se enterara de la noticia. Hattie llevaba vaqueros y una sudadera. La mañana era fresca cuando salía de la ciudad. Estaban a finales del verano y ¡menudo verano había sido! El estado de ánimo de Hattie había mejorado desde que recibieron los resultados de la prueba. Michaela había llamado todos los días para preguntarle si se lo había dicho ya a Melissa, y Hattie tuvo que seguir recordándole que no vería a su hermana hasta el sábado.

Hizo el recorrido en poco menos de cuatro horas, lo cual representaba una especie de récord. Melissa estaba empujando una brillante carretilla verde cargada de ramas cuando Hattie llegó y detuvo el coche. Se bajó rápidamente y abrazó a su hermana mayor, que parecía feliz de verla. Hattie señaló la carretilla.

—Pareces una granjera—. Se rio de ella y Melissa le sonrió.

—Eso es lo que soy. Te he preparado seis cajas de manzanas para que las lleves al convento. También tengo tomates, si los quieres.

—Les va a encantar.

—¿Quieres un café?

—En realidad, me muero de hambre —confesó Hattie, mientras la seguía hasta la cocina. Había salido del convento antes de desayunar. Y en cuanto entraron, pudo oler los bollos de canela en el horno. Melissa había vuelto a comprarlos para ella. Puso dos en un plato, los colocó en la mesa de la cocina, sirvió el café y un minuto después se sentaron.

—Se te ve feliz —comentó Melissa, mientras Hattie daba un solo mordisco al bollo y lo apartaba.

—Así es. Mellie, tengo algo que decirte —empezó mientras su hermana mayor levantaba una ceja en señal de interés. —No me fui de retiro. Fui a Irlanda, a San Blas.

El rostro de Melissa se ensombreció al instante al oír estas palabras.

—¿Por qué? Ya sabemos que destruyeron los registros. ¿Por qué fuiste allí?

—Porque me dolió ver la mirada de tus ojos cuando hablaste de ello la última vez que te vi. Pensé que tal vez, siendo alguien de dentro, podría hablar con algunas de las monjas, y encontrar a alguien que hubiera estado allí cuando tú estabas, y que pudiera recordar algo útil.

—¿Y lo conseguiste?

—No en San Blas. Tienen una nueva madre superiora que me largó el rollo de siempre. Dios, qué lugar tan horrible es ese. Me puse a llorar solo de pensar que habías estado allí. Ahora es un hogar para monjas ancianas. Me di una vuelta por ahí, pero nadie me contó nada, ni tampoco había nadie que hubiera estado allí en aquella época. Todas las monjas de aquel entonces ya han fallecido o han cambiado de convento. Pero descubrí que hay un libro sobre el convento, sobre las adopciones que se hicieron allí, y sobre cómo funcionaban las cosas entonces. Se titula *Se venden bebés* y fue escrito por una antigua monja. Te lo daré —prometió—. Su nombre es Fiona Eckles. Ahora es profesora de literatura en la Universidad de Dublín. En aquella época, cuando estuviste allí, era comadrona en San Blas. Fue liberada de sus votos. Su nombre era hermana Agnes. Ella no se acordaba de ti. Le mostré una foto tuya a los dieciséis años.

—Creo que yo tampoco la recuerdo —dijo Melissa, frunciendo el ceño—. Había dos o tres comadronas. Fue una experiencia bastante sombría. Para reducir su responsabilidad y el riesgo para las madres y los bebés, no daban medicamentos, ni anestesia, epidurales, ni nada para el dolor. Todos los partos eran naturales. Supongo que eso las exculpaba de cualquier problema que pudiera haber, con independencia de lo malo que fuera para las madres. Por lo que sé, solo tuvieron un mal incidente, una chica que se desangró en minutos. No tuvieron ni siquiera tiempo de llamar al médico. Cuando este llegó, ya estaba muerta. Tenía catorce años. Fue terrible. Creo que la placenta se separó o algo así.

»Quizá conocí a la hermana Agnes de vista, pero no la recuerdo. Solo veíamos a las comadronas cuando dábamos a luz. Recuerdo que me dolía tanto que quería morirme en la mesa de partos. No me podía creer lo sencillo que fue todo cuando tuve a Robbie. Fue tan distinto como la noche del día. Me pusieron la epidural. En San Blas, todo era muy primitivo y básico. Estabas de parto tantas horas como fuera necesario, tenías al bebé, y ellas te lo quitaban y ni siquiera te lo enseñaban. Te cosían, y tan pronto como podías ponerte de pie, te subían a un avión y te enviaban a casa. ¿Y qué te contó esta hermana Agnes?— Hablaba en un tono de voz monótono, recordando claramente el horror de todo aquello.

—Me contó lo mismo que tú sobre aquel lugar. Pidió que la liberaran de sus votos cuando se fue. También renunció a ser comadrona. No recordaba mucho de las chicas. Dijo que era una fábrica de bebés con ánimo de lucro, tal como tú dijiste. Creo que eso la puso en contra de la Iglesia para siempre. Su libro es muy duro, y con razón. Lo que sí recordaba eran los nombres de algunas de las madres adoptivas, las famosas. Al parecer, muchas estrellas de Hollywood adoptaron bebés allí. Se acordaba de tres grandes actrices que adoptaron bebés el año que tú estuviste allí y me dio sus nombres. Era una posibilidad remota, pero la única que tenía. Supuse que nuestra única esperanza de encontrar a tu bebé era que una de ellas la hubiera adoptado. Así que fui a Los Ángeles después de hablar con Fiona Eckles. Una de las estrellas de cine había muerto hacía años. Su hija es actriz y no sabe que es adoptada, y me alegra decir que no sois parientes. Es una narcisista de primera clase que vive con el cantante de una banda de punk rock. Fingí entrevistarla para una revista online.

Melissa se rio cuando Hattie le contó aquello.

—¡Dios mío, estás loca! ¿Cuándo has hecho todo esto?

—Cuando te dije que estaba de retiro. Estaba jugando a ser Sherlock Holmes. Me dieron un permiso de tres semanas.

—¿Por qué no me lo contaste? Habría ido contigo. —Hattie no estaba segura de que fuera cierto, pero no discutió con ella.

—No quería que te llevaras una decepción si no salía nada de esto. La segunda actriz famosa adoptó un niño, así que la descarté inmediatamente. La tercera actriz era Marla Moore. Ella tenía cuarenta años y su marido, que murió tres años después, sesenta y dos. Eran demasiado mayores para adoptar por los canales normales en Estados Unidos, así que fueron a San Blas, donde adoptaron a una niña. Se llama Michaela Ashley. El marido de Marla prefería que se llamara Michaela y le pusieron Ashley de segundo nombre. Michaela ahora es trabajadora social y está casada con un abogado que se dedica al mundo del espectáculo. Tienen dos hijos muy dulces, Alexandra, que tiene cuatro años, y Andrew, que tiene seis. —Hattie se puso a llorar entonces, y también lo hizo Melissa—. Se parece tanto a mamá que da miedo. Es una chica preciosa. Nos hicimos una prueba de ADN y recibimos los resultados hace solo unos días. Estoy emparentada con ella genéticamente, así que ella es tu bebé, Mellie. Intentó encontrarte cuando cumplió dieciocho años, y le dijeron lo mismo que a ti, que los registros fueron destruidos en un incendio. Se rindió después de eso, pero siempre quiso encontrarte. Ahora quiere conocerte. —Melissa se puso en pie de un salto mientras las lágrimas le corrían por la cara, que había perdido el color, mientras miraba fijamente a su hermana.

—¿Encontraste a Ashley? —susurró, y tembló de pies a cabeza hasta que tuvo que sentarse. Hattie la rodeó con sus brazos y la abrazó.

—Michaela Ashley —dijo, ahogando un sollozo ella también—. ¡Es tan hermosa y tan buena! Espera a conocerla. Y se parece a ti y a mamá. Se mueve como tú, y tiene tus ojos y tu pelo.

—¿Fueron buenos con ella? —Melissa quería saberlo.

—Marla Moore no parece haber sido nunca la madre del año, pero Michaela me contó que siempre tuvo todo lo que podía haber deseado, y gente cariñosa a su alrededor. Marla estaba fuera la mayor parte del tiempo, rodando películas. Siempre animó a Michaela a encontrar a su madre biológica, cuando esta decidió hacerlo, pero fue imposible porque los registros habían sido destruidos. Odio pensar en cuánta gente lo ha intentado y se ha rendido. —Melissa asintió, ya que también ella lo había hecho.

—¿Cuándo podré verla?

—Dijo que vendría a Nueva York a verte y traería a los niños. Podrías invitarlos aquí si quieres.

—¿Me odia por haberla abandonado? —Los ojos de Melissa parecían enormes cuando interrogó a su hermana.

—En absoluto. Le dije que tenías dieciséis años. No está enfadada. Parece una mujer muy equilibrada. Trabaja con niños desfavorecidos en Los Ángeles. Tienen una buena vida, viven en una hermosa casa y son personas responsables. Son una pareja encantadora. Creo que Marla la cuidó bien. No parece que fuera una persona muy maternal, pero Michaela la quiere, y se muestra muy indulgente con ella. Marla pensó que no había esperanza de que te encontrara.

—Yo también pensaba eso. No puedo creer que lo hayas conseguido —le dijo Melissa, abrumada por la gratitud—. Has viajado por todo el mundo para encontrarla.

—Hiciste tantas cosas por mí. Era mi turno. Pensaba que podría acceder a información interna por pertenecer a la Iglesia, pero no conseguí nada en San Blas. Fiona me dio la única pista cuando recordó a las tres actrices de cine que hicieron adopciones en 1988. Estabais destinadas a encontraros, Mel. Puedes llamar a Michaela más tarde si quieres, o ahora mismo. Ella sabe que estoy aquí. Me ha estado llamando toda la semana.

—¿Y si me odia cuando me conozca? —preguntó Melissa, repentinamente presa del pánico—. No soy tan glamurosa como su madre, una estrella de cine. Ahora soy una granjera, tal como tú dijiste. Me arrastro por debajo de la casa y por el tejado, y arrastro troncos de árboles con el tractor. Ya ni siquiera tengo zapatos de tacón. Los tiré todos a la basura. Dios mío, Hattie, soy un desastre. —Estaba riendo y llorando al mismo tiempo y no podía parar. Y entonces, al fin, miró a su hermana con seriedad, y su voz se convirtió en un susurro—. Tengo miedo.

—Ella también. También yo tenía miedo cuando fui a encontrarme con ella. Es encantadora. Y, créeme, no te va a cortar en rodajas.

—¿Sabe lo de Robbie?

Hattie asintió.

—Se lo dije. Se sintió fatal por ti. Ahora tienes que decidir cuándo quieres verla. Creo que lo mejor sería que la primera vez os vierais en Nueva York. Venir aquí y quedarse contigo podría ser excesivo. Será más fácil fijar el encuentro en un territorio neutral. Como Nueva York.

—Nueva York no es neutral. No he vuelto allí desde el divorcio, cuando compré esta casa. Juré que nunca regresaría. Me trae demasiados recuerdos de Carson y Robbie. Sería demasiado duro para mí. —Parecía realmente asustada.

—Vas a conocer a tu hija, Mel. Es un acontecimiento feliz, no has de ponerte triste. Has esperado treinta y tres años para esto. Podrás soportarlo. —Melissa pronto iba a cumplir cincuenta años, y la última vez que había visto a su hija, tenía dieciséis. Hattie no podía ni imaginarse lo que era estar tanto tiempo esperando algo tan importante.

—¿Qué me voy a poner? Necesito comprar ropa. Todo lo que tengo es la ropa vieja que llevo aquí.

—Puedes venir un día o dos antes y comprarte algo bonito. No creo que a ella le importe. No es ese tipo de persona. Es honrada y auténtica. Quiere de verdad a sus hijos. Son muy dulces. Ellos también quieren conocerte.

—¡Oh, Dios! Soy abuela ahora que he dejado de ser madre. —Sus ojos se llenaron de lágrimas cuando extendió los brazos para rodear con ellos a Hattie. Se sentía como si se hubiera abierto un mundo nuevo ante ella.

—Sí, eres madre. Tienes a Michaela —dijo Hattie con suavidad.

—La abandoné. —Melissa sonaba agitada por la culpabilidad.

—No tenías elección, Mel. Sigues siendo su madre. Ahora tiene dos madres.

—¿Me odiará su madre adoptiva? ¿Lo sabe?

—Todavía no. Michaela quiere decírselo después de que os hayáis conocido.

—¿Para saber si le caigo bien?

—No, para tranquilizar a su madre, poderle contar que te ha conocido, que eres una buena persona y que todo está bien.

—No está bien. La abandoné. ¿Qué voy a decirle cuando la conozca? ¿Siento haberte abandonado y haber huido?

—No huiste, Mel. Tenías dieciséis años y mamá te obligó a hacerlo. Te habrías quedado con ella si hubieras podido. Pero no había manera de que pudieras hacerlo. Hoy en día, probablemente sería diferente. Pero no hace treinta y tres años. Hiciste lo que tenías que hacer. Lo que te obligaron a hacer. Ella lo comprende. También está nerviosa. —Pero no tanto como Melissa, que estaba aterrorizada ante la idea de que su hija la rechazara; tenía buenas razones para ello—. No está enfadada contigo, Mel. No parece una persona que se enfade con facilidad. Te quiere en su vida. Intentó encontrarte a los dieciocho años. Quería encontrarte incluso antes, pero no sabía cómo. Las monjas de San Blas no se lo pusieron fácil a nadie. Es un increíble golpe de suerte haber dado con ella. Ha sido el destino. No te tortures por ello hasta que os conozcáis.

—Quizá me dé un infarto antes y me muera —dijo Melissa sombríamente, y Hattie se rio.

—No. Tal vez paséis un rato agradable, y podáis veros de vez en cuando, y de paso ver también a tus dos nietos. Tienes una familia, Mellie. Una hija y un yerno y dos nietos.

—¿Sabe que yo era escritora?

—Ha leído todos tus libros y le encantan. Has tenido suerte. Ahora intenta disfrutar de todo esto y relajarte un poco—. Hattie nunca había visto a su hermana mayor, de carácter duro, tan aterrorizada.

—¿Vendrás conmigo cuando la conozca? —le suplicó.

—Si tú quieres. Pero creo que os vais a llevar bien. Yo era una completa desconocida que irrumpió en su oficina con una historia descabellada, y ella no pudo ser más amable conmigo.

Hablaron de ello durante horas, hasta bien entrada la noche. Melissa le dio las gracias docenas de veces, le dio la vuelta al asunto desde todos los ángulos y sacó a relucir todos sus miedos. Hattie se pasó la noche tranquilizándola. Se quedaron dormidas en la cama, mientras seguían hablando, y Melissa parecía agotada cuando se levantó al día siguiente. Se había quedado sin fuerzas y no tenía el valor de llamar a su hija. Quería que Hattie organizara el encuentro, y su hermana pequeña le prometió que lo haría. Melissa aceptó ir a Nueva York para ver a Michaela, aunque eso le daba miedo, y también los recuerdos que la asaltarían.

Seguía estando hecha un manojo de nervios cuando Hattie se fue el domingo por la tarde después de haber cargado en la camioneta las seis cajas de manzanas que le había dado para que se las llevara al convento. Cuando Norm pasó a verla el lunes para llevarle peras de su huerto, que estaban deliciosas, y maíz fresco se percató enseguida de que Melissa estaba rara y algo distraída, y le preguntó si se encontraba bien.

—He tenido un fin de semana un poco loco —dijo con una mirada vacía.

—¿Te encuentras bien?

—No... sí... Este fin de semana he sabido que estoy a punto de conseguir algo que he deseado desesperadamente desde que era una cría, y ahora que está tan cerca estoy muerta de miedo. —Él no podía imaginar nada que pudiera asustarla, pero ella parecía realmente nerviosa. Nunca la había visto así.

—¿Quieres que me vaya? —De repente se sintió como si se estuviera entrometiendo. Ella estaba de un humor extraño—. ¿Te puedo ayudar en algo? —preguntó con vacilación. No había rastro de su lengua viperina, ni de los comentarios mordaces que a él le divertían pero que a veces podían ser algo hirientes. Parecía joven, asustada y humillada.

—Nunca te he hablado de esto. Nunca se lo he contado a nadie, excepto a mi marido. —Se dio cuenta de que estaba a punto de compartir otro secreto con él, como el del hijo que había perdido, o los libros que había escrito. Tenían una extraña amistad que él quería cultivar, pero ella nunca parecía estar preparada para ello y ahora se la veía completamente descolocada y confusa. Ni siquiera se había peinado esa mañana, lo que no era propio de ella. Siempre iba muy bien arreglada, con su larga y oscura melena recogida en una coleta o en un moño cuando hacía calor. Ahora la llevaba suelta y despeinada.

—Tuve un bebé a los dieciséis años —soltó de pronto. Él no pudo ocultar su sorpresa—. Una niña. Mis padres me enviaron a Irlanda para esconder mi embarazo y me obligaron a darla en adopción una vez que nació. He tratado de encontrarla durante años, pero nunca he podido, porque con el tiempo todos los registros fueron destruidos. Mi hermana acaba de encontrarla. Vive en Los Ángeles, es trabajadora social, está casada y tiene dos hijos. Quiere conocerme y estoy muerta de miedo. Tiene todas las razones del mundo para odiarme por haberla abandonado. —Él se quedó mirando a la mujer a la que había admirado desde la distancia durante cuatro años, y no tenía ni idea de qué decir después de escuchar la enorme revelación que acababa de hacerle. Hizo lo único que se le ocurrió: la rodeó con sus brazos y la abrazó. Podía sentir cómo temblaba y la besó, tanto para calmar sus propios nervios como los de ella.

Los ojos de Melissa se abrieron de par en par, y por un instante, él tuvo miedo de que lo golpeara o lo apartara, pero ella hizo algo que no se esperaba: se derritió en sus brazos y le devolvió el beso. El mundo entero se había vuelto loco de repente, para ambos. Ella había vivido en un aislamiento autoimpuesto durante más de cuatro años, había perdido dos hijos y un marido, había renunciado a todo, no tenía a nadie en su vida, ni siquiera a la hermana a la que había estado evitando durante seis años. Y ahora, de repente, todo en su vida había cambiado. Su hermana había vuelto, tenía una hija y estaba entre los brazos de un hombre. No sabía cómo reaccionar y rompió a llorar mientras Norm la abrazaba. Se aferró a él mientras los sollozos la sacudían y las lágrimas rodaban por sus mejillas. Le gustara o no, acababa de renacer, estaba viva de nuevo, al mismo tiempo que muerta de miedo. Era maravilloso y aterrador a la vez, como una montaña rusa. No sabía si reír o gritar.

Hattie llamó a Michaela a California el domingo por la noche cuando volvió al convento. Era última hora de la tarde en Los Ángeles. Le contó cómo había recibido Melissa la noticia, y lo emocionada y asustada que estaba por conocer a su hija por primera vez. Quería que Hattie organizara el encuentro y quedaron en reunirse en Nueva York al cabo de dos semanas. David debía asistir a una reunión allí y los niños tenían unos días de fiesta en el colegio. Hattie llamó a Melissa para decirle que todo estaba arreglado, pero su hermana no contestó. Estaba tan agotada por las emociones del fin de semana que en ese momento estaba tirada en la cama, completamente vestida, con las luces encendidas y profundamente dormida.

9

Norm decidió hacer las cosas bien, después de lo que había pasado entre él y Melissa el día anterior, cuando la besó. No quería que fuera un hecho aislado, o que ella lo viera como un arrebato, que nunca se repetiría. Se daba cuenta de que las cosas estaban cambiando rápidamente en la vida de Melissa. Había esperado cuatro años para esto, manteniéndose al margen. Por fin tenía la oportunidad, y no quería ser frívolo. Quería que se convirtiera en algo serio.

Llamó a Melissa a la mañana siguiente. Ella todavía estaba pensando en todo lo que Hattie le había contado y lo que había hecho por ella. Había cuidado de su hermana menor cuando eran jóvenes. Luego Hattie había huido del mundo, según Melissa, y se había refugiado en el convento. Melissa había estado enfadada con ella desde entonces y ahora su hermana había hecho algo increíble por ella, había encontrado a la hija que Melissa pensó que nunca volvería a ver. Todavía estaba tratando de asimilarlo cuando sonó el teléfono y lo descolgó.

—Me gustaría cocinar para ti esta noche —sugirió Norm, sin mencionar para nada el beso del día anterior. Melissa se sintió ligeramente avergonzada por ello, pero lo había disfrutado. Había decidido comportarse como si nada hubiera pasado y tratar ese asunto como si hubiera sido algo anecdótico. Todo se estaba descontrolando a su alrededor. No quería que su amistad con Norm también lo hiciera. No tenía espacio en su vida para un hombre y una relación. No podía soportar más emociones. Haber encontrado a su hija de nuevo era suficiente por ahora. Pero le pareció tan dulce al teléfono que no quería herir sus sentimientos—. ¿Por qué no voy a las siete y te preparo algo? Ahora te están pasando muchas cosas emocionantes. Tengo la sensación de que no comerás si alguien no te prepara la cena.

Ella se rio porque sabía que él tenía razón. No había comido la noche anterior y tampoco tenía hambre ahora. Había demasiadas cosas en las que pensar, que parecían mucho más importantes que la comida.

—No tienes que cocinar para mí, Norm —dijo ella con amabilidad.

—No, pero me gustaría. Déjamelo a mí, prepararé algo sencillo. Podemos dejar los suflés para otra ocasión —dijo él, y ella volvió a reírse. La cocina era para él una actividad matemática y precisa, como la construcción de casas, y eso le gustaba. Había sido un genio de las matemáticas en la escuela, y malísimo para la escritura y los conceptos abstractos, cosa que, por el contrario, habían sido el punto fuerte de Melissa, y lo que más adelante la llevó a escribir.

Deambuló por la casa todo el día, sintiéndose desconectada. Quería llamar a Hattie, pero sabía que no podría localizarla en el hospital a menos que fuera una emergencia. La idea de que por fin iba a conocer a su hija era lo más emocionante que le había ocurrido en años, pero también la aterraba. ¿Quién era la chica a la que había estado llamando «Ashley» durante más de treinta años? ¿Le gustaría su madre biológica? ¿Estaba enfadada con ella? Tenía derecho a estarlo. Melissa sabía que ahora tendría que encararse a su hija con honestidad, y también ser honrada consigo misma. ¿Cómo podría ser capaz de explicar que no se hubiera esforzado más para encontrarla? Pero el rastro se había perdido después de que el convento quemara los registros. Y Melissa no había tenido edad suficiente para buscarla antes, o para querer hacerlo. Ya era demasiado tarde cuando llamó a San Blas tratando de localizarla.

¡Tenía tanto en lo que pensar! Y ahora Norm quería prepararle la cena. Ella no creía que fuera una buena idea seguir adelante, pero había accedido a que fuera a su casa.

Se sintió embriagada por una sensación parecida a la resaca durante todo el día, pero no se trataba de ningún efecto del alcohol. Los cambios en su vida eran los que le hacían sentirse así. Pensaba en ello mientras estaba de pie en la ducha, con el agua caliente cayéndole encima, lo que la despertó un poco.

Se vistió con un jersey blanco sencillo y unos vaqueros, y se puso un poco de maquillaje. Se veía fresca y se sentía un poco más despierta cuando sonó el timbre de la puerta y dejó entrar a Norm. Tenía los brazos cargados con bolsas de la tienda de ultramarinos, y llevaba una gran caja atada con cuerda, a la que le habían hecho unos agujeros para que entrara el aire en ella. Lo dejó todo en la cocina, y se oyó un golpeteo en el interior de la caja, que olía a pescado y algas. La abrió para mostrarle dos enormes langostas vivas, con las pinzas atadas. Había conducido hasta Boston para buscarlas. Había llevado un buen vino blanco y ensalada de cangrejo como primer plato. Se arremangó y se puso manos a la obra en cuanto llegó. Mientras tanto, Melissa puso la mesa con manteles individuales y servilletas de lino.

Ella lo observó mientras cocinaba las langostas, cosa que hacía con maestría. Norm había abierto el chardonnay, y ella sirvió a cada uno una copa para beber mientras él cocinaba. Charlaron con toda naturalidad, como siempre habían hecho, y ninguno mencionó el beso. Ella esperaba que él lo olvidara, y que también olvidara lo vulnerable que se había sentido al conocer la noticia de que Hattie había encontrado a Michaela. Era el sueño de su vida y su mayor esperanza, y ahora no estaba segura de estar a la altura, ni de las explicaciones que tendría que dar para justificar sus actos. Toda su vida había culpado a su madre y había sostenido que el hecho de abandonar al bebé era culpa suya. Pero ¿había sido así? ¿Habría podido evitarlo y negarse a ir a Irlanda y renunciar al bebé? ¿Y si se hubiera negado a firmar los papeles? Había dejado que ocurriera, y ahora tenía que enfrentarse a la persona a la que más daño había causado en el proceso. Solo esperaba que las personas que adoptaron a su hija se hubieran portado bien con ella. Ser una conocida actriz no garantizaba nada. Se sabía que algunas estrellas de cine famosas habían maltratado a sus hijos. Rezó para que Marla Moore no fuera una de ellas.

Norm se dio cuenta de que Melissa estaba preocupada y distraída mientras se sentaban a la mesa. Las langostas, que iban acompañadas de limón y mantequilla derretida, parecían enormes en los platos donde las había servido. Ella había puesto la ensalada en un bol, y él bajó las luces después de que Melissa encendiera las velas. Ella sonrió al pensar en todo lo que él había construido en la casa, y en que ahora estaba disfrutando de los frutos de su trabajo, y de lo bien que funcionaba todo. Había remodelado completamente la cocina, aunque ella se había negado a instalar todo el equipamiento de lujo que él había sugerido. La cocina era sencilla, moderna y funcional, y había un rincón acogedor para sentarse a comer. No parecía una nave espacial como la de Norm, que disponía de toda la tecnología imaginable. Ella no quería ni necesitaba algo así.

—Te están pasando cosas emocionantes —dijo en voz baja mientras comían la langosta. Estaba deliciosa.

—Es una manera muy sutil de decirlo —dijo ella con un suspiro, y se quedó mirándolo. Era un buen hombre. Le encantaba su aspecto de montañés que vivía al aire libre, y se dio cuenta de lo poco que sabía de él. Sabía que era de Boston, que había ido a Yale, que había abandonado los estudios, que se había casado y no había tenido hijos, pero no estaba enterada de los pormenores de su vida. Él nunca hablaba de ellos, y ella no había preguntado, porque no quería tener que compartir a cambio su propia historia ni contarle nada íntimo. Él sabía ahora que había tenido dos hijos, y que hasta hacía poco no le quedaba ninguno. A sus propios ojos, había dejado de ser madre tras la muerte de Robbie. Y ahora estaba a punto de volver a serlo, con la reaparición de Ashley en su vida; no, de Michaela. Tenía que corregirse a sí misma cada vez que pensaba en ella.

Y como si intuyera lo que ella estaba pensando, él habló de sí mismo durante la cena, más de lo que lo había hecho hasta entonces. No había sido pertinente hacerlo antes, pero con el beso del día anterior, podría llegar a serlo.

—Hace mucho tiempo que no tengo una relación seria con nadie —dijo en voz baja—. Llevo ocho años divorciado. —Ella sabía que él acababa de cumplir cincuenta años. Tenían casi la misma edad, ya que ella tenía cuarenta y nueve, y estaba a punto de cumplir los cincuenta—. Estuvimos casados durante nueve años, y creo que a los dos nos sorprendió que nuestro matrimonio durara tanto. Mi esposa era una mujer ambiciosa. Mi familia estaba metida en política y también la suya, y creo que pensó que conseguiría conducirme en esa dirección con el tiempo. Mi abuelo era el gobernador de Massachusetts cuando yo era niño y mi padre fue senador. Odio la política y todo lo que representa. Mi exmujer está ahora casada con un senador de Texas, que era todo lo que ella quería de mí y que yo no le di. Le dije cuáles eran mis planes antes de casarnos, pero no me creyó. Yo quería una vida sencilla en el campo. Nos mudamos aquí un año después de casarnos, y empecé mi negocio de construcción. Ello lo odiaba a muerte, y se pasaba todo el tiempo en Boston. Intentamos tener hijos durante una época, y una vez que supimos que eso no sería posible, perdió el interés en nuestro matrimonio. Según ella, se había quedado atrapada con un rústico carpintero, y me odiaba por ello. Apenas nos vimos durante los últimos cuatro años que estuvimos casados. Ella estaba fuera la mayor parte del tiempo, en Boston o Nueva York. Durante los primeros cinco años intentamos tener hijos, lo que fue duro para ella. Es un proceso deprimente cuando no funciona, y lo intentamos todo. Me culpaba a mí, pero resultó ser ella. Yo lo acepté, pero ella no. Ella quería adoptar, pero yo no. Me encantan los niños, pero no necesito tener los míos propios para ser feliz. Mi hermano, Ted, tiene cinco niños y me encanta ser tío. Con eso es suficiente.

»Mi hermano es abogado en Boston, y su mujer también. Ambos fueron a Yale, a la facultad de Derecho. Todos en mi familia han estudiado y se han graduado ahí, excepto yo. Padezco una dislexia grave y tuve dificultades de niño, se me da mejor trabajar con las manos y las matemáticas. Mi mujer odiaba que no tuviera ambiciones políticas, construir casas no era para ella un empleo. Pensaba que era un trabajo de obrero y se avergonzaba de ello. Estoy orgulloso de todas las casas que he construido o en las que he trabajado. —Sonrió a Melissa y se sintió tan orgulloso como ella de los arreglos que había hecho en su casa. Había disfrutado de su colaboración durante cuatro años—. Así que ese soy yo —dijo tranquilamente—. ¿Y tú? —le preguntó—. ¿Echas de menos escribir libros? —Ahora lo sabía, Melissa era autora de varios best sellers, lo cual le impresionaba. La palabra escrita siempre lo hacía, ya que a él le costaba. Era bueno en otras cosas, como su negocio de construcción, que tenía mucho éxito a nivel local.

—Jamás —respondió inmediatamente a su pregunta—. Tienes que vender tu alma para ser un escritor de éxito. Yo lo hice durante diez años. Y en mi caso, necesitaba estar enfadada para poder hacerlo. Ya no estoy enfadada. No necesito escribir y no volveré a hacerlo. Mis libros y nuestro hijo mantuvieron nuestro matrimonio y lo hicieron funcionar, ya que mi marido era mi agente literario. Me consiguió grandes contratos. Pero todo eso se acabó. No lo necesito, y tampoco todo lo que hay que hacer para mantenerse en la cima. Mi vida es mejor ahora. —Los dos tenían eso en común. Podrían haber tenido vidas más importantes, pero no las deseaban. Ella había tenido todo eso durante un tiempo, y Robbie había sido su excusa para dejarlo. Se dio cuenta de que, en cierto modo, se sintió aliviada cuando dejó de escribir.

—¿Por qué estabas enfadada?

Se lo pensó durante un minuto antes de responder.

—Por todo. Estaba enfadada con todo el mundo. Con mis padres. Con mi madre, por enviarme a Irlanda y por obligarme a renunciar al bebé. Era una mujer dura, infeliz, con una lengua mordaz. Desde que murió mi hijo cada día me parezco más a ella, más de lo que me hubiera gustado. Supongo que también estaba enfadada con mi padre por ser un hombre débil. Procedía de una familia próspera, con dinero, pero él perdió la mayor parte. Era alcohólico, aunque no violento, y lo acababan echando de todos los trabajos. Le dejaba hacer lo que quisiera a mi madre con tal de que lo dejara en paz, y ella lo martirizaba todos los días. Mi madre murió cuando yo tenía diecisiete años, menos de un año después de haber vuelto de Irlanda, lo que nunca le perdoné. Y mi padre murió un año después, de cirrosis. Entonces me hice cargo de mi hermana. Tiene seis años menos que yo y era como mi propia hija. Quería ser actriz, pero lo tiró todo por la borda y huyó para meterse a monja. Nunca lo entendí, yo odiaba a las monjas porque me quitaron a mi bebé. Así que después de eso, me enfadé con ella también. Me enfadé con la vida cuando mi hijo cayó enfermo y murió. No estoy enfadada con mi exmarido. No le culpo por haberme dejado. No quedaba nada de mí para entonces, y él también sufría. Está casado con una mujer tranquila y sin mucho interés, también escritora, pero es una buena persona y forman una pareja bien avenida. Espero que sea feliz. Ya no nos hablamos. Le escribo un correo electrónico una vez al año. No lo he visto desde hace años, y no quiero hacerlo. Así que se podría decir que la ira me ha alimentado a mí y a mi escritura. No quiero vivir así ni estar enfadada nunca más. Eso es lo que la escritura era para mí, un lugar para desahogarme. Mis libros eran muy sombríos y, por alguna razón, a la gente le encantaban. Pensaban que eran brillantes, lo mismo opinaban los críticos. No eran más que los desvaríos de una mujer enfadada con la vida.

—Son mucho más que eso. Los he leído. Son sórdidos, pero tienen un fondo delicado; reflejan ternura y emoción. Me hicieron llorar cuando los leí.

—¿Por los personajes? —Parecía sorprendida—. Algunos de ellos son bastante horribles.

—Lloré por ti. Pude sentir tu dolor cuando los leí. —Lo que dijo la conmovió profundamente y se quedó callada durante un minuto—. Así que ambos nos hemos refugiado aquí —comentó él para llenar el silencio—. No me estoy escondiendo. Realmente me encanta —prosiguió, mientras se terminaban la langosta. Se habían comido hasta el último trozo, y la mantequilla derretida estaba delicadamente condimentada con aceite de trufa. Ella lo había notado y le había encantado.

—Yo tampoco —dijo ella, y luego lo pensó mejor—. Bueno, tal vez me esté escondiendo. O antes lo hacía. Ahora no me escondo. Además, la vida sabe encontrarte dondequiera que estés. Me sorprende que mi hermana haya dado con mi hija. No tenía ni idea de que se lo hubiera propuesto. Tuvo suerte, y yo también.

—Algunas cosas están destinadas a suceder. No puedes detenerlas, ni las buenas ni las malas. —Ella sabía que era verdad. Hattie acababa de demostrarlo.

—Me alegro de que mi hermana y yo estemos unidas de nuevo. La echaba de menos. Solo que no podía entender por qué quería ser monja y no actriz. Pero parece que le gusta. —Sonrió al pensar en eso.

—Quizá por la misma razón que tú prefieres ser carpintera o «granjera» en lugar de escritora, y yo prefiero construir casas a ser político. Hemos tomado nuestras decisiones, y esas decisiones nos han hecho lo que somos. Prefiero ir a la cárcel antes que dedicarme a la política —dijo y Melissa se rio.

—Algunos hacen las dos cosas. —Él también se rio. Siempre le habían gustado sus conversaciones, incluso cuando ella se mostraba agria o cortante con él. Normalmente había una razón para ello, y si se enfadaba, no dudaba en dejarlo claro. Pero también podía ser amable a veces. Y a él le gustaba hablar con ella ahora que ambos estaban mostrando más de sí mismos. Ella era tal y como se la había imaginado, y más. A él se le daba bien juzgar a la gente, y era tolerante con sus peculiaridades y defectos. Más que ella.

A menudo ella decía que era alérgica a la estupidez, y odiaba a la gente que no cumplía con su palabra o que mentía. Se exigía mucho a sí misma y esperaba lo mismo de los demás. Él sabía que era muy trabajadora, también tenían eso en común, al igual que la vida sin florituras que ambos habían adoptado. Aun así, la casa de Melissa era sumamente agradable, en parte gracias a él, que la había obligado a instalar el aire acondicionado. Ella no lo había considerado necesario, y le parecía demasiado caro, pero él había insistido y ahora ella se lo agradecía, teniendo en cuenta los veranos abrasadores de los últimos años.

Recogieron los platos y los dejaron en la encimera. Y Norm sacó una tarta de ciruelas que había preparado él mismo con fruta de su finca.

—Es una receta alemana que he descubierto —le explicó. Cuando la probó, estaba tierna y deliciosa.

—Deberías dedicarte a la cocina —le felicitó ella.

—Se me dan mejor las casas —sonrió él.

—Sí, a mí también. Mejor las casas que la gente, en mi caso —dijo ella—. Solía envidiar a mi hermana por lo extrovertida que era, y por lo a gusto que estaba con la gente. Antes de entrar en el convento podía hablar hasta con una piedra. Ahora se ha moderado, pero sigue siendo sociable por naturaleza. Yo siempre fui la tímida y seria, y probablemente por eso me convertí en escritora. Es una forma fácil de comunicarse, en lugar de hablar.

—Para mí no —dijo él con una sonrisa—. Todavía me cuesta horrores escribir una carta. Prefiero hablar con la gente antes que enviar correos electrónicos, los odio. Son tan deshumanizadores.

—Supongo que sí, pero es más fácil. —Terminaron la tarta y él sirvió a ambos una copita de Sauternes que había llevado. Había sido una cena exquisita—. Ha sido fantástica —lo felicitó ella. Se sentía relajada y saciada y había dejado de preocuparse por el encuentro con Michaela mientras hablaba con él. Norm tenía una manera de ser que hacía que todo pareciera apacible—. Estoy nerviosa por conocer a mi hija —le confesó cuando se sentaron en el salón. La noche era fría y él encendió el fuego en la chimenea que había construido para ella y que era aún más bonita que la original. Había encontrado una chimenea de mármol antigua en una subasta en Newport, Rhode Island, procedente de una de las fincas de los Vanderbilt.

—Le vas a encantar —dijo con seguridad.

—Cómo puedo competir con Marla Moore, es una actriz brillante y muy glamurosa.

—Eso no la convierte en una gran madre. Y hay espacio para los dos en su vida. Tienes mucho que ofrecerle. Y tú eres más joven y eres distinta a ella. La mayoría de las actrices son narcisistas, eso tampoco es fácil. —Melissa no había pensado en eso antes y oírlo la tranquilizó un poco. Pensó en las cosas que él le había contado sobre sí mismo en la cena, sobre su matrimonio, su carrera y su familia. Era una persona interesante, y más profunda de lo que ella creía. Se sintió conmovida al saber que él había leído sus libros y había captado su esencia. No estaba segura de que ni siquiera Carson los hubiera entendido tan bien como Norm, y hubiera visto el sufrimiento que había en ellos. Carson se centraba en la violencia y los giros de la trama que hacían que se vendieran bien, para poder sacar más dinero a sus editores. Norm había visto más allá, la había visto a ella.

Ambos estaban mirando el fuego, cuando Norm se dio la vuelta y pasó suavemente un brazo alrededor de ella. Era un hombre grande, y ella se sentía pequeña junto a él. Todo en él emanaba seguridad y protección. No se había sentido así en mucho tiempo, si es que alguna vez lo hizo. Carson y ella habían tenido una relación muy distinta, basada en los negocios, lo cual fue muy apropiado en su momento. Pero ahora ella estaba en un momento distinto de su vida. Carson era seis años mayor que ella, siempre tuvo un ojo puesto en el futuro, en ganar más dinero. A ella le pareció bien entonces, pero no se lo habría parecido ahora. Había intentado hacer lo mismo con Jane, su nueva esposa, pero su obra nunca había tenía tanto éxito como la de Melissa. Tenía un pequeño grupo de lectores fieles, pero Carson nunca había sido capaz de convertirla en una escritora de verdadero éxito. Melissa había sido su autora estrella, y desde hacía un tiempo había bajado la persiana y había cerrado el negocio.

Norm no dijo nada, solo la besó. Sus silencios no eran incómodos. Ninguno de los dos sentía la necesidad de llenarlos con palabras vacías o comentarios ingeniosos. Se estuvieron besando durante mucho tiempo, y ella se quedó sin aliento cuando dejaron de hacerlo. Le gustaba el tacto de su suave barba en la cara. La mantenía bien recortada y mostraba un aspecto varonil y recio, nunca desaliñado. Había algo irresistiblemente masculino en él, como si tuviera el aspecto que se supone que deben tener los hombres, y ella se sorprendió de lo atraída que se sentía por él. Hasta entonces había pensado en él como en un amigo, pero las puertas se abrían y revelaban vistas que no se había permitido considerar hasta ese momento.

—¿Sabemos lo que estamos haciendo? —preguntó ella en un susurro, mientras buscaba sus ojos y él asentía con una sonrisa.

—Creo que sí. Eso creo —susurró él—. Llevo cuatro años esperando esto. No es la primera vez que pienso en ello. Simplemente ha llegado la hora. —Ella asintió, sin querer discrepar, y se besaron de nuevo.

—¿Qué viene después de esto? —preguntó ella inocentemente, y él se rio de la pregunta.

—Vamos a ver adónde nos conduce. No hay prisa por descubrirlo. ¿Por qué no disfrutamos de ello? —Ella asintió. También le pareció bien.

Se fue por fin a medianoche. Le hubiera gustado quedarse y pasar la noche con ella, pero no quería precipitarse, y no quería que ella pensara que le había preparado la cena para seducirla. Había hecho la cena para ella, para los dos, por puro placer.

Se besaron de nuevo mientras él estaba en la puerta, y ella le agradeció la deliciosa cena. Norm había sacado la basura para que la cocina no oliera a langosta al día siguiente, así ella no tendría que hacerlo después de que se hubiera marchado. Había pensado en todo.

—Te llamaré —le prometió Norm.

—Me voy a Nueva York la semana que viene para ver a Ash... Michaela. — Sonrió mientras corregía el nombre.

—Quiero que me lo cuentes todo cuando vuelvas —le respondió él con una mirada alentadora, y ella asintió.

—Gracias, Norm... por todo.

—No tiene importancia —dijo y la besó de nuevo. Bajó los escalones y la saludó con la mano mientras se alejaba en el coche justo después. Ella se quedó en el porche durante unos minutos, pensando en él, preguntándose por qué nunca se había dado cuenta de lo guapo que era y de lo atraída que se sentía por él. Cada cosa a su tiempo, pensó, y volvió a entrar en la casa con una sonrisa.

10

Melissa se fue a Nueva York una semana después de su cena con Norm. Conducía ella misma su coche y tuvo que concentrarse en la carretera. Estaba tan nerviosa y distraída que temía tener un accidente. ¿Y si se mataba por el camino y no llegaba a conocer a su hija? ¿Y si el avión de Michaela se estrellaba en el trayecto de Los Ángeles a Nueva York, llevándose a su familia con ella? Por su cabeza pasaban todo tipo de catástrofes. Melissa no podía creer que fuera a ser fácil y que todo saliera bien. Estaba segura de que algo malo iba a suceder y el encuentro nunca tendría lugar. Pero no había pasado nada hasta entonces.

Se registró en un pequeño y céntrico hotel en Midtown que le gustaba y que solía recomendar a sus amigos de fuera de la ciudad cuando vivía allí. Poseía un pequeño y elegante vestíbulo y cómodas habitaciones. Melissa había ido allí dos días antes para hacer algunas compras en Nueva York antes del encuentro y tener algo decente que ponerse cuando viera a su hija.

Había acordado reunirse con Michaela en el hotel Mark de la calle Setenta y siete Este, donde esta se alojaría con su marido y sus hijos. Melissa no quería agobiarla alojándose en el mismo hotel, por si el encuentro salía mal. Pero Hattie dijo que no había razón para ello. Tanto la madre como la hija estaban emocionadas por la idea de verse, y habían esperado mucho tiempo para ello. David se uniría a ellas más tarde, con los niños, y cenarían todos juntos aquella misma noche, después de un breve descanso.

Hattie cenaría con ellos el segundo día. Y el tercero todos regresarían a sus respectivos hogares, esperando que aquello fuera solo el principio. Habría muchas más ocasiones para estar juntos después, si todo iba bien. Michaela quería que su madre biológica fuera a Los Ángeles el Día de Acción de Gracias, para conocer a su madre adoptiva, idea que aterrorizaba a Melissa. Por su parte, ella quería que fueran a Massachusetts para Navidad o justo después. Sería una Navidad hermosa, nevada y blanca, y se podía esquiar cerca, en una pequeña montaña muy adecuada para los niños.

Melissa entró en Bergdorf, sintiéndose como si hubiera viajado en el tiempo. Hacía cuatro años que no iba a Nueva York, y mil recuerdos se agolparon en su cabeza y la asaltaron. Vivir y trabajar allí, su apartamento, llevar a Robbie al parque antes de que enfermara, ir de compras, ver a los amigos, la vida con Carson... Lo había abandonado todo cuando se fue, toda la gente que había conocido y también los espacios que le eran familiares. No pudo soportar la compasión de sus amigos, ni sus miradas de pánico ante la posibilidad de que aquello les ocurriera a ellos, y de que también pudieran perder un hijo. Lo lamentaban por ella, pero se sentían aliviados de que no les hubiera pasado a ellos. Ella lo entendía, pero no quería presenciarlo. Y no tenía nada que decirles, puesto que su único hijo había muerto y ya no tenían nada en común. Lo había soportado durante dos años, mientras ella y Carson aún estaban juntos después de la muerte de Robbie, pero en cuanto Carson la dejó, ella se marchó de allí.

Él se mudó con Jane casi de inmediato, y ella se fue a los Berkshires para buscar una casa. Ahora, de repente, estaba de vuelta. Era un doloroso *déjà vu* que la dejó inmóvil en medio de la planta principal de Bergdorf, incapaz de dar un paso. Al cabo de unos minutos se obligó a dirigirse hacia las escaleras mecánicas; tenía que encontrar algo que ponerse que pudiera gustar a Michaela. No quería que su hija pensara que era una descuidada o que no le importaba su aspecto, algo que realmente había sido así durante los últimos cuatros años en los que siempre vestía con tejanos y camisetas viejas. Pero ahora sí le importaba.

Melissa pasó dos horas probándose ropa, sintiéndose aún más perdida. Se sentía ridícula con aquellas prendas puestas, trajes ajustados y sofisticados, y vestidos elegantes que sabía que nunca volvería a usar y con los que no se sentía ella misma. No sabía lo que Michaela esperaba, y no quería decepcionarla. Hattie la llamó a su teléfono móvil cuando terminó su turno, en un momento en que Melissa estaba de pie en un vestidor con ropa apilada que había descartado. Estaba a punto de llorar.

—Necesito que me prestes tu hábito. He olvidado cómo comprar. Me veo horrible con toda la ropa que me he probado. ¿No podemos decir que las dos somos monjas?

—Te partiría un rayo en el acto, después de todo lo que has criticado a las monjas —bromeó Hattie, haciendo reír a Melissa.

—Probablemente tengas razón. Pero es que no encuentro nada que ponerme.

—¿Qué tal unos pantalones negros y un bonito jersey? Eso es lo que solías llevar la mayor parte del tiempo.

—Lo había olvidado. ¿Puedo ponerme eso para la cena también?

—¿Me estás pidiendo consejo a mí? Mi vestuario proviene de las cajas de donaciones que deja la gente. Tengo cuatro sudaderas de Mickey Mouse y Disneylandia y dos de Harvard. —Las dos se rieron y Melissa supo que era cierto. Ella las había visto.

—Puedes prestarme una de Harvard si no encuentro nada aquí.

—Compra tres jerséis negros, y un par de pantalones. No le va a importar lo que lleves puesto, Mel.

—Espero que no. Vi a Marla Moore en la entrega de los Oscar en televisión el año pasado. Llevaba un vestido de alta costura de Chanel. No puedo competir con eso.

—Eso no es necesario. Creo que les prestan lo que llevan, así que probablemente no era suyo. Todo lo que necesitas es parecerte a una madre.

—Ya no sé quién soy, Hattie —dijo Melissa, al borde de las lágrimas—. No soy escritora, ni madre ni esposa. Vivo en el campo y no veo a nadie ni voy a ningún sitio. No tengo un trabajo, ni una vida, ni nada con la que impresionarla.

—Tal vez necesites una vida y un nuevo vestuario, Mel —dijo Hattie con delicadeza, y mientras lo hacía, a Melissa se le ocurrió que podría estar bien tener algo de ropa nueva que ponerse cuando viera a Norm, por si volvían a cenar juntos, cosa que ella esperaba que hicieran. Eso le dio una idea.

—Me decido por pantalones y los jerséis. Eso está bien. —Bajó un piso, hasta donde estaba la ropa más informal, y compró un suave jersey de cachemira rosa, otro azul pálido, uno rojo de cuello alto y dos negros de aire moderno. Eligió también unos pantalones de franela negros y grises, y un sencillo abrigo negro de cachemira que parecía más adecuado para Nueva York que la maltrecha parka gris con la que había llegado a la ciudad. Se detuvo en la sección de calzado y compró dos pares de zapatos de tacón negro, uno de ellos de ante, un par de zapatos planos de Chanel y unas botas negras muy bonitas. Luego vio una blusa de encaje que parecía suave y femenina y la compró pensando en Norm. Tenía suficiente ropa para los próximos días. También había buenas tiendas en Boston, pero ella nunca iba.

Salió a la acera con todas las bolsas de la compra, sintiéndose de nuevo ella misma. Había llevado consigo un par de pendientes de perlas de su madre y un bolso de Chanel que le encantaba y que había encontrado en un estante de su armario, acumulando polvo. Tenía un aspecto que le recordaba a sí misma cuando se lo probó todo en el hotel, y sonrió al ver la blusa, pensando en la noche que había pasado con Norm y en sus besos frente a la chimenea, bebiendo el Sauternes. En su armario no había nada que pudiera ponerse para resultarle atractiva a un hombre o para impresionar a una hija que vivía en Los Ángeles y cuya madre adoptiva era una estrella de cine glamurosa. Pero la ropa que se había comprado le quedaba bien, y le permitía lucir su alta y esbelta figura.

Se dio cuenta de que el abrigo era muy elegante cuando se lo probó de nuevo.

El mero hecho de estar de nuevo en la ciudad fue un extraño *déjà vu* para ella. La hizo pensar en Carson y en el tiempo que había pasado desde que hablaron y había escuchado su voz por última vez. Pensó en todo lo que habían pasado y se preguntó cómo estaría él. Todavía seguía en el mundo editorial, se había casado de nuevo y tenía dos hijastras adolescentes. Así que vida de su exmarido no era tan distinta, pero la suya no se parecía en nada a su vida anterior. Pasaba el invierno con botas de goma o de nieve, y zapatillas de deporte en verano. Su ropa era funcional y no bonita, y eso no le había importado en cuatro años. Pero ahora sí.

Era difícil retroceder el reloj para ser alguien que ya no era, y parecía más vieja que cuatro años antes. Hattie decía que no había cambiado, pero Melissa sabía que sí. Había pasado por demasiadas cosas como para no hacerlo.

Al día siguiente fue a la peluquería donde solía cortarse el pelo. Todos los estilistas eran nuevos, así que no la reconocieron. Se recortó el largo pelo unos centímetros, para que se viera bien cuando se lo recogiera. Y se dio el capricho de hacerse un tratamiento facial y una manicura, y salió sintiéndose muy sofisticada y casi como una neoyorquina de nuevo. Al menos ahora no avergonzaría a Michaela cuando se encontraran.

Ella no lo sabía, pero Michaela había pasado por lo mismo cuando hizo las maletas para ir a Nueva York. Toda su ropa era informal y sencilla, apropiada para su trabajo como trabajadora social o para salir con los niños. Ella y David rara vez se arreglaban. Llevaban una vida casera en California. Ella calzaba sandalias la mayor parte del tiempo y chanclas los fines de semana. Marla se quejaba de ello y decía que era una chica guapa y que debía vestirse como tal. Le compraba ropa de diseño, pero Michaela no tenía ocasión de ponérsela y esta se quedaba en el armario hasta que la regalaba o la vendía. Eso frustraba a Marla, que siempre iba impecable y a la moda. A Michaela le daba pánico no saber qué ponerse para estar presentable ante la madre biológica a la que nunca había conocido.

Melissa era un manojo de nervios cuando al día siguiente subió al taxi para ir a la zona alta de la ciudad. Llevaba puesto el jersey azul pálido, los pantalones negros y el abrigo del mismo color, y los zapatos planos de Chanel. Iba bien arreglada. El tráfico era denso y tenía miedo de llegar tarde, pero llegó al hotel Mark justo a tiempo.

El vestíbulo parecía un plató de cine con un impresionante suelo en blanco y negro, un bar y un restaurante, y Melissa entró con cautela en el restaurante. Michaela le había enviado por correo electrónico una fotografía para que la reconociera. Melissa no tenía una reciente, pero se describió a sí misma. Melissa echó un vistazo al restaurante y localizó a su hija inmediatamente. Estaba sentada en una mesa, jugueteando con una pajita. Levantó la vista y ambas lo supieron. Michaela se levantó y se acercó mientras Melissa se dirigía a ella en línea recta, y la rodeó completamente con los brazos. Se abrazaron durante mucho tiempo, y algunas personas sonrieron al verlas. El amor entre ellas lo irradiaba todo a su alrededor. Los años y las circunstancias se desvanecieron, y ambas lloraban y sonreían cuando volvieron a la mesa.

—Nunca pensé que esto pasaría —dijo Michaela con voz entrecortada, mientras se sentaban una frente a la otra. Melissa tomó su mano a través de la mesa y la sostuvo. No había previsto mostrarse cariñosa tan rápidamente, pero parecía ser algo natural para las dos, y habría sido difícil no ceder a ello. Entonces Michaela pensó en algo.

—¿Cómo te llamo?

—Como quieras —dijo Melissa con una tímida sonrisa.

—Marla prefiere que la llame por su nombre de pila, así que siempre la he llamado de ese modo, o al menos lo hice durante mucho tiempo. ¿Mamá sería demasiado raro? —Parecía dudar, y Melissa sonrió ampliamente.

—Me encantaría, aunque no me lo he ganado y probablemente no me lo merezca—dijo—. Pero sería un honor.

—¿Qué opción tenías a los dieciséis años? —preguntó Michaela con delicadeza, y fue directa al corazón del asunto.

—Es cierto, pero siempre soñé con encontrarte más adelante, cuando fuera mayor. Las monjas que quemaron los registros lo cambiaron todo. Casi me muero cuando las llamé para encontrarte, o al menos para obtener alguna información sobre dónde estabas, y me dijeron que se había perdido todo el rastro.

—Sí, yo también. Me dijeron lo mismo cuando las llamé, que los registros se habían destruido en un incendio y se habían perdido para siempre. Llamé el día de mi decimoctavo cumpleaños. Pensé que entonces me darían la información, pero se había perdido. Eso fue hace quince años, y ahora estamos aquí. Eres preciosa —le dijo a Melissa, y volvió a parecer tímida.

Hattie tenía razón. Melissa también podía ver que Michaela se parecía a su abuela, en una versión más suave, pero no actuaba como ella. Era cálida, afectuosa e indulgente. No había ningún indicio de reproche en nada de lo que le decía a Melissa, y el tiempo volaba mientras hablaban. Preguntó por Robbie y le dijo a Melissa lo mucho que lamentaba lo sucedido. Había leído sus libros y le aseguró que le encantaban. Habló de David y de lo buena persona que era y de lo mucho que lo quería, y le mostró fotos de Andy y Alexandra.

—A Andy le encanta todo lo que tenga que ver con Superman o el espacio exterior. A Alex le vuelve loca la ropa, siempre que sea rosa o púrpura y brillante. —Melissa tomó nota mental para futuros regalos. De repente tenía nietos, y una hija, alguien con quien hablar y a la que llamar y por la que preocuparse. Lamentaba que no vivieran más cerca, y Michaela le dijo que quería que fuera a pasar el día de Acción de Gracias con ellos y que conociera a su otra madre, Marla.

—Me encantaría, pero me da mucho miedo. ¿Ya le has hablado de mí?

—Lo haré ahora. Quería conocerte primero y asegurarme de que todo estaba bien. —Melissa era todo lo que Michaela había esperado que fuera. No era tan extrovertida como su hermana, a la que Michaela ya había empezado a querer, pero había algo muy conmovedor en su timidez. La hacía parecer vulnerable y algo frágil, a pesar de todas las dificultades por las que había pasado, lo que sugería fortaleza. A Michaela le parecía una persona muy discreta, amable e inteligente. No era efusiva ni ostentosa, pero había algo profundo y auténtico en ella. Era el tipo de persona con la que uno puede contar. Melissa le habló a Michaela de la casa en los Berkshires y lo mucho que le gustaría que la viera.

Seguían absortas hablando cuando llegó David con los niños. Habían ido a un parque infantil en Central Park, cerca del hotel. Llevaban parkas rojas a juego, vaqueros azules y zapatillas de deporte. Las de Alexandra eran rosas y brillantes y se iluminaban. En las de Andrew se veía a Superman, y Melissa sonrió cuando los vio.

—Esta es vuestra abuela —explicó Michaela. Los había preparado para conocerla antes de ir, pero ahora ella era real.

—¿Como la abuelita Marla? —le preguntó Andrew con interés.

—Sí —dijo Michaela simplemente—. Exacto.

Melissa charló con ellos durante unos minutos, sintiéndose incómoda ante la novedad, pero eran unos niños muy educados y entrañables, como había dicho Hattie. Michaela se fue con su familia unos minutos después y volvieron a quedar para cenar en un restaurante italiano del barrio que el hotel Mark recomendaba. Melissa cogió un taxi para volver a su propio hotel y paseó durante un rato antes de volver a su habitación.

Se reunieron de nuevo puntualmente a las seis. Melissa se había puesto otro de sus nuevos jerséis, el rosa, para Alexandra. Hablaron y rieron durante toda la cena. A las ocho y media estaba de vuelta en su hotel, abrumada por todo lo bueno que había sucedido aquel día. Al día siguiente iba a ir al parque con Michaela y los niños, mientras David asistía a sus reuniones.

Melissa se divirtió corriendo con ellos en el parque infantil y se encontraba cansada al final del día. Ya no estaba acostumbrada a los niños pequeños, pero disfrutaba con su compañía. En la cena les llevó regalos, un tutú rosa con brillos plateados para Alexandra y un pijama de superhéroe para Andy que había encontrado en una tienda para niños. Hattie se unió a ellos para la cena, vestía vaqueros y una de sus sudaderas de Disneylandia. Se lo pasaron muy bien todos juntos. Michaela, David y los niños tenían previsto volar de vuelta a Los Ángeles por la mañana, y volvieron a hablar de Acción de Gracias durante la cena. Tenían muchas cosas por delante. Sus encuentros en Nueva York no habían podido ir mejor y cada vez que Michaela la llamaba «mamá», Melissa y ella se sonreían, saboreando la palabra y todo lo que eso significaba.

Melissa los abrazó a todos antes de que se amontonaran en un taxi para volver al hotel Mark después de la cena, y acompañó a Hattie hasta el metro para regresar al Bronx.

—Todavía no me puedo creer que esto haya sucedido. —Melissa parecía asombrada—. Y has sido tú quien lo ha hecho posible por mí —dijo agradecida.

—Yo tampoco puedo creérmelo —reconoció Hattie. Había sacudido su fe en la Iglesia a la que había dedicado dieciocho años, y también su vocación, pero cuando vio la mirada de su hermana, supo que había merecido la pena. Melissa parecía feliz de nuevo por primera vez en años.

—¿Quieres ir a Los Ángeles para el día de Acción de Gracias conmigo? —Melissa la invitó, pero Hattie negó con la cabeza.

—Tengo que estar en el convento. Abrimos las puertas y servimos cenas gratuitas de Acción de Gracias a los pobres, y yo estaré trabajando en la cocina. —Melissa no la criticó por ello ni le dedicó ningún comentario sarcástico como habría hecho en el pasado. Ahora sentía un profundo respeto por su hermana y le agradecía lo que había hecho. Después de abrazarse, Hattie se apresuró a bajar las escaleras hacia el metro y Melissa se dirigió a pie hacia su hotel, pensando en el tiempo que había pasado con su hija y sus nietos. David también le había caído bien. Parecía afectuoso y una persona de fiar, un buen esposo y padre, y era obvio que Michaela era feliz y estaba enamorada de él. Solo lamentaba que Robbie no los hubiera conocido, y que ellos nunca lo hubieran conocido a él.

Por la mañana Melissa estaba conduciendo de vuelta a los Berkshires. Tenía mucho tiempo para pensar en el viaje a casa. Le recordaba ese dicho de la Biblia, sobre devolver la belleza a las cenizas. Su vida había sido tan amarga durante tanto tiempo, sus pérdidas tan dolorosas, y ahora tenía esta repentina e inesperada abundancia de amor y alegría. No sabía si se lo merecía, pero lo estaba disfrutando.

Norm la llamó tan pronto como llegó a casa. No la había telefoneado a Nueva York porque no quería molestarla, pero ahora quería que se lo contara todo. Se ofreció a preparar la cena de nuevo esa noche y ella aceptó. Cuando le vio llegar con hamburguesas, aros de cebolla y patatas fritas de un restaurante de la zona, ella fingió estar sorprendida.

—¿Cómo? ¿No hay langosta?

—No he tenido tiempo de ir a comprar ni de cocinar —se excusó tímidamente—. Vengo directo de una reunión con un cliente. Detestan mi diseño para su nueva piscina y el patio. Dios, hay veces en que pienso que la política habría sido más fácil. También quieren una casa de invitados, y pretenden que parezca la cabaña de Hansel y Gretel. No voy a ganar ningún premio con esto. —Ella se rio de la descripción que le hizo y de la expresión de su cara. Luego le contó con todo detalle los dos días que había pasado con Michaela. Se había puesto el nuevo jersey rojo para él, que se dio cuenta enseguida y dijo que le gustaba.

—Parece haber sido un éxito rotundo. —Lo celebró con ella mientras echaban kétchup en las patatas fritas.

—Me llamó «mamá». Por lo visto, Marla prefiere que la llamen por su nombre de pila porque no quiere que la gente sepa que tiene una hija tan mayor y nietos. Me gustó bastante que lo hiciera.

—¿Y cómo te llamaron los niños?

—Abuela Mel. Fue lo único que se me ocurrió en ese momento. Estaba tan concentrada en Michaela que no había pensado en ello antes. Me sorprendió que quisiera llamarme «mamá». Espero que a Marla no le importe.

—No parece que vaya a importarle —dijo Norm con naturalidad, mientras terminaban las hamburguesas y le sonreía—. Te he echado de menos —añadió con voz suave, y luego se inclinó y la besó—. Pensé que tal vez podríamos continuar donde lo dejamos.

—¿Y dónde nos quedamos? —susurró ella en un tono sedoso, burlándose de él.

—Te lo enseñaré —le susurró él, y le acarició el pecho mientras la besaba. No lo había hecho antes. Estaban avanzando rápidamente, pero ella no se opuso.

Pasaron a la sala de estar y volvieron a besarse, y las manos de él se deslizaron por todo su cuerpo y por debajo de su jersey. Ella cerró los ojos y arqueó la espalda cuando él le besó los pechos, le quitó el jersey y el sujetador y le bajó la cremallera de los vaqueros.

—Vamos arriba —susurró mientras le besaba el cuello. Ella asintió y ambos se levantaron. Cuando llegaron al pie de las escaleras, la cogió en brazos, la llevó con facilidad a su dormitorio y la depositó suavemente en la cama. Era un hombre fuerte. Ella le desabrochó la camisa, y luego los vaqueros, y un momento después, sus cuerpos se encontraban entrelazados en la cama, con la ropa enredada en el suelo.

Hacía seis años que no hacía el amor con ningún hombre, y casi había olvidado lo que se sentía. Pero nunca había sido así con Carson. Su forma de hacer el amor era consabida y predecible. La pasión había desaparecido muy pronto. El amor había permanecido, pero no la excitación. Hacer el amor con Norm era como ser arrastrada en una ola hacia el cielo y más allá. Él tocó su cuerpo como un instrumento perfectamente afinado, y juntos alcanzaron alturas a las que ella nunca antes había llegado. Se sintió totalmente agotada y saciada cuando todo hubo terminado y se acostó feliz en sus brazos.

—Dios mío, Norm, ¿qué me has hecho? —Él sonrió complacido ante el modo en que ella lo miraba, y besó sus pezones, que se endurecieron cuando los tocó.

—Te lo volveré a enseñar dentro de un rato. Necesito descansar un minuto —dijo acomodándose a su lado con un brazo alrededor de ella, que le sonreía ampliamente. Le encantaba verla sonreír. Mientras ella lo besaba, solo podía pensar en que su vida había estado vacía durante años, y de repente tenía una hija, un yerno, nietos y un hombre en su cama. Un hombre increíble del que se estaba enamorando.

Él se recuperó rápidamente, y volvieron a hacer el amor unos minutos después. Esta vez ella se quedó agotada cuando terminaron. Norm era incansable y un amante extraordinario.

—Tu forma de hacer el amor es incluso mejor que tu forma de cocinar —dijo ella con voz ronca mientras le besaba la garganta.

—¡Y todavía no has probado mis suflés! —respondió riendo, antes de darse la vuelta y hacerle el amor de nuevo.

11

Unos días después de conocer a Michaela en Nueva York, Melissa estaba una mañana tomándose tranquilamente un café cuando decidió hacer una llamada telefónica. Norm se había quedado con ella casi todas las noches, y ya se sentía como si hubieran sido amantes desde siempre. Sus vidas parecían estar en perfecta armonía, y ella se hallaba tan cómoda con él, dentro y fuera de la cama, que se sentía totalmente en paz. Nunca había esperado que fuera a ocurrirle esto.

Se sirvió otra taza de café y llamó a Carson a su teléfono móvil. Él vio el nombre de Melissa en el teléfono que estaba sobre su escritorio y se asustó. Pensó que debía de haber pasado algo malo, tal vez a Hattie, o a la propia Melissa, y contestó inmediatamente.

—¿Mel? —respondió, preocupado.

—Hola —saludó ella, sin saber qué decir a partir de entonces.

—¿Estás bien?

—Sí, lo estoy —dijo. Parecía encontrarse a gusto y estar tranquila. Era extraño oír su voz de nuevo. Debía haberlo llamado hacía mucho tiempo, pero ahora por fin se había decidido a hacerlo. Llevaba días pensando en ello—. Sólo quería saludar y decirte que lo siento—. Sonaba sincera y él se sorprendió por lo que había dicho.

—¿De qué hablas? —Ella no le había hecho nada últimamente, ni siquiera antes. No habían tenido contacto, excepto por sus breves correos electrónicos en los aniversarios de Robbie y en Navidad, y más recientemente cuando habían tenido lugar los incendios.

—Siento haber estado tan aislada. No he sido capaz de hablar con nadie durante un tiempo. Pero acaba de ocurrir algo maravilloso y quería compartirlo contigo. —Carson pensó que quizá había conocido a un hombre. Parecía que sí. Pero él sabía que no debía preguntar. A lo mejor se iba a casar.

—Hattie hizo una locura este verano. Se fue a Irlanda. El convento le dio las mismas largas que a mí, pero conoció a una antigua monja que había trabajado allí y... Hattie encontró al bebé.

—¿Qué bebé? —Parecía sorprendido. El bebé que Melissa había tenido a los dieciséis años no podía estar más alejado de su mente. Ya era bastante sorprendente tener noticias suyas, y más aún averiguar a qué se refería. Hablaba en clave.

—El bebé al que di en adopción. —Eso le refrescó la memoria y reaccionó al instante.

—Oh, Dios mío. ¿Cómo lo ha conseguido? Creí que habían quemado todos los registros.

—Lo hicieron, pero la monja a la que Hattie conoció sabía lo suficiente como para juntar las piezas. Era casi imposible, pero la encontró.

—¿En Irlanda?

—No, en Los Ángeles. Pasé dos días con ella la semana pasada. Es una chica encantadora, con un buen marido y dos niños muy guapos. —Melissa tenía de nuevo una familia. No compensaba la pérdida de Robbie, nunca nada podría reemplazarlo, pero Michaela había sido un regalo, y conocerla había marcado un punto de inflexión en su vida—. Creo que ahora entiendo cómo te sientes con las dos hijas de Jane. Odiaba que les hubieras tomado cariño, pero es agradable tener niños y jóvenes en mi vida de nuevo. No estoy segura de cómo se salva la brecha de treinta y tres años en este caso, pero ella tiene un gran corazón y parece que lo estamos consiguiendo. Voy a ir a Los Ángeles a pasar el día de Acción de Gracias con ellos.

—Me alegro, Mel —dijo Carson y sonó profundamente conmovido por haber tenido noticias suyas—. Pienso en ti muy a menudo. Espero que seas feliz.

—Lo soy. Ahora estoy mejor. Me ha costado mucho tiempo. He necesitado los cuatro años que llevo aquí para empezar a curarme. —Y encontrar a Michaela había supuesto una gran diferencia. De alguna manera le había dado esperanzas de nuevo, y una nueva perspectiva de todo. Su vida giraba de repente alrededor de quienes formaban parte de ella, no solo de los que se habían ido. Su hermana le había concedido un regalo inconmensurable—. Siento haber sido tan dura contigo, y haber estado tan desconectada.

—No fuiste dura conmigo. Estabas rota. Ambos lo estábamos y no podíamos ayudarnos el uno al otro. —Él había necesitado la ayuda de Jane para recuperarse de la pérdida de Robbie. Sin ella, no sabía cómo habría sobrevivido. Melissa lo había apartado por completo—. ¿Ya has vuelto a escribir?

—No, y nunca volveré a hacerlo. Robbie se llevó la escritura consigo.

—No, no lo hizo. Todavía está ahí. Espero que vuelvas a escribir algún día.

—No creo que quiera volver a hacerlo.

—Siento oír eso, pero me alegro de que hayas encontrado a tu hija. ¿Se parece a ti? —Sentía curiosidad por ella.

—Un poco. —Melissa se rio—. Se parece a mi madre. La perdono por ello. Es una chica muy guapa.

—Es un detalle que me hayas llamado para contármelo.

—Ya era hora de que contactara contigo. Ha pasado demasiado tiempo.

—Lo comprendo —dijo con suavidad.

—¿Eres feliz? —le preguntó ella con voz suave.

—Sí, lo soy. Es distinto. Nunca será una relación como la que tuvimos nosotros. Fue muy emocionante trabajar contigo en los libros. Jane no tiene la energía que tú tenías. Ella prefiere que la publicación de sus libros se realice a pequeña escala y que esté todo bajo control. Nos llevamos bien y disfruto de sus hijas. —No tenía el aire de una gran pasión, pero parecía sentirse a gusto, y tal vez para él eso era suficiente. Melissa había sido más apasionada con él y echaba eso de menos. Ella tenía un gran talento y una mente brillante. Carson nunca había conocido a nadie como ella. Sería una verdadera pérdida para sus lectores si no volvía a escribir. Aunque parecía estar decidida a no hacerlo—. Tal vez algo te haga escribir de nuevo.

—Espero que no —dijo ella con sinceridad—. Lo que tengo ahora es suficiente. Me encanta mi casa y el lugar donde vivo. Me encanta trabajar con mis manos. Y ahora tengo a Michaela, mi hija. —Y a Norm, pero eso no se lo dijo.

—Me alegro de que hayas llamado. Sigue en contacto, Mel, y enhorabuena por haber encontrado a tu hija. —Recordó lo devastada que se había quedado cuando descubrió que los registros fueron destruidos y pensó que nunca la volvería a ver, pero ahora la había encontrado—. Y dale a Hattie un abrazo de mi parte.

—Lo haré —le prometió.

—¿Sigues enfadada con ella?

—Ya no. No después de lo que hizo. Me comporté como una estúpida. El convento es bueno para ella.

—Sí, lo es. —Ambos colgaron con una sensación agradable y ella se alegró de haberle llamado. Era hora de dejar de huir, de dejar de excluir de su vida a todo el mundo y de estar enfadada con ellos. Había deseado hacer las paces con él. No era culpa suya que Robbie hubiera muerto. Nadie tenía la culpa de eso. Le había costado seis años y medio empezar a curarse. Hattie había formado parte de ese proceso de curación, y Michaela, y ahora Norm, y la propia Melissa. Era un largo y doloroso proceso.

Al día siguiente de llamar a Carson, recibió los resultados de la prueba de ADN. Era concluyente, pero eso ya lo sabían. Michaela era su hija. Era reconfortante saberlo. Se había hecho la prueba antes de ir a Nueva York. Le escribió un mensaje a Hattie y envió los resultados por correo electrónico a Michaela. Firmó «Con amor, mamá».

Las vidas de Melissa y Michaela habían mejorado sustancialmente después de que Hattie la encontrara. Sin embargo, la de Hattie —la hermana Mary Joseph— había sufrido un verdadero revés. Su vida religiosa había comenzado a tambalearse cuando fue a San Blas y vio la prisión donde Melissa había estado. Y su fe en la vida religiosa comenzó a caer más rápidamente en picado cuando se reunió con Fiona Eckles. Lo que aquella mujer había visto y hecho allí la había empujado a dejar la Iglesia, y Hattie empezaba a pensar que tendría el mismo efecto en ella. Ya no podía respetar a una Iglesia que había vendido bebés para obtener beneficios, sin importar lo bien intencionados que fueran sus motivos. Había sido pura casualidad, o un milagro, haber dado con Michaela. Los demás bebés no habían tenido tanta suerte y nunca encontrarían a sus madres. Y las madres nunca volverían a ver a sus hijos, aunque lo desearan. Parecía un giro cruel del destino para todos los implicados. Y las mujeres como Fiona también habían quedado afectadas. Hattie parecía no poder recuperarse de ello.

La madre Elizabeth se había dado cuenta de lo que le estaba sucediendo, y hasta ahora no había podido ayudarla. Se había ofrecido a enviarla a un retiro o a terapia, y Hattie había rechazado ambas cosas.

—¿Qué cambiaría eso?

—Incluso los miembros de órdenes religiosas somos humanos, hermana Mary Joe —le recordó—. Cometemos errores. Ellos cometieron uno grande cuando destruyeron los registros. Pensaron que estaban protegiendo a todos los involucrados.

—Protegían a la Iglesia, no a las personas. Y mucha gente resultó perjudicada por ello. Mi hermana estuvo a punto de ser una de esas personas.

—Hiciste algo maravilloso por ella, y por tu sobrina, pero no puedes perder tu vocación por culpa de eso. Es un precio demasiado alto para ti.

—¿Y si mi vocación estuvo motivada por las razones equivocadas desde el principio? Tal vez eso es lo que está saliendo a la superficie.

—No hay nada malo en tu vocación, hija mía. —Pero había tantas cosas que ella no sabía que Hattie no la creyó—. Has estado aquí durante dieciocho años. Si tu vocación fuese equivocada, lo habrías descubierto hace mucho tiempo. —Pero Hattie sabía que Fiona Eckles era aún mayor cuando pidió ser liberada de sus votos. No podía perdonarse su parte de responsabilidad en lo que había hecho. Hattie tenía otras cosas en su conciencia.

—Me gustaría volver a África algún día —dijo con nostalgia—. Yo era feliz allí, sirviendo a un propósito útil.

—Puedo inscribirte en el servicio otra vez, pero tienes que encontrar tu estabilidad primero. Cuando sientas que tu vocación es firme, veré lo que puedo hacer para recomendarte.

—Me gustaría —insistió Hattie, con los ojos brillantes.

Por primera vez en meses, se sentía esperanzada. Ir a San Blas había sido una experiencia negativa que había sacudido su fe en todo lo que creía. Era un encubrimiento, como otros que la Iglesia había realizado para proteger a los suyos. Hattie no quería pertenecer a una institución que hiciera eso, con independencia de quién fuera el culpable. Ahora veía a la Iglesia como una fuerza maligna, tal y como le había dicho Fiona. Pero ¿qué iba a hacer si se marchaba? ¿Adónde iría? Después de dieciocho años, ya no tenía otra vida. Podría ir con su hermana a los Berkshires por un tiempo, pero luego ¿qué? Mirara donde mirase, no veía un futuro con sentido para ella. Lo único que deseaba era volver a África, pero eso tampoco parecía probable. Y eso era también una forma de huir.

Fue a ver a Melissa la semana antes de Acción de Gracias y pasaron el día juntas. El suelo estaba cubierto de nieve, y fueron a dar un largo paseo por los huertos. Melissa notó que su hermana estaba preocupada y triste, y le preguntó qué le ocurría. Hattie no había estado bien desde que había vuelto de Irlanda, a pesar de la victoria que aquello había supuesto para ella.

—Sacudió mi fe —le confesó a Melissa— en todo lo que creo y a lo que he dedicado mi vida. ¡Fue tan inmoral y perjudicó a tanta gente! —El encubrimiento de los abusos de los sacerdotes era un escándalo del que la Iglesia aún se resentía. ¿Y si hubiera otras cosas?—. Le comenté a la madre Elizabeth que me encantaría volver a África. Me dijo que podía recomendarme, pero que primero tenía que poner los pies en tierra firme. Sigo pensando que Fiona Eckles dejó la Iglesia por lo que pasó en San Blas.

—No renunciarías a tus votos, ¿verdad? —Melissa parecía sorprendida. No se había dado cuenta de lo profundamente afectada que estaba su hermana.

—No lo sé —respondió Hattie—. He pensado en ello. No estoy segura de que mi vocación haya sido por las razones correctas.

—Por supuesto que sí —trató de tranquilizarla Melissa—. Y no quiero que vuelvas a África. Acabo de recuperarte hace unos meses, no quiero perderte.

—Nunca me perderás. —Hattie le sonrió—. Esto no tiene que ver con nosotras. Se trata de aquello en lo que yo creo, y de por qué estoy ahí. Es complicado.

—La vida es complicada. La gente es complicada. Y las Iglesias lo son aún más.

—Si no estoy segura de mi vocación, no debo estar allí —insistió Hattie con firmeza.

Melissa se quedó preocupada cuando se fue. Las cosas a ella le iban tan bien ahora y, en cambio, notaba que su hermana estaba sufriendo. Era casi como si San Blas estuviera maldito, y todos los que iban allí pagaran un precio terrible. Era exactamente lo que Melissa había dicho cuando estuvo allí. Era el infierno en la tierra. Había recuperado su propia fe cuando Hattie encontró a Michaela, y ahora parecía que Hattie estaba perdiendo la suya. Nunca la había oído cuestionar su vocación. Estaba pasando por una época muy oscura, su propio infierno privado, tal como lo había descrito Fiona Eckles. Hattie escribió a la antigua monja una larga carta cuando volvió al convento esa noche, pidiéndole consejo. Pero ella ya podía adivinar qué le recomendaría.

Norm pasó un domingo tranquilo con Melissa, el día después de la visita de su hermana. Vieron una película en la televisión y se acostaron temprano esa noche. Ella estaba preparando café por la mañana cuando él entró con el periódico en la mano. En la primera página del *Boston Globe* aparecía la fotografía de uno de los productores de cine más importantes de Hollywood, un hombre de más de sesenta años, al que una importante actriz había acusado de agresión sexual. Se trataba de una historia impactante y Norm la leyó en voz alta. Cuando hubo terminado, le pasó el periódico.

—Vaya, menuda sorpresa —dijo Norm.

Era uno de los productores más respetados de la industria. La actriz, que tenía dos Oscar y un Globo de Oro en su haber, afirmó que él la había violado cinco años antes y que, después de hacerlo, la abofeteó, le rompió la nariz y luego la sodomizó. Ella no lo había denunciado porque no quería perder el papel protagonista en la película que le valió su segundo Oscar. La actriz había mostrado fotografías, pero el productor insistió en que habían sido falsificadas. La víctima contó que él la llevó a su oficina, y que con anterioridad ya la había coaccionado para practicar el sexo con él, y entonces le prometió otro papel protagonista, pero solo si le permitía sodomizarla. La actriz sostenía que finalmente había hablado porque afirmaba que él había intentado coaccionarla de nuevo recientemente, aunque él lo negó todo. Melissa terminó de leer la historia y miró a Norm.

—¿Tú la crees? Quizá estaba enfadada con él por algo. ¿Por qué iba a esperar cinco años para denunciarlo?

—¿Por miedo a perder su carrera? Creo que eso debe de pasar mucho en Hollywood. El casting de sofá, en mayor o menor medida.

—Suena bastante violento —comentó Melissa.

—Va a tener un gran impacto si una actriz tan famosa como ella acusa a alguien tan importante como él. Está en lo más alto del escalafón, en la estratosfera —dijo Norm.

—Ocurre en muchos campos, quizá no tan extremos como en este caso. También pasa en cierta medida en la edición, y en los negocios.

—La política no está exenta —añadió Norm—. Siempre hay algún congresista o senador pervertido al que se le acusa de intentar intercambiar favores sexuales por ascensos, o de perseguir a alguna joven becaria alrededor de un escritorio. Es tan viejo como el mundo.

Melissa puso las noticias de la mañana en la televisión después de que él se fuera a trabajar. De lo único que se hablaba era de la acusación de la actriz, que había vuelto a publicar copias de las fotografías después de que él la violara. Ese tema ocupaba todo el espacio en los programas de entrevistas matutinos. El productor en cuestión acababa de estrenar una película importante que se esperaba que fuera un gran éxito de taquilla, pero, al final del día, las últimas noticias eran que la película había sido retirada de los cines de todo el país. La policía de Los Ángeles había presentado cargos por delitos graves contra el productor, que no había accedido a hacer declaraciones, y su nueva película ya era historia. Los propietarios de los cines se negaban a proyectarla, lo que iba a suponer una pérdida colosal de dinero para todos los implicados. La actriz había hecho un gran esfuerzo para dar la cara después de tanto tiempo.

Norm y Melissa hablaron de ello durante la cena esa noche. A la mañana siguiente, otras dos actrices importantes habían formulado acusaciones similares contra él. Y un famoso director también había sido acusado. Hollywood estaba alborotado, ya que las mujeres estaban empezando a acusar a otros productores de actos similares. Todas afirmaban que habían sido coaccionadas para practicar sexo con productores, directores y ejecutivos de los estudios y conseguir con ello importantes papeles protagonistas.

Fue hipnótico ver cómo se desmoronaba el mundo del espectáculo. Era como una telenovela en la vida real. Y algunas de las actrices y de los productores involucrados eran tan famosos que parecía más un drama de Hollywood que una historia real. Los nombres de algunos implicados salieron a la luz, y dos presentadores de televisión perdieron sus programas.

—Es una avalancha, ¿no? —dijo Norm, fascinado por la lista de nombres de los hombres que habían sido acusados, y todo parecía ser cierto. Las cadenas de televisión estaban cancelando programas a diestro y siniestro, las estrellas eran reemplazadas, los patrocinadores se retiraban. Ninguno de los otros hombres acusados negaba las afirmaciones que se hacían contra ellos. Dos actores famosos y un productor pidieron disculpas en televisión con lágrimas en los ojos.

—Esto es como una mala película —comentó Melissa, pero todo era demasiado real. Se iba al día siguiente a Los Ángeles, y se preguntó si Marla Moore hablaría de ello cuando se reuniera con ella en Acción de Gracias, o si el tema sería tabú. Se estaba convirtiendo rápidamente en una caza de brujas, y los brujos estaban saliendo de debajo de la manta en tropel, perseguidos por sus airadas víctimas, que se sentían seguras al ser muchas y finalmente tenían el valor de hablar. Muchas actrices secundarias estaban haciendo las mismas afirmaciones, y varios hombres jóvenes homosexuales. Pero, en general, las voces de las víctimas se hacían oír. La mayoría eran mujeres.

Estaba triste por dejar a Norm durante el puente, su relación era muy incipiente, pero él iba a ir a casa de su hermano en Boston para pasar el día de Acción de Gracias con ellos. Estaba emocionada por volver a ver a Michaela y por compartir los días festivos con su familia. Había sacado de su armario un viejo traje Chanel de terciopelo marrón que tenía olvidado para ponérselo en la comida de Acción de Gracias.

Condujo hasta el aeropuerto de Boston y dejó el coche en el aparcamiento. En el vuelo todo el mundo estaba leyendo las noticias sobre los escándalos de acoso sexual. Hollywood había sido desenmascarado, y Melissa supuso que los hombres del mundo del espectáculo estarían temblando de los pies a la cabeza, preocupados por quién sería el siguiente en ser acusado. Ya había docenas de hombres implicados después de solo tres días. Era como si alguien hubiera tirado de un tapón, o la presa se hubiera roto, y las compuertas estuvieran abiertas de par en par.

Cuando aterrizaron, Melissa tomó un taxi hasta el hotel Beverly Hills y llamó a Michaela después de instalarse en su habitación. Iba a ir a su casa a cenar esa noche, y encargó unas flores que podrían poner en la mesa para la comida de Acción de Gracias del día siguiente. Michaela dijo que la cena sería informal. David haría una barbacoa en el patio. Marla se uniría a ellos al día siguiente. Había vuelto del rodaje, pero seguía trabajando en la película, y no le gustaba salir cuando estaba rodando. Al día siguiente se sentía cansada. Melissa tenía previsto quedarse en la ciudad hasta el domingo. Le hacía mucha ilusión. No había celebrado ningún festivo en los últimos cuatro años, y no tenía a nadie con quien pasarlos. Prefería leer o ver películas antiguas y olvidarse de todo. Pero ese año no. Tenía mucho que celebrar y agradecer. Lamentaba que Hattie no estuviera allí también, ya que era ella quien había hecho posible toda su alegría.

Melissa tomó un taxi hasta casa de Michaela a las seis, y los niños se pusieron a corretear y se mostraron emocionados por verla.

—¡Abuela Mel! —chillaron como si la conocieran de toda la vida. Había llevado libros para colorear de Acción de Gracias y una caja de lápices de colores para cada uno, una muñeca de peregrina para Alex y un tocado de plumas indio para Andy, y un juego de mesa de indios y vaqueros.

—No tienes que mimarlos, mamá —dijo Michaela, lo dijo con naturalidad, y Melissa sonrió. Le encantaba oír esa palabra. Hacía seis años que nadie la llamaba así.

—Tengo muchos años que recuperar, sobre todo porque a ti no pude mimarte en absoluto —respondió Melissa con suavidad—. Y un par de libros para colorear no harán de ellos unos niños consentidos. Lo hablaremos cuando llegue el momento de que Andy tenga su primer coche. Para eso faltan diez años, así que tenemos tiempo. —Michaela se rio, y Melissa fue a ver a su yerno a la barbacoa. Estaba dándoles la vuelta a las hamburguesas de los niños, y haciendo costillas y pollo para los mayores. Llevaba pantalones vaqueros y una sudadera azul oscuro. Tenían una bonita casa de una sola planta, con un gran salón, un comedor y una sala de juegos, cuatro dormitorios, un garaje para tres coches y un patio trasero grande. David le contó que habían comprado esa casa, situada en la zona alta de Beverly Hills, cuando Andrew nació. A David le iba muy bien como abogado.

La comida estaba deliciosa, y cuando terminaron de comer, los niños fueron a la sala de juegos y se llevaron sus libros para colorear. Ambos tenían iPads para poder jugar a juegos con ellos, lo que llamó la atención de Melissa. A Robbie también le encantaba el suyo. Lo había mantenido distraído en el hospital durante horas cuando le daban los tratamientos de quimioterapia. Ella todavía lo conservaba guardado en un cajón con sus juegos favoritos.

Cuando los niños salieron de la habitación, Melissa le dio las gracias a David por la deliciosa cena y les preguntó qué pensaban del escándalo de acoso sexual que tenía a todo el mundo fascinado. La primera noticia había aparecido tres días antes, y la avalancha de denuncias estaba cobrando fuerza.

—No creo que haya sorprendido a nadie en la industria, pero nadie había hablado antes, y ahora todo el mundo lo hace —respondió Michaela—. Cada día hay nuevos nombres en la lista. Se están cancelando muchos programas de televisión, incluso algunos muy importantes, y se están retirando películas de los cines. Marla dice que han tenido que sustituir a dos personas en el reparto de la película en la que está trabajando, y el director está muy enfadado. Tienen que volver a rodar todas las escenas en las que aparecen con nuevos actores. Todo el mundo se lo está tomando muy en serio. Nadie niega que sea real. Quizá ya era hora de que ocurriera.

—Dos de mis clientes han sido acusados —añadió David—. Los hemos remitido a abogados penalistas. Nosotros no llevamos esos casos. Y apuesto a que habrá muchos más.

—Eso parece —comentó Melissa—. Sucede en muchas industrias. Pero quizá no de forma tan flagrante como en Hollywood. —Algunas de las historias que estaban oyendo eran muy ofensivas, trágicas en algunos casos cuando se trataba de niños y adolescentes y actores muy jóvenes. Habían arruinado varias vidas y muchas carreras resultarían destruidas. Ciertas actrices aseguraban que habían perdido papeles en películas importantes al no prestarse a seguir el juego—. Está en todos los informativos de Nueva Inglaterra y de la Costa Este, y supongo que aquí se hablará aún más de ello.

—Es lo único de lo que se habla —confirmó Michaela—. Marla dice que se lo merecen. Han estado saliéndose con la suya durante mucho tiempo.

La madre adoptiva de Michaela estaba muy presente en la mente de Melissa, ya que se iban a encontrar por primera vez en el almuerzo del día siguiente, y Melissa todavía estaba aterrorizada ante la perspectiva. Norm había hecho todo lo posible para animarla antes de que se fuera, pero su mente no descansaría hasta que el primer encuentro hubiera terminado y hubiera salido bien. Michaela estaba segura de que así sería.

Melissa se marchó después de la cena y volvió al hotel. Estuvo viendo la última edición de los informativos y se enteró de que se habían añadido más nombres a la lista. Le dio pena descubrir que algunos de sus actores favoritos aparecían en ella. Más y más víctimas se sentían con el poder de hablar y la mayoría de las denuncias estaban bien fundamentadas, sonaban reales y creíbles. Solo unas pocas parecían falsas, que trataban de explotar la tendencia actual. Apagó el televisor y se fue a la cama.

A la mañana siguiente se levantó temprano. Estaba invitada a casa de los Foster a mediodía, y la comida era a la una. Michaela había dicho que David prepararía el pavo y el relleno, y que ella se ocuparía de todo lo demás, las verduras y las tartas. Cada año celebraban a la manera tradicional el día de Acción de Gracias en su casa, y la Navidad en casa de su madre, pero esta encargaba la comida a un restaurante. Según Michaela, Marla no sabía cocinar y tampoco lo intentaba. El personal de servicio le proporcionaba todo lo que necesitaba. Pero a Michaela le gustaba cocinar con su marido. A Melissa le había recordado a Norm. Con las tres horas de diferencia horaria, era demasiado tarde para llamarle cuando volvió al hotel. Sabía que él estaría durmiendo porque por la mañana tenía que salir para Boston a casa de su hermano.

Melissa tomó café y tostadas en el hotel. No quería comer mucho, pues ya sabía que iban a servir un gran almuerzo. Estaba nerviosa por conocer a la mujer que había criado a su hija y había sido su madre durante treinta y tres años. Se preguntaba qué habría pensado si se hubieran conocido cuando nació Michaela, si le habrían gustado y habría querido que criaran a su hija. No tuvo en ello ni voz ni voto porque nunca llegaron a conocerse. Entonces todo era distinto. Las madres biológicas no formaban parte de la vida de sus hijos, ni aparecían en los días festivos ni iban a las fiestas de cumpleaños. En aquella época, desaparecían de la vida del bebé. Y no tenían voz en la adopción de su hijo. Todo eso era mucho más reciente. Melissa seguía sintiéndose extraña pasando el día de Acción de Gracias con Marla y almorzando con ella. Además, Marla era una gran estrella.

Se puso el traje de terciopelo marrón que parecía un poco anticuado, pero no demasiado. Y llevaba uno de los pares de zapatos de tacón que había comprado en Nueva York. Se puso unos pendientes marrones y dorados con forma de hojas que le había regalado Carson. Eran de topacio antiguo y los había comprado en Londres. Para completar el conjunto se había decidido por un viejo bolso de cocodrilo marrón de su madre que había conservado pero que nunca había utilizado. Se sintió demasiado formal cuando se miró en el espejo. Se parecía a su madre cuando iba a jugar al bridge con sus amigas. Pero quería parecer respetable y maternal, y no quería avergonzar a Michaela.

Llegó justo a tiempo y vio que los niños se habían arreglado para la ocasión. Alexandra llevaba un bonito vestido rosa con blusón, y Andy unos pantalones de pana marrones, una camisa blanca, un jersey rojo y sus zapatillas de deporte de Superman. Michaela dijo que se suponía que debía llevar mocasines, pero él se negó, y ella volvió a la cocina para vigilar las coles de Bruselas. David estaba preparando el pavo y tenía puesto el fútbol en la televisión.

El timbre sonó y nadie respondió, así que Melissa se levantó para ayudar. Le dijo a Michaela que iría ella misma, sin pensar en quién podría ser. Abrió la puerta y se encontró mirando los enormes ojos azules de una mujer mayor y rubia, con el pelo perfectamente cortado hasta los hombros, diamantes en las orejas, pantalones de terciopelo marrón y una blusa de raso color crema, tacones altos y un enorme brazalete de oro en una muñeca. Lucía una figura impecable y una sonrisa perfecta. Melissa la reconoció en el acto. Era Marla Moore, que entró arrastrando una nube de Chanel n.º 5 tras de sí. Miró a Melissa de la cabeza a los pies, y Melissa sintió que sus rodillas empezaban a temblar...

—Me alegro mucho de conocerte —dijo Marla con un acento de clase alta de la Costa Este que Melissa reconoció de inmediato, y sonó como si lo dijera en serio. Pero era actriz, así que era difícil saberlo—. Michaela me ha hablado mucho de ti. Eres incluso más joven de lo que pensaba. Serías también un bebé cuando la tuviste. —Fue directa al grano mientras aún estaban de pie en el vestíbulo y no se movieron. Melissa se sentía desaliñada a su lado. Todo lo que Marla llevaba era moderno, favorecedor, caro y elegante.

—Tenía dieciséis años —respondió Melissa, sintiéndose incómoda.

—Yo tengo veinticuatro años más que tú —dijo Marla e hizo una mueca—. Tenía cuarenta años cuando ella nació y mi marido sesenta y dos, edad suficiente para ser tus padres —dijo mientras Melissa digería la información—. Estaba tan nerviosa por conocerte —dijo y Melissa se quedó atónita al oírlo.

—¿Nerviosa por conocerme a mí? Solo soy una mujer que vive en una granja en Nueva Inglaterra. Tú eres una de las mujeres más famosas del mundo, y la más glamurosa que he visto nunca.

—Eso es discutible, pero gracias. He leído tus libros. Los compré cuando Michaela me habló de ti. Son brillantes. ¿Tienes alguno nuevo en proyecto?

—Me he retirado —dijo Melissa en voz baja, conmovida por los elogios.

—Eso es ridículo. No a tu edad. Tengo setenta y tres años y no tengo intención de retirarme hasta que me saquen del plató en una bolsa para cadáveres. Retirarse mata a la gente, ¿no te has enterado? —Caminaron lentamente hasta el salón y se sentaron.

—Se me acabaron las ideas —confesó Melissa, sintiéndose patética al decirlo. La mujer mayor sentada a su lado en el sofá era fuerte y vital y estaba llena de energía, y ella se sentía como una perdedora al decir que se había retirado.

—Lo dudo. Es solo un paréntesis. Todos los tenemos. La mujer que escribió esos libros está llena de ideas. Estoy segura de que tienes otros diez o veinte libros dentro —dijo con otra sonrisa que mostraba sus dientes perfectos. Parecía un anuncio de pasta de dientes o la portada de *Vogue*. Era una estrella de cine famosa de la cabeza a los pies, y tenía las manos perfectamente cuidadas. Melissa no se había puesto esmalte de uñas en siete años.

—Para ser sincera, mi hijo cayó enfermo y murió, así que dejé de escribir.

—Lo siento —dijo. Sonó comprensiva durante un breve instante—. Cuando mi marido murió, yo estaba en el plató el día después del funeral para empezar a rodar una película. No puedes permitirte bajar la guardia ni un minuto. Ninguno de nosotros puede. Siempre hay alguien esperando para ocupar nuestro puesto. —Así era como vivía, yendo a toda velocidad en una industria altamente competitiva. Era una fuerza imparable, y Melissa pudo entender ahora lo que Michaela quería decir. Marla Moore no era una persona cariñosa y tenía las ideas claras, era un ciclón humano y una mujer fuerte, y esperaba que aquellos que la rodeaban también lo fueran.

—Probablemente tengas razón. He estado trabajando en mi casa en los Berkshires durante los últimos cuatro años. He hecho la mayor parte del trabajo yo misma. —Sonaba orgullosa cuando lo dijo.

—Eso es maravilloso y debe de ser hermosa. Pero eso puedes hacerlo cuando tengas ochenta años. El mundo necesita más libros tuyos. —Lo dijo con énfasis, y Melissa dibujó una sonrisa cuando su hija entró en la habitación y las sonrió a las dos.

—Hola, Marla. ¿Ya le has explicado a Melissa cómo debe llevar su vida? —Michaela se burló de ella. Conocía bien a su madre adoptiva, y obviamente la quería, por la cálida mirada que intercambiaron.

—Por supuesto. Eso es lo que estaba haciendo cuando has entrado. Tiene que escribir más libros.

—A lo mejor no quiere —sugirió Michaela con suavidad.

—No tiene elección. Tiene talento, tiene que utilizarlo. Esa es la obligación que conlleva el talento. No puedes guardarlo en un cajón y olvidarte de él. —Eso era lo que Melissa había hecho durante los últimos siete años, desde que Robbie cayó enfermo.

—No todo el mundo quiere trabajar tanto como tú —le recordó Michaela.

—Eso seguro. Bueno, ¿qué se siente viviendo en Gomorra? —le preguntó a su hija—. La mayoría de mis amigos están en esas listas. Las mujeres que los acusan tienen razón, por supuesto, y habría que haber atrapado y castigado a algunos de ellos hace años. Pero se salieron con la suya, y ahora se está desatando el infierno y los están despidiendo a diestro y siniestro. Todavía no hemos visto el final. —Se dirigió entonces a Melissa—. Estoy segura de que tú también te has encontrado con esto en el mundo editorial. Nos ha pasado a todas. Muchas mujeres han sido utilizadas con malos propósitos. En muchos casos en Hollywood, si querían los papeles buenos, cedían. Es una industria podrida. Siempre lo ha sido. Me he encontrado con ello unas cuantas veces, pero he tenido suerte. La mayoría de los productores con los que he trabajado son hombres decentes. Pero muchos están tan podridos como se dice de ellos. Me alegro mucho de que

Michaela no haya entrado en el negocio. No hay duda, algunos de esos hombres arruinaron muchas vidas, y todos lo sabíamos. Ahora sus víctimas han vuelto con ganas de vengarse. No siento ninguna compasión por ellos. —Era fuerte, segura y hablaba claro. Melissa se dio cuenta de que le caía bien. Marla seguía dando un poco de miedo, era contundente y obstinada, pero Melissa tenía la sensación de que era una buena persona. Era muy parecida a como la había descrito su hija adoptiva. Entonces miró a Melissa—. No estuve presente todo lo que debía, pero quiero que sepas que la quiero mucho y que habría dado mi vida por ella. Si tuviera que volver a hacerlo, habría rodado menos películas y habría estado más tiempo en casa con ella. Me perdí algunos momentos importantes, pero estoy aquí por ella, y la quiero. Y creo que ella también lo sabe.

—Sí, lo sabe —respondió Melissa en voz baja—, y también te quiere mucho. Yo no podría haberlo hecho mejor que tú, con la edad que tenía, o quizás ni siquiera hubiera podido hacerlo más tarde. Tenías mucho que ofrecerle, tu experiencia vital y la de tu marido, y yo tenía mucho que aprender.

—Todos tenemos que aprender —dijo Marla con generosidad—. Me preocupaba conocerte. Michaela ha estado muy emocionada desde que te encontró, o desde que tu hermana la encontró a ella. Y tú eres mucho más joven que yo, y probablemente mucho más divertida. Soy lo bastante mayor como para ser tu madre. Pero tal vez, juntas, podamos ahora estar ahí para ella. Nos complementamos, así que ahora tiene dos madres. —Fue la cosa más generosa que podría haber dicho y Melissa se sintió agradecida y se relajó en cuanto pronunció esas palabras.

Las tres se relajaron. Marla se volvió entonces hacia Michaela.

—¿Qué está haciendo tu marido con ese maldito pavo? ¿Persiguiéndolo por el patio trasero? Nos morimos de hambre. —Andrew entró en la habitación y Marla miró con consternación sus pies—. Andrew, las zapatillas de deporte son para el tenis o la playa. Por favor, ponte zapatos adecuados. Superman puede esperar. —Sin discutir, el niño salió corriendo de la habitación en busca de sus mocasines. Michaela le dio las gracias, y entonces Marla se dirigió a Melissa—: Puede llevarlos cuando esté contigo. Yo estoy chapada a la antigua. Me gusta que los chicos lleven el calzado adecuado.

En ese momento entró su yerno. Llevaba un traje y unas Nike, y ella fingió desmayarse.

—¿Qué os pasa a todos? ¡Toda una generación sin zapatos! —Todos se rieron. Luego David anunció que la comida estaba lista, y le siguieron hasta el comedor, donde el pavo estaba servido en una bandeja sobre la mesa y tenía un aspecto espléndido. Ya lo había trinchado, por eso se había retrasado.

Fue una comida muy animada gracias a la presencia de Marla. No dejó que nadie perdiera las maneras, felicitó a los dos chefs por la deliciosa comida y les contó anécdotas divertidas del rodaje de la película en la que estaba trabajando.

—Si para entonces no están todos en la cárcel por agresión sexual, deberíamos terminar en dos o tres semanas —dijo— y luego pasamos a la postproducción. Voy a empezar una nueva película en enero. Rodaremos aquí y en Inglaterra y Escocia, así que me perderás de vista durante un mes o dos a principios de año. —Tenía más energía que cualquier otra persona que Melissa hubiera conocido.

Marla se fue poco después del postre, dijo que tenía que aprenderse los nuevos cambios en el guion. Antes de irse, se detuvo y miró a Melissa.

—Estaba preocupada, pero ya no lo estoy ahora que te he conocido. Eres una buena mujer, y estoy feliz de compartir a mi hija contigo. Pero vuelve a escribir. No tienes excusas. Dejar de escribir no te devolverá a tu hijo. El mundo necesita oír lo que tienes que decir.

—Gracias —dijo Melissa, sintiéndose incómoda, se abrazaron y unos minutos después, Marla se marchó—. Vaya, es increíble —exclamó cuando la puerta se cerró tras ella—. Tiene tanta energía.

David y Michaela se echaron a reír.

—Y qué lo digas. Nunca se detiene. Trabaja como una mula, y probablemente siempre lo hará. Todavía tiene mucho trabajo. Muchas actrices no lo consiguen a su edad. Pero siempre encuentra algo que le guste, y no le asustan los papeles difíciles.

—Debió de ser interesante crecer con ella —comentó Melissa.

—Lo fue —le confirmó Michaela—. Siempre fue justa conmigo, pero era muy exigente. Buenas notas, buen comportamiento, buenos zapatos. No soporta la pereza en ninguna de sus formas. Pone el listón muy alto, tanto para ella como para los demás. Pero también tiene un buen corazón. Me alegro de que te caiga bien. Me habría entristecido que no os llevarais bien. —Era todo un carácter, pero Melissa la respetaba mucho.

—Estoy asombrada. Quiero ser como ella cuando sea mayor —dijo y David y Michaela se rieron. Marla era única. Y a Melissa le conmovió que dijera que estaba dispuesta a compartir a Michaela con ella. Era generosa hasta el extremo—. Estaba muy nerviosa por conocerla.

—Ella también lo estaba —dijo Michaela—. Me comentó en la cocina entre plato y plato que piensa que eres genial. Y no dice eso fácilmente de nadie. —A Melissa también le habían interesado sus comentarios sobre las agresiones sexuales. Marla tenía información de primera mano y conocía a los hombres involucrados.

Después de recoger los platos, se quedó a ver una película con ellos. Al mismo tiempo, David tenía el partido de fútbol puesto en silencio en otro televisor para poder seguir el resultado.

Durante el fin de semana hicieron cosas divertidas en Los Ángeles. No volvieron a ver a Marla porque estaba ocupada, pero le envió a Melissa un correo electrónico diciéndole lo mucho que le había gustado conocerla y recordándole que tenía que volver a escribir.

En definitiva, fue un día de Acción de Gracias perfecto. Se lo contó todo a Norm cuando regresó al hotel y lo llamó. Él había pasado un buen día en casa de su hermano. A Melissa le daba pena irse, pero quedaron en que ellos irían a visitarla dos días después de Navidad y planeaban quedarse una semana.

Norm tomó un taxi hasta el aeropuerto de Boston y condujo el coche de ella de vuelta a casa. No dejaron de hablar en todo el camino, y cuando llegaron a su casa, subieron corriendo y se echaron en la cama.

—Llevo cuatro días suspirando por ti —dijo con fervor mientras le quitaba la ropa y ella se reía y tiraba de la suya. Minutos después, estaban haciendo el amor. Era maravilloso volver a casa con él después de haber pasado un tiempo fantástico con su hija. No se le ocurría un día de Acción de Gracias mejor. Su soledad en los Berkshires había terminado. Estaba viva otra vez, y miraba al futuro con alegría. Nunca había estado tan agradecida en su vida.

12

Hattie llamó a Melissa el día después del fin de semana de Acción de Gracias cuando llegó a casa del trabajo.

—¿Cómo ha ido? —le preguntó Hattie.

—Fantástico. Fue perfecto. Marla Moore es increíble. Tiene más energía que la mayoría de la gente, aunque les doble la edad. Es glamurosa y hermosa. Creo que estaba tan nerviosa como yo antes de conocernos. Tenía miedo de que yo le quitara a Michaela. Nadie podría hacerlo. Marla es una buena madre a su manera. Tiene su propia vida y está ocupada con su carrera, pero la quiere, y Michaela lo sabe. Me dijo que estaría encantada de compartirla conmigo. No podría haber salido mejor.

Hattie parecía distraída cuando habló.

—¿Puedo ir a verte este fin de semana? Quiero hablar contigo. —Sonaba muy seria. Melissa llevaba ya tiempo preocupada por ella. Había estado muy deprimida últimamente, desde el verano y su viaje a Irlanda. No estaba segura de si se trataba de su visita a San Blas o de su conversación con Fiona Eckles, pero fuera lo que fuese, Hattie no se había recuperado todavía, y parecía estar aún más deprimida.

—Claro —respondió ella—. ¿Quieres quedarte a dormir el sábado por la noche?

—No puedo. Tengo que ayudar en la misa del domingo. Solo estaré durante el día.

—Es un viaje muy largo. Espero que no nieve.

—Yo también.

—¿Estás bien?

—Sí. Estoy bien. Te veo el sábado. —Hattie colgó antes de que su hermana pudiera hacerle más preguntas.

Melissa estuvo muy ocupada durante aquella semana. Norm se quedaba con ella todas las noches, pero el sábado prefirió no ir a verla para que Melissa pudiera pasar el día con su hermana. Hattie llegó a las once, lo que significaba que debía de haber salido de la ciudad sobre las seis, ya que la carretera estaba cubierta de una nieve ligera. Tenía un aspecto sombrío cuando le abrió la puerta, y la siguió hasta la cocina.

—No tenían bollos de canela. Te he traído cruasanes de chocolate. —Hattie le sonrió, pero Melissa se dio cuenta de que algo iba mal—. ¿Qué pasa? Parece que hayas suspendido las matemáticas. —Las dos sonrieron. El comentario les trajo recuerdos de su juventud.

Hattie suspiró, se sentó en una silla de la cocina y miró a su hermana.

—He suspendido la vocación. Hay algo que he querido decirte durante años. Debería habértelo dicho hace mucho tiempo.

—No seas tan dura contigo misma. Eres una monja maravillosa.

—No, no lo soy. Nunca he tenido vocación. Tenías razón. Me escapé. Quería huir lo más lejos posible. El convento parecía el lugar perfecto para hacerlo. No tenía ningún tipo de visión o inspiración religiosa. Solo tenía miedo. Así que hui y me escondí, como tú dijiste. Fui una cobarde. Todavía lo soy.

»¿Recuerdas al productor que me pidió que fuera a Hollywood para hacer la prueba? Me ofrecía un papel en una gran película. Un buen papel. Estaba muy emocionada. Nunca hice preguntas. Volé allí con un billete que me envió y me presenté a la prueba. Sam Steinberg. Voló a Los Ángeles para estar en la prueba en persona. Me dijo que me reuniera con él en su despacho. Así que lo hice, yo entonces era idiota.

—No eras idiota —la corrigió Melissa. Estaba escuchando atentamente, frunciendo el ceño—. Eras una cría.

—Una cría muy tonta. Entré en su despacho un sábado por la mañana. No había nadie más. Me dijo que me iba a hacer la prueba él mismo, porque creía que yo tenía mucho talento. Me auguraba una gran carrera cinematográfica y no descartaba que pudiera ganar un Oscar en el futuro. Cerró la puerta con un botón que tenía debajo de su escritorio. Entonces se quitó la ropa y me arrancó la mía. Me la arrancó por la espalda, me abofeteó, me tiró en el sofá de su oficina y me violó. Después de eso, me puso en su escritorio y volvió a violarme. Cada vez que intentaba moverme me golpeaba. Me pegó, me pateó, me golpeó, se masturbó sobre mí y me violó repetidas veces durante todo el día. Me tuvo allí hasta las seis. Apenas podía caminar cuando me dejó marchar. No había nadie en el edificio excepto nosotros dos. Me lanzó una camisa y unos pantalones cortos mientras yo me arrastraba por el suelo. Ni siquiera podía ponerme de pie, mientras él se ponía su camisa, su corbata y su traje. Se detuvo en la puerta y dijo: «Lo siento, chica, has suspendido la prueba. Eres demasiado joven para el papel. Mejor suerte la próxima vez». Entonces se rio y se fue. Ni siquiera sé cómo pude salir de allí. Estaba demasiado avergonzada para ir a un hospital. Me rompió algunas costillas. Tenía moratones por todas partes, y apenas pude sentarme durante una semana. Gracias a Dios, no me quedé embarazada. Su nombre estaba en la lista de agresores sexuales que se publicó la semana pasada. Diecisiete mujeres lo han acusado de violación, asalto y agresión, y lo que describen es lo mismo que me hizo a mí. Se lo ha estado haciendo durante años a jóvenes aspirantes a actrices. La prueba de Sam Steinberg. Por lo visto, es algo de dominio público en Hollywood.

Melissa se sintió mal mientras escuchaba, y temía que hubiera algo más.

—Me registré en un motel barato y me quedé allí hasta que pude volver a caminar con normalidad y cubrir los moratones con maquillaje. Cuando llegué a casa, hice lo único que se me ocurrió. Fui directamente al convento y les dije que había sentido la llamada. La verdad es que no tenía vocación, pero no quería volver a ver a ningún otro hombre, ni que nadie me tocara. Conocí a una chica en el avión de vuelta a Nueva York. No paraba de llorar y cuando le pregunté qué le pasaba me contó que la habían violado dos veces en Los Ángeles y una tercera vez en Nueva York cuando estaba haciendo una prueba para un pequeño teatro en Broadway. Eso fue todo. Supe que ya no quería ser actriz. La realidad me sacudió con fuerza. Todo lo que quería era estar protegida y a salvo de tipos como ese productor. Si el mundo de la interpretación consistía en eso, yo no quería ser actriz. —A Hattie se le saltaban las lágrimas mientras le contaba su historia a Melissa, que también había empezado a llorar.

—¿Por qué no me lo dijiste? Podrías haberme llamado desde Los Ángeles. Podríamos haber ido a denunciarlo a la policía. Todavía podemos. —Melissa quería matarlo después de lo que había oído.

—Me dijo que, si lo hacía, me encontraría y me daría una paliza o me mataría, y que de todos modos nadie me creería. Y tenía razón. Nadie lo habría hecho entonces. Él era un gran productor y yo no era nadie. No quería que eso volviera a ocurrir. Y probablemente tampoco era buena como actriz. No podría haber soportado que eso me sucediera de nuevo.

—Recuerdo cuando fuiste a Los Ángeles —dijo Melissa, sintiéndose mal—. Me alegré por ti. Era algo muy importante. Y recuerdo cuando volviste y te metiste directamente en el convento. Pensé que te habías vuelto loca. No tenía ningún sentido. Ahora lo entiendo, dieciocho años después. Debería haberme dado cuenta.

—¿Cómo podías haberte dado cuenta? Mentí para entrar en el convento. Y te mentí a ti. La única razón por la que quería entrar allí era porque ese bastardo me violó y tenía miedo de que volviera a sucederme. He estado dentro durante dieciocho años con falsos pretextos. La única razón por la que me uní a la orden fue porque me habían violado, y estaba demasiado asustada para salir al mundo, excepto en calidad de monja.

—Oh, Hattie —exclamó Melissa, y la abrazó—. Vamos a ir a la policía ahora mismo. No es demasiado tarde. Tiene que rendir cuentas y comparecer ante la justicia.

—Lo están haciendo otras. No tengo por qué hacerlo yo. Quedaría deshonrada para siempre.

—Si se lo cuentas a la madre Elizabeth, creo que ella te aconsejará que lo hagas.

—Si se lo cuento, sabrá que soy una mentirosa y que he sido un fraude durante todos estos años. Pero cuando vi su nombre en los periódicos la semana pasada, supe que tenía que contártelo a ti al menos. Tienes derecho a conocer mi falta de honradez, y por qué me uní a la orden.

—Tú no tienes la culpa de nada. Él es el culpable. Él violó a una joven inocente. Te golpeó brutalmente y te violó. Tiene que pagar por eso. Tendrá aún más peso ahora porque eres monja.

—No soy monja, soy un fraude —gritó, furiosa consigo misma—. Voy a pedir que me liberen de mis votos. No debo estar allí. Quiero volver a África. Puedo ser enfermera. No tengo que ser monja para trabajar allí.

—No puedes huir de todo otra vez. Hay que castigar a ese hombre.

—Tal vez no fue del todo culpa suya —dijo ella entre sollozos—. Después de la primera vez, ni siquiera intenté detenerlo. Estaba demasiado asustada. Tú nunca lo habrías permitido. Lo habrías detenido. No habrías dejado que te violara. —Melissa miraba fijamente a su hermana, y quería matar a Sam Steinberg con sus propias manos.

—Déjame contarte algo sobre mi carrera. Lo que te ocurrió no fue culpa tuya. Después de publicar mi primer libro, quería un contrato aún mejor para el siguiente. Carson me había conseguido un buen contrato, pero yo era ambiciosa. Mi editor me llamó y me invitó a comer. Me sentí muy halagada. Me llevó al Four Seasons y me sentí como si yo fuera alguien muy importante. Me tomé tres copas en el almuerzo. Cuando salimos del restaurante, me hizo una propuesta. Si me acostaba con él, sería generoso con el contrato de mi próximo libro. Me trataría bien siempre que yo lo tratara bien primero a él. No me violó ni me golpeó, pero me coaccionó. Me tentó, y yo fui lo bastante codiciosa y estúpida como para seguirle la corriente. Carson y yo acabábamos de empezar a salir, aún no teníamos una relación seria, así que fui a su casa con él. Tenía un apartamento en la calle 62 Este para ese único propósito. Fui allí con él, como una puta en toda regla. Y me acosté con él. Estuvimos practicando sexo toda la tarde y le hice todo lo que me pidió. Fue consentido. Cuando terminamos, dijo que llamaría a mi agente por la mañana y nos ofrecería un gran contrato con un enorme adelanto, pero que quería volver a verme. Sugirió que nos reuniéramos una vez a la semana. Llamó a Carson por la mañana y me propuso un contrato un poco mejor, pero no un contrato extraordinario. Cogí el contrato y lo firmé. Nunca di marcha atrás. Me alejé de él y no se lo conté a Carson. Pero sabía exactamente lo que era y lo que había hecho. Me había prostituido para salir adelante. Me sentía como una puta y me había comportado como tal. Hay un millón de tipos así ahí fuera, esperando a saltar sobre las mujeres jóvenes, usando su poder para obtener favores sexuales. Y algunas de nosotras somos tan tontas como para creérnoslo. Nunca lo volví a hacer, pero jamás olvidé lo que hice. Así que tampoco soy tan pura. Y lo hice voluntariamente. Tú, en cambio, fuiste violada.

»El editor con el que me acosté fue despedido unos años más tarde y se fue a otra editorial. Veinte años después, probablemente siga jugando al mismo juego si consigue que alguien caiga en él. Siempre puede recurrir a la Viagra si no se le levanta. Probablemente tenga setenta y cinco u ochenta años a estas alturas. Hay tipos así en todos los trabajos, y mujeres que caen en la trampa como yo. Pero esas mujeres ahora están hablando. Están denunciando a esos cerdos. Esa es la única manera de pararlos. Las mujeres tienen ahora la palabra. Hombres de Hollywood, hombres importantes, están perdiendo sus trabajos, sus carreras, sus programas de televisión, sus papeles en películas. Algunos de ellos probablemente acabarán en la cárcel. Lo van a pagar caro. Yo fui estúpida, y perdí mi integridad momentáneamente, pero tú fuiste una víctima, Hattie. Quiero que vayas tras ese tipo y añadas tu nombre a esa lista. Estaré a tu lado hasta el final.

—No puedo hacerlo —repitió Hattie con un hilo de voz mientras las dos hermanas se abrazaban y lloraban la una por la otra—. Siento mucho que ese tipo te hiciera eso —le dijo a Melissa.

—Él no tuvo la culpa. La tuve yo. Fui a su apartamento con él, como una fulana a la que hubiera recogido en la calle. Como te he dicho, nunca se lo conté a Carson. Tenía miedo de darle asco. Era el jefe de una respetada editorial. Tipos como él se han estado saliendo con la suya durante años. Pero ahora están empezando a perder. Lo están perdiendo todo, que es lo que se merecen.
—Hattie la miró con tristeza. Melissa le preparó una taza de té para animarla un poco. Llevaban horas hablando y se hacía tarde.

—Debería marcharme ya. Pensaba ir a hablar con la madre Elizabeth mañana. No quiero seguir ocultándoselo. El convento no es mi sitio. Mis motivos nunca fueron puros. Solo pensaba en mí.

—Tus motivos eran completamente puros. Deja de decir eso. Es Steinberg quien ha pecado, no tú.

Era un mundo perverso y ambas habían sido sus víctimas. Era demasiado tarde para que Melissa hiciera responsable al editor, ni siquiera sabía si seguía vivo y probablemente se había retirado y ya no importaba. Era agua pasada y ella había dejado de escribir. Pero no era demasiado tarde para Hattie, y quería que hablara y añadiera su nombre a la lista de las víctimas. Hattie había pagado un alto precio: había renunciado a una carrera prometedora y había sido herida profundamente.

—Lo hablaré con la madre Elizabeth, a ver qué opina. —Fue todo a lo que Hattie se comprometió. Tampoco quería avergonzar al convento. Se marchó unos minutos más tarde, después de que su hermana volviera a abrazarla con fuerza y le dijera que la quería.

Melissa se sintió agotada cuando Hattie se fue. Necesitaba reflexionar acerca de todo lo que habían hablado. La historia de Hattie le había destrozado el corazón, pero por fin entendía por qué había entrado en el convento con tanta prisa. Las dos habían sido creyentes de pequeñas, pero de joven Hattie nunca quiso ser monja. Melissa jamás había entendido aquella decisión, pero ahora todo cobraba sentido. Era la clásica víctima en el peor de los sentidos, y todavía se culpaba dieciocho años después. Había llevado esa carga y ese secreto durante todos estos años. Le había costado dieciocho años de su vida como mujer, y había cambiado el curso de su existencia.

Por primera vez, Melissa no tenía ganas de ver a Norm esa noche. Le envió un mensaje de texto y le dijo que no se encontraba bien. Le contó que tenía dolor de cabeza y síntomas de gripe y que lo llamaría por la mañana. Pensó en su propia estupidez, y en lo desagradable que fue aquello. No se había permitido pensar en ello en años, pero la historia de Hattie le había traído todo a la memoria. A su manera, con su juventud y estupidez, ella también había sido una víctima de las manipulaciones de alguien mayor y más astuto que ella. Habría conseguido el contrato de todos modos, porque sus libros eran buenos, pero ella entonces no lo sabía, así que había vendido su alma al diablo. Ahora recordaba perfectamente lo sucia que se había sentido después, y juró que no volvería a hacer algo así nunca más. Por suerte, cumplió su palabra. Él no había vuelto a ponerse en contacto con ella y probablemente ya estuviera coaccionando a su siguiente víctima.

Norm se presentó en su puerta a la mañana siguiente, con cara de preocupación. Llevaba un termo con zumo de naranja recién exprimido, magdalenas de arándanos que había preparado él mismo, un tarro de sopa casera y el periódico del domingo. Se ofreció a hacerle huevos revueltos y ella no pudo rechazarlo. Realmente tenía mal aspecto y la excusa de la enfermedad resultaba convincente. Había estado despierta durante casi toda la noche, y lloraba cada vez que pensaba en lo que su hermana le había contado. ¿Cómo podría compensárselo? También recordaba lo furiosa que había estado con Hattie cuando se metió a monja, así que además de todo por lo que estaba pasando, su hermana había tenido que lidiar con la ira y la desaprobación de Melissa. Lo único que quería ahora era que Hattie se vengara de Sam Steinberg y se uniera a las demás acusadoras. La lista era larga en su caso, y los cargos no se iban a retirar. Nadie salía en su defensa. Sus colegas en Los Ángeles sabían que era un pedazo de mierda.

—¿Vino ayer tu hermana? —le preguntó Norm. Había algo en la cara de Melissa que le daba mala espina. Parecía enferma, pero no tenía la gripe. Era algo más lo que la preocupaba, pero no quería presionarla y que se enfadara. Por el contrario, la metió en la cama y le preparó sopa de pollo para que se la tomara más tarde. Luego se metió en la cama con ella, la rodeó con un brazo y la estrechó. No intentó hacer el amor. Vio que ella no estaba de humor—. ¿Hay algo que pueda hacer para ayudarte? —le preguntó después de permanecer tumbados un buen rato. Melissa se lo pensó antes de contestar.

—No lo creo. —No quería violar la privacidad de su hermana, pero confiaba en él—. Hattie me contó ayer que fue víctima de uno de los hombres de la lista de Hollywood —le confió—. Ha tardado dieciocho años en contármelo. Es una historia terrible. Ella intentaba ser actriz por entonces, y él era un gran productor. —Norm podía adivinar el resto. Ella no tenía que darle detalles y él no preguntó—. Quiero que vaya a la policía, y que añada su historia a la de las demás. Pero ella no quiere hacerlo.

—Tiene que ser ella la que decida —respondió Norm con sensatez, y Melissa supo que tenía razón—. Las otras mujeres lo llevarán ante la justicia, si ella no lo hace.

Permanecieron allí en silencio durante mucho rato. Después de tomarse la sopa a la hora de comer, ella se puso algo de ropa y salieron a pasear en silencio. Se sintió mejor cuando llegaron a casa. Norm sabía que ella quería estar sola y no tardó en irse. Era el hombre adecuado en el momento adecuado, y se entendían perfectamente. Unos años antes no habría valorado esa conexión, pero ahora sí lo hacía.

Hattie la llamó esa noche después de haber hablado con la madre Elizabeth. La había escuchado en silencio y le había explicado a Hattie que algunas personas no encontraban su vocación hasta después de entrar en el convento, como había sido su caso.

«Nunca te habrías quedado todo este tiempo si no tuvieras vocación. ¿Qué quieres hacer con ese hombre?».

«No lo sé», dijo Hattie, sintiéndose perdida. «Melissa cree que debería denunciarlo a la policía. Pero yo no quiero hacerlo».

«Haz lo que te parezca mejor. Nadie puede decirte lo que tienes que hacer».

Hattie le repitió esas palabras a Melissa cuando la llamó.

—Ella cree que debería ir a un retiro para aclararme las ideas. Tal vez lo haga, en Navidad. —Melissa no discutió con ella. La madre superiora tenía razón. Hattie tenía que tomar su propia decisión. Ya había sufrido bastante y había cargado con la culpa durante dieciocho años...

—Te quiero —fue todo lo que Melissa le dijo, y pudo oír a Hattie llorando al otro lado de la línea.

—Yo también te quiero —respondió con suavidad, y colgó.

13

Día a día, la lista de víctimas que acusaban y la de los agresores sexuales seguía creciendo en los periódicos. Muchos de ellos eran muy conocidos, otros no tanto. Las denuncias empezaban a extenderse al ámbito de la política, y algunos nombres de gente importante empezaron a engrosar la lista. Todo el mundo estaba a la espera de ver hacia dónde se extendería a continuación, como la sangre sobre el suelo que mancha todo lo que toca, y se expande más rápido de lo que se puede detener.

Melissa pensaba en Hattie todo el tiempo. La descripción que había hecho su hermana pequeña de la escena la atormentaba.

Hattie llamó una semana antes de Navidad. Dijo con voz mortecina que había decidido que era una cobardía no hablar, ya que otras lo habían hecho. No era justo, dijo, dejar que las demás cargaran con todo el peso. La madre Elizabeth se había puesto en contacto con la unidad de delitos sexuales de la policía y había concertado una cita para el día siguiente. Como era de rigor, según las normas del convento, la madre superiora iría con ella, pero Hattie quería que su hermana también estuviera allí, y la superiora había accedido. Llamaba a Melissa para pedirle que la acompañara, y ella contestó que allí estaría.

Condujo hasta Nueva York esa noche, por si acaso nevaba y no podía llegar al día siguiente. Se iba a alojar en el hotel donde se había hospedado cuando conoció a Michaela. Norm se ofreció a acompañarla, pero ella se negó. No creía que Hattie quisiera que estuviera allí, y Melissa pensaba dejar la ciudad en cuanto terminara la reunión con la policía.

Melissa llegó al convento a la una y salieron juntas. La cita era a las dos, y se dirigieron al centro en uno de los coches del convento. Condujo Hattie, ya que a la madre Elizabeth no le gustaba conducir. Hattie llevaba el hábito y tenía un aspecto muy serio. El coche estaba en silencio, y Melissa se imaginó que las dos monjas estarían rezando, así que no abrió la boca.

La comisaría en la que se encontraba la unidad de delitos sexuales del Departamento de Policía de la Ciudad de Nueva York estaba en la calle Centre. Aparcaron y entraron. Era un edificio feo y muy iluminado, con gente que se apresuraba por los pasillos y desaparecía en las oficinas. Se dirigieron a la puerta de la derecha, entraron y les indicaron que se sentaran. Diez minutos más tarde una mujer con uniforme de policía fue a buscarlas y las condujo a una sala donde dos detectives esperaban en una larga mesa de conferencias. Hattie se sintió aliviada al ver que ambas eran mujeres. La más joven de las dos era una sargento afroamericana, de unos treinta años. La oficial superior era una teniente más o menos de la edad de Melissa. La sargento les dedicó una sonrisa cálida. Ninguna de las dos llevaba uniforme, iban en ropa de calle y saludaron respetuosamente a las dos monjas. Le ofrecieron agua a Hattie y ella la rechazó. Solo quería acabar con el calvario y marcharse. Extendió la mano y tomó a Melissa de la suya. La madre superiora permaneció callada mientras comenzaban las preguntas.

Poco a poco, Hattie les contó la misma historia que le había contado a Melissa. Hubo detalles adicionales que había recordado recientemente, todos igual de perturbadores. La violencia del ataque y la propia violación hicieron que Melissa se estremeciera, incluso al escuchar el relato por segunda vez. Él la había golpeado una y otra vez, la había amenazado, golpeado y violado en el suelo, en el sofá, encima del escritorio, sobre una silla. La había sodomizado repetidamente, y mientras la violaba, la golpeaba y la amenazaba, advirtiéndole que no se lo contara a nadie o, de lo contrario, la encontraría y la mataría. Ella le creyó. Había buscado refugio en el convento. Para ella era un hogar seguro, aunque para Melissa, después de lo de San Blas, un convento habría sido aún más aterrador. Dijo que pensaba que las monjas la protegerían y que él no la encontraría ahí.

Las dos detectives tomaron muchas notas e hicieron el menor número de preguntas para no interrumpirla.

Cuando terminó, le dijeron que se pondrían en contacto con la policía de Los Ángeles para añadir su caso a las otras acusaciones contra Sam Steinberg, en lugar de abrir uno por separado en Nueva York. Sería más efectivo presentar todos los casos en una sola jurisdicción. Iban a tratar de mantener su caso en la más estricta confidencialidad porque era monja, pero no podían garantizárselo.

Ahora había tantos casos denunciados, en los periódicos y en internet, que se estaba convirtiendo en algo habitual. Cientos de víctimas se habían presentado para acusar a docenas de hombres, casi un centenar por el momento, la mayoría de los cuales eran muy conocidos. La industria del entretenimiento estaba siendo diezmada. El caso de Hattie era uno de los peores, pero no era inusual. Presentaron la denuncia con su nombre real y mantuvieron su nombre de religiosa en secreto, lo que, según dijeron, haría más difícil que la prensa la encontrara.

—¿La prensa? —Hattie parecía asustada.

—Están al tanto de todos los atestados policiales —explicó la sargento—, pero hay demasiados para hacer un seguimiento de todos. Les interesan más las actrices famosas que han denunciado a los agresores. —Eso despertaba mucho interés. El asunto hacía semanas que duraba, casi un mes para entonces, y el número de casos seguía creciendo. No había disminuido. De hecho, el furor iba en aumento.

—Al contar su historia, ha ayudado a todas las demás mujeres que han puesto denuncias, y a las que aún no lo han hecho, pero quieren hacerlo —le dijo la teniente al darle las gracias a Hattie. Esta última parecía aturdida después de volver a contar su historia por tercera vez. Era como revivirla.

—¿Tendré que ir al juzgado a testificar contra él? —les preguntó Hattie.

—Es muy poco probable. Cuando se denuncien todos los casos, estoy segura de que se declarará culpable. No va a ir a juicio contra todas. Ningún jurado lo verá con buenos ojos. Algunas llegarán a un acuerdo con él, pero es uno de los peores agresores. Irá a la cárcel. Algunos de los otros agresores abusaron de menores, las drogaron y las violaron. Ese no parece ser su *modus operandi*.

Tomaron nota de la declaración de Hattie en un ordenador, la imprimieron y le pidieron que la firmara. Las tres mujeres permanecieron en silencio mientras salían de la comisaría y se dirigían al coche aparcado. Había sido una experiencia impresionante, y Hattie había sido muy valiente.

De regreso al convento, Hattie le dijo a Melissa que la enviarían a una casa de retiro en Vermont durante unas semanas hasta que se sintiera mejor, y también para asegurarse de que la prensa no la encontrara.

—Estaré allí durante las Navidades. —Melissa asintió. De todos modos, no habían pasado las Navidades juntas desde hacía años. No desde que ella había entrado en el convento—. Te escribiré —le prometió.

Se dieron un largo abrazo antes de que Hattie siguiera a la madre Elizabeth al interior del convento mientras Melissa las observaba. Luego esta volvió al hotel, recogió su maleta y regresó a Massachusetts. No pudo evitar llorar a ratos durante el viaje. Cuando llegó a casa se encontró a Norm, que la estaba esperando con la cena en el horno. Había cocinado *hachis parmentier*, un plato francés hecho con pato, acompañado de puré de patatas y trufas negras. Ella creía que estaba desganada, pero descubrió que se equivocaba en cuanto lo hubo probado. Era un buen plato de invierno, y se maravilló de nuevo de lo bien que él cocinaba.

—¿Cómo ha ido? —le preguntó al cabo de un rato. Ella parecía agotada después de la reunión con la policía y el largo viaje en coche.

—Fue duro, pero Hattie estaba muy serena y habló

con coherencia. Dicen que ese tipo irá a la cárcel, donde debe estar. —Norm asintió. Pensaba que el comportamiento de estos hombres que se aprovechaban de las mujeres, y en particular de las chicas jóvenes, era atroz. Hattie había renunciado a sus sueños de ser actriz, a la carrera que había estudiado, y a su libertad, para esconderse en el convento durante dieciocho años. Había perdido mucho, y Melissa no estaba segura de que la vida que había elegido la compensara. Estaba casi segura de que no lo había hecho, y era obvio que ella misma tenía dudas ahora también.

Melissa estuvo contenta de poder acurrucarse en los brazos de Norm esa noche.

Al día siguiente, después de que él se fuera a trabajar, ella estaba en su escritorio pagando unas facturas cuando sonó el teléfono y lo descolgó distraídamente.

Un alegre «¡Hola, mamá!» sonó en el auricular, y durante un instante supuso que la persona que llamaba se había equivocado de número. El saludo no le resultaba familiar, y de repente se dio cuenta de quién era. Era Michaela. Había llamado para charlar. Melissa sonrió ampliamente cuando la reconoció.

—Bueno, esta es una sorpresa agradable. ¿Cómo va todo en Los Ángeles?

—Ocupadísimos antes de Navidad. Nos morimos de ganas de ir a verte.

—No puedo esperar a estar contigo. —La normalidad de esa conversación casi compensaba las miserias de la semana pasada con Hattie. Michaela no tenía ninguna noticia que dar en particular, solo quería oír la voz de su madre. Eso le recordó otra vez a Melissa lo mucho que Hattie había hecho por ella. Y deseó poder hacer más por su hermana, para poder compensárselo ahora. Hattie estaba en un retiro de silencio, así que no podía ponerse en contacto con ella.

Michaela y Melissa hablaron durante diez minutos y luego se despidieron. A Melissa se le subía el ánimo solo de pensar en ella. Tenía los regalos envueltos, e iban a alquilar esquíes y patines de hielo para los niños cuando llegaran. El mejor regalo de Navidad era el que le había traído Hattie. Tenía una hija.

Hacía años que Melissa no pasaba la Navidad con nadie, ni el Año Nuevo, ni ninguna otra festividad, excepto el reciente día de Acción de Gracias. Pasaba esos días sola, en la casa silenciosa, viendo una película en televisión o leyendo un libro, sin celebrar nada. Pero este año era distinto. Norm solía ir a casa de su hermano a Boston, pero esta vez había rechazado la invitación, y así se lo hizo saber cuando se vieron en Acción de Gracias. Quería pasar la Navidad con Melissa. Llevaban casi tres meses juntos, y ella nunca se había sentido tan cómoda con ningún hombre en su vida.

En Nochebuena preparó un sencillo asado de cordero al estilo francés, con ajo y judías verdes, con un tronco navideño de postre. Ella ya había probado sus suflés y le encantaban. Después de la cena, se sentaron frente al fuego en el salón, y bebieron Chateau d'Yquem, otro dulce vino Sauternes, el mejor de todos, que los franceses llamaban «oro líquido». Hacía años que no lo tomaba y se acordó de lo mucho que le gustaba.

—Ha sido un año increíble —dijo mirando al fuego y pensando en todo lo que había sucedido—. Tengo dos nuevas personas importantes en mi vida, Michaela y tú. Y sus hijos —añadió— y David. Hace un año estaba sola, comiendo un sándwich de queso a la parrilla, pensando en el pasado. Ahora pienso en el futuro.

—¿Y qué ves en él? —le preguntó él, mientras la observaba. Todavía no podía creer la suerte que tenía de estar compartiendo una relación así. A él también le parecía un sueño.

—No estoy segura. —Las posibilidades eran ilimitadas—. Tal vez deberíamos hacer un viaje juntos. —Ella no había viajado a Europa en siete años, ni a ningún otro sitio, excepto a Los Ángeles.

—Podríamos comernos toda Francia —le sugirió él, y le gustó la idea.

—O Italia —añadió ella con una sonrisa.

—O los dos países. Todavía mejor.

—Tal vez el próximo verano. Quizá Michaela y su familia se unan a nosotros, o podríamos alquilar una casa en cualquier parte. Vuelvo a tener una familia. —Aquello hacía que todo fuera más emocionante, y abría nuevas puertas en su vida. Y Norm también lo hacía. Le gustaba compartir con él su vida cotidiana, y que se reunieran al final del día—. Vamos a pensarlo. ¿Podrías escaparte? —Él siempre estaba ocupado construyendo casas para sus clientes, pero tenía un buen equipo y varios capataces a los que podía dejar a cargo del negocio.

—Puedo planificarlo, si dispongo de suficiente antelación.

Subieron a la habitación antes de la medianoche y se tumbaron en la cama para hablar. Ella estaba medio dormida y empezaba a murmurar mientras él seguía hablando. Finalmente se durmió. Norm se la quedó mirando y deslizó una caja larga y delgada bajo su almohada. Había ido a Boston para comprarle algo y había encontrado justo lo que quería.

Ella lo besó cuando se despertó por la mañana. Como respuesta, él le quitó el camisón y se puso a admirarla.

—Feliz Navidad —le dijo, sonriéndole, y luego tiró de él hacia sí.

—Anoche te perdiste a Papá Noel. Estabas roncando cuando vino —dijo y la besó.

—Hace siglos que no viene por aquí. No estoy en su lista —respondió con una sonrisa.

—Bueno, estuvo aquí anoche. Creo que dejó algo bajo tu almohada —añadió Norm con inocencia.

Ella pensó que le estaba tomando el pelo, pero deslizó una mano bajo la almohada y encontró la caja que él había puesto allí. Ella sonreía ampliamente mientras la sacaba, y él observó con placer cómo la abría. Melissa se puso a jadear cuando vio lo que era: una gruesa pulsera con eslabones de oro y una palabra grabada en la parte posterior de cada eslabón. Al juntarlas todas se podía leer «Feliz primera Navidad. Te quiero, N». Le gustaba la idea de que fuera su primera Navidad. Le sugería que habría más. Ojalá tuvieran suerte y aquello resultara cierto.

—Me encanta. —Se la puso en la muñeca, buscó en su mesilla de noche y le entregó también una caja. Era un reloj Rolex de acero inoxidable que podría usar todos los días en el trabajo, con un cronógrafo, un cronómetro, y todos los diales adicionales y funciones que ella sabía que le iban a encantar. Él también se puso el regalo y cuando le dio las gracias parecía tan feliz como cualquier niño en Navidad.

Ella apretó su cuerpo contra el de él mientras se besaban. Le encantaba sentir su cuerpo desnudo contra ella. Era robusto, con hombros anchos y brazos fuertes, y a él le encantaba sentir esa piel sedosa de ella junto a la suya. No quería separarse nunca de ella. Nunca se cansaba de hacer el amor.

—Te quiero, Mel —dijo con voz ronca.

—Yo también te quiero. —Era la mejor Navidad que había tenido en años. Él empezó a hacerle el amor, y Melissa arqueó la espalda mientras notaba cómo él entraba en ella. Todo en su forma de hacer el amor era dulce y sensual. Siempre parecían estar en sintonía, como ahora. Al cabo de unos minutos, la dulzura y la suavidad dieron paso al hambre insaciable y la pasión. Después se acostaron agotados y se sonrieron el uno al otro. Mientras lo miraba, Melissa pensaba que no había nada que pudiera desear. Lo tenía todo.

14

Para Navidad, Marla había acabado de rodar su última película. La posproducción estaba terminando y solo tenía que ir al estudio de sonido un par de veces. Ya había empezado a estudiar su siguiente guion. Era una muy buena profesional y rara vez salía o veía a gente cuando estaba aprendiéndose un papel nuevo. Se preparaba concienzudamente durante meses antes de cada película. Para Michaela había sido, sin duda, un gran ejemplo de excelencia y perfección. Al igual que su madre adoptiva, Michaela había desarrollado un fuerte espíritu de trabajo, y admiraba a Marla por su disciplina.

Marla se unió a ellos para la cena de Nochebuena y, después de acostar a los niños, se sentó a hablar con Michaela y David.

Las luces del árbol estaban encendidas, y Andy y Alexandra habían abierto los regalos de su abuela esa noche. Les había regalado libros y cosas prácticas y didácticas. Tenía ideas bien definidas sobre cómo se debe educar a los niños y lo que se les debe enseñar. Las había puesto en práctica con Michaela. Le había enseñado a leer cuando tenía tres años, y Marla la llevaba consigo a los rodajes, acompañada de una niñera, antes de que empezara a ir al colegio. Después de eso, comenzaron las largas separaciones mientras trabajaba en una película tras otra. Ahora lo lamentaba, pero su carrera había sido lo primero. Michaela lo entendía y no se lo reprochaba. A Marla le importaban mucho los buenos modales, y las niñeras que contrataba eran británicas y estaban bien preparadas. A Michaela le gustaban sus niñeras, pero ella había adoptado un estilo más informal con sus propios hijos. Le gustaba cuidarlos ella misma siempre que podía y David la ayudaba los fines de semana. Michaela había echado de menos tener un padre. Marla nunca le presentó a otros hombres. Mantenía su vida sentimental al margen y nunca hablaba de sus relaciones con su hija.

—Tengo que reconocer —dijo ella, mientras se relajaban frente al fuego después de la cena— que me sorprendió cuando me contaste que habías conocido a tu madre biológica. Después de lo que te contaron del incendio de San Blas, supuse que eso nunca sería posible.

—Yo también —reconoció Michaela—. Me sorprendió cuando su hermana vino a verme a la oficina. Al principio pensé que era una especie de estafa.

—Yo también tenía miedo de eso —admitió Marla—. Pero tenía aún más miedo de que fuera real, y me preocupaba saber por qué quería conocerte. Ha pasado mucho tiempo. No era para nada como me la esperaba cuando la conocí el día de Acción de Gracias. Pensé que estaría celosa y que trataría de robarme a mi hija. En lugar de eso, resultó ser una mujer muy agradable y normal. Ha tenido una vida triste y me doy cuenta de que te necesita, quizá más de lo que tú la necesitabas a ella. No creo que tenga intenciones ocultas, creo que en realidad solo quería saber que estás bien. Y resulta que todos nos hemos caído bien. Es lo bastante joven como para ser mi hija también.

—Eso pensé cuando la conocí. Hay algo muy digno en ella, y es orgullosa, pero de una forma agradable. La dejaste muy impresionada. Ella también pensó que eras auténtica. Es una especie de tía joven, o una hermana mayor. Ambas lo son. También me gusta Hattie. Te caería bien. No parece monja. Es muy práctica y tiene los pies en el suelo.

—También los tiene tu madre biológica. Eso también me gusta de ella. Lo de la historia de su hijo es horrible. Sé lo que quieres decir acerca de su dignidad. No parece estar necesitada o desesperada, pero hay una terrible tristeza en sus ojos. El destino da giros extraños. Ella lo pierde a él y te encuentra a ti. Y ahora nos tienes a las dos. Pensé que me sentiría amenazada por ella, o celosa —confesó con sinceridad—, pero no es así.

—Yo también lo temía —dijo Michaela en voz baja—. Creo que yo sí me habría sentido así. Vosotras dos hacéis una pareja divertida.

—Le dije lo que pensaba. Que debería volver a escribir. Tiene un enorme talento. Es un delito malgastarlo y que no lo utilice. Eso no está bien. —Marla creía que todo el mundo debería trabajar, a cualquier edad. También se lo había dejado claro a Michaela, que se tomaba muy en serio su profesión como trabajadora social.

—Quizá vuelva a hacerlo algún día. Parece que ahora está muy ocupada con su casa —dijo Michaela pensativa.

—Eso no es suficiente —insistió Marla con firmeza—, es demasiado buena para eso. Tal vez haberte encontrado la inspire. —Marla sabía que iban a visitar a Melissa dentro de tres días. Ella iría a un spa en Palm Springs para someterse a una semana de dieta y ejercicio intensivo, bebidas depurativas y tratamientos faciales a base de hierbas antes de comenzar su nueva película en unas pocas semanas. Había invitado a Michaela a que llevara a los niños a Europa durante la semana blanca, mientras ella estuviera de rodaje en Inglaterra. Michaela había prometido intentarlo. También iban a rodar en Irlanda y Escocia, en terrenos escarpados. Era una película de época. Tenía dos semanas de pruebas para las pelucas y los vestidos, que eran muy elaborados.

Marla se quedó hasta las once y luego se fue a casa. Todos los días se levantaba a las seis para hacer ejercicio, y a las cinco cuando rodaba una película. Aplicaba una disciplina rigurosa a todo lo que hacía.

—Hablaremos antes de que te vayas. Y dale a Melissa un abrazo de mi parte —dijo y besó a Michaela y a David antes de irse. Esa noche condujo ella misma hasta su casa. No quería hacer trabajar a su chófer en Nochebuena, puesto que tenía esposa e hijos y querría pasar la velada en familia. Eso era algo que ella tenía siempre en cuenta. Era una mujer admirable, y muy respetada por quienes la conocían bien. Sus empleados, muchos de los cuales habían trabajado para Marla durante más de treinta años, la adoraban. Michaela había crecido con ellos.

Michaela, David y los niños se quedaron descansando en casa el día de Navidad. El clima era templado, así que calentaron la piscina y dejaron que los niños nadaran un rato. Luego entraron a jugar con sus regalos. Andrew estaba encantado con su primera bicicleta de dos ruedas, tanto que quería llevársela a Massachusetts. Pero sus padres le dijeron que tendría que dejarla en casa. En vez de montar en bicicleta iba a esquiar.

Michaela estaba emocionada por volver a ver a Melissa, y David tenía ganas de esquiar, aunque aquellas montañas no planteaban ninguna dificultad para él. Sus propios padres habían muerto en un extraño accidente, escalando montañas en Europa, antes de que los niños nacieran, así que pensó que tener una segunda abuela sería bueno para ellos. Era un hombre fácil que adoraba a su mujer y a sus hijos, y el plan le había parecido estupendo. Michaela le tomaba el pelo porque ahora tenía una segunda suegra. Aunque Marla era todo un carácter, y a veces era testaruda, David la quería, por su honestidad y su buen corazón. Siempre había sido amable con él desde que se conocieron. Ya se había dado cuenta de que las opiniones de Melissa eran más moderadas que las de Marla, menos anticuadas y que las expresaba con mayor diplomacia.

Michaela pasó el día después de Navidad haciendo las maletas para el viaje, y le costó meter en la cama a los niños esa noche, muy emocionados por ir a las montañas, construir un muñeco de nieve, patinar sobre el hielo y volver a ver a su nueva abuela. Michaela no les había dicho que ella tenía más regalos. No quería que eso fuera lo principal, así que les tenía preparadas algunas sorpresas. Aquella noche, Melissa también estaba despierta en su cama, pensando en ellos.

Hattie llevaba ya una semana en la casa de retiro de Vermont. El silencio era apacible y, al principio, un alivio. Habían pasado muchas cosas, y volver a revivir el episodio de la violación le había traído terribles pesadillas y recuerdos. Pensó que un retiro en silencio ayudaría a que estos malos recuerdos se alejaran de nuevo. Pero a medida que pasaban los días, sin nadie con quien hablar, las voces dentro de su cabeza se hacían más fuertes y estridentes a diario, voces que la hacían cuestionarse su entrada en el convento, recordándole que había mentido sobre su vocación. No dejaba de pensar en las palabras de Fiona Eckles en Dublín sobre lo desilusionada que estaba con la Iglesia. Se sentía como si estuviera girando en círculos con mil ecos resonando en su cabeza diciéndole que no pertenecía a la Iglesia, que no era lo bastante buena o lo bastante pura. Que era una mentirosa, un fraude. Todo lo bueno que había hecho en los últimos dieciocho años se había desvanecido y lo único que quedaba eran sus dudas, sobre la Iglesia, sobre ella misma y sobre qué dirección tomar a partir de entonces. Se sentía paralizada, y nada en su vida tenía ya sentido. Lo único positivo de todo eso era haber encontrado a la hija de Melissa. No se arrepentía de ello y estaba encantada de cómo había salido todo. Lamentaba no poder verlas en Año Nuevo en casa de su hermana, pero de todos modos habría tenido que trabajar.

Hattie sospechaba que las denuncias públicas de los agresores sexuales en Hollywood continuaban. No se les permitía leer los periódicos ni ver la televisión durante el retiro, para que nada las molestara, por lo que Hattie no sabía lo que estaba pasando ni si la prensa había dicho algo sobre ella, lo cual estaba bien. De hecho, su historia se había sumado a la de las demás, pero la policía había mantenido su nombre al margen y solo comunicó que había sido una joven actriz violada y maltratada por el acusado hacía veinte años. Melissa se sintió aliviada al ver que se había mantenido el anonimato, pero no tenía contacto con Hattie, así que no podía decírselo. Nadie podía hacerlo. El propósito del retiro era que Hattie aclarara su mente y regresara más fuerte, más en paz y volviera a ser ella misma. Por ahora, se sentía dividida y rota en un millón de pedazos, arrastrada en todas las direcciones. No había llegado a ninguna conclusión mientras estaba allí. Le habían dicho que podía quedarse todo el tiempo que quisiera y necesitara. Ni siquiera sabía qué día era. Las monjas que dirigían el retiro le dijeron que no importaba, y ella suponía que tenían razón. Una enfermera suplente cubría sus turnos en el hospital. Eso la hacía sentir que no era imprescindible, lo cual era liberador.

La mañana en que Michaela y su familia llegaban, Melissa se había levantado a las seis y lo había revisado todo, la habitación que compartirían los niños con sus camas gemelas y colchas antiguas confeccionadas a mano por mujeres de la zona, el amplio y aireado dormitorio con estampados florales y papel pintado a juego de Inglaterra para David y Michaela. Tenía un baño grande, con una gran bañera antigua que Norm había encontrado e instalado, y tenía al lado una pequeña sala de estar luminosa y soleada, con vistas al jardín y a las montañas. Estaban muy lejos del dormitorio de Melissa, así que no tenían que preocuparse por molestarla si los niños se levantaban temprano. La casa podía acoger fácilmente familia e invitados. La familia que la había construido tenía cinco hijos, y todas las habitaciones eran grandes y estaban bien ventiladas, con vistas tranquilas. Los aposentos principales quedaban aparte.

Había alquilado bicicletas para que montaran en ellas cuando el suelo no estuviera helado. Alquilarían el equipo de esquí una vez que los niños estuvieran allí para asegurarse de que fuera de su tamaño. Michaela quería esquiar también. David había practicado esquí de descenso en la universidad y llevaba su propio equipo. Si el tiempo se mantenía y no quedaban sepultados en la nieve, Melissa tenía un montón de actividades planeadas. Y Norm había prometido dar a Andy un paseo en uno de sus tractores y en su carretilla elevadora, cosa que su madre le había asegurado que harían. Irían a patinar sobre hielo en un estanque helado y a visitar a un criador de perros huskies. Norm había prometido también cocinar para ellos. Había mucho con lo que mantenerlos ocupados, y Melissa le agradecía a Norm que la ayudara a entretenerlos. Su oficina estaba cerrada hasta después de Año Nuevo, así que tenía mucho tiempo libre.

Melissa había contratado una furgoneta y a un conductor para que los recogiera en el aeropuerto Logan de Boston y los llevara a su casa. Pensó que estarían cansados por el viaje, así que no programó demasiadas actividades para el primer día o la noche, aunque era difícil no hacerlo. Había tantas cosas que quería hacer con ellos y mostrárselas a Michaela. David tenía un compañero de universidad cerca, en New Hampshire, e iba a hacer una pequeña excursión de un día para visitarlo. Habría suficiente tiempo libre para que todos se relajaran y suficientes actividades para mantenerlos ocupados. Michaela había metido en la maleta juegos y los iPads para que los niños pudieran entretenerse si se despertaban temprano.

Melissa había cuidado todos los detalles. A Norm le impresionó lo bien que había organizado la semana que iban a pasar con ella. Lo habían hablado y habían decidido que él no debía pasar la noche con ella estando los niños allí. No estaban casados y ella no quería tener que darles explicaciones. Y después de solo tres meses, quién sabía si seguiría en su vida en la próxima visita. Ella esperaba que así fuera, pero era realista al respecto. Norm pensaba pasar tiempo con ellos, enseñarle a David la zona y seguir permitiendo que Melissa y su hija pasaran tiempo a solas. Norm y ella habían planeado cuidadosamente las comidas que él cocinaría, dado que era un experto en cocina francesa e italiana. Iba a hacer pizza casera para los niños y auténticos espaguetis a la boloñesa, cuya preparación llevaba todo el día ya que había que trocear los ingredientes y añadirlos dejándolos cocer a fuego lento.

Melissa parecía nerviosa mientras esperaba a que llegaran del aeropuerto. Norm estaba horneando galletas mientras ella volvía a revisar sus habitaciones. Se comportaba como si fuera a recibir una visita de la realeza, y para ella de igual de importante.

—Relájate, les va a encantar estar aquí —la tranquilizó Norm. Todavía tenía el árbol en el salón y los regalos estaban apilados, incluidos dos osos de peluche que había hecho especialmente para los niños.

Por fin oyeron que la furgoneta subía por el camino y se detenía frente a la casa. Melissa los esperó en el porche y luego bajó corriendo los escalones para recibirlos. Abrazó a los niños y besó a su hija, mientras Norm, David y el conductor llevaban las maletas dentro. Una de ellas estaba llena de regalos que Michaela había traído.

Melissa les presentó a Norm, que estaba esperando en la casa.

Melissa los condujo a sus dormitorios, y los niños se lanzaron a sus camas con edredones de plumas y colchas de colores brillantes. Había una antigua cama con dosel en el dormitorio de Michaela y David. La casa brillaba gracias a toda la madera bruñida que Melissa había encerado a mano, y a las puertas que había lijado el verano anterior.

—¡Qué bonita es la casa! —exclamó Michaela, y a Melissa se le iluminó el rostro.

—Norm y yo hemos trabajado mucho. Yo misma hice gran parte del trabajo.

—Se ha convertido en una maestra carpintera y ebanista en los últimos cuatro años. —Norm lo dijo en tono de broma, pero era cierto. Melissa había tomado clases de fabricación de muebles. El escritorio en su oficina parecía una antigüedad, pero lo había hecho ella misma. Estaba orgullosa de cada centímetro de la casa y de todo lo que había en ella. Era un trabajo realizado con mucho amor, que David y Michaela apreciaron. Antes de empezar a cenar, Norm llevó a Andrew y Alexandra fuera y construyó un muñeco de nieve con ellos. Había tenido mucha práctica con sus cinco sobrinos a lo largo de los años.

Michaela se sentó en la cocina con su madre después de desempaquetar todo, y David salió a reunirse con Norm y los niños.

—Este lugar es fantástico. —Michaela admiraba todo lo que la rodeaba. Lo habían restaurado respetando el diseño original. Parecía una auténtica casa victoriana, con las mejores piezas de la época, pero todas las comodidades de una casa moderna.

—Se convirtió en una especie de obsesión para mí —confesó Melissa con timidez, aunque orgullosa de los resultados—. Fue parte del proceso de curación cuando dejé Nueva York. Aprendí mucho de Norm sobre artesanía y restauración.

Cuando empezó a anochecer, los niños entraron en casa; estaban mojados y contentos después de haber estado construyendo un muñeco de nieve tan alto como su padre. Había empezado a nevar y el lugar parecía una postal navideña. Melissa había encendido el equipo de música y el árbol estaba iluminado. Norm sirvió vino para los adultos y comenzaron a cenar. Lo había preparado todo antes de que llegaran. La cena que había cocinado para ellos esa noche fue excelente. Había espaguetis a la boloñesa para los niños, un delicado lenguado *a la meuniere* para los adultos, con un puré de patatas impecable y pequeñas coles de Bruselas. Tomaron cangrejo frío para empezar, y suflés de chocolate y caramelo de postre. David y Michaela quedaron maravillados con su cocina, y dijeron que era mejor que la de cualquier restaurante de Los Ángeles.

—Es un chef increíble —aseguró Melissa, sonriéndole, y se inclinó para besarlo, mientras los niños se reían. Habían abierto sus regalos antes de la cena y todo les encantó. Melissa había comprado un bonito y grueso jersey azul marino para David, y uno de cachemira blanca y suave para Michaela.

Después de la cena, se sentaron junto al fuego, mientras los niños jugaban tranquilamente con sus iPads. Cuando les entró sueño y se retiraron a sus habitaciones, Melissa ayudó a Norm a limpiar la cocina.

—Tu cena ha tenido un gran éxito —le agradeció—. David tiene razón. Deberías abrir un restaurante —dijo ella mientras guardaban las ollas limpias.

—Prefiero cocinar para la gente que quiero —respondió feliz—. Voy a probar mañana una nueva receta de pollo frito sureño, bullabesa para empezar, y pastel de chocolate de postre, torta Sacher de Viena con nata montada.

—Voy a engordar si te quedas por aquí.

—No, no lo harás. Y pienso quedarme —le dijo, mientras apagaban las luces al salir de la cocina y volvían a sentarse frente al fuego. Él no quería dejarla, pero estaba de acuerdo en que era lo correcto. No quería escandalizar a los niños.

Michaela le habló de su trabajo al día siguiente, cuando fueron a dar un largo paseo. Había treinta centímetros de nieve en el suelo desde la noche anterior, y parecía que los árboles estaban cubiertos de encaje. Michaela estaba entregada a su trabajo y disfrutaba de él, y le gustaba el contraste con la vida en la que había crecido, con Marla, y los clientes de David, con los que se reunía de vez en cuando.

Esa tarde llevaron a los niños a patinar y al día siguiente planeaban ir a esquiar. Cuando lo hicieron, Melissa y Michaela se quedaron con los niños, mientras David y Norm se fueron por su cuenta y se deslizaron juntos por las pistas. David era más rápido y seguía siendo un experto esquiador, pero a Norm le encantaba el deporte y no le andaba a la zaga.

Melissa pensó en Hattie en Vermont, y deseó poder llamarla. Estaba preocupada por cómo estaría después de testificar ante la policía. Se habían añadido más nombres a la lista de agresores sexuales y se habían cancelado varios programas más. Algunos políticos también habían sido acusados recientemente. David dijo que creía que iba a salpicar a todos los ámbitos profesionales antes de que todo acabara. Michaela contó que el coprotagonista de Marla en la próxima película había sido recolocado en el último momento. Era una purga en toda regla. La historia de Hattie no era inusual, y muchas chicas bastante más jóvenes que ella habían sido agredidas. Una famosa estrella infantil, ya madura, había declarado que había sido violada a los doce años por un director muy respetado, cuyas películas fueron inmediatamente boicoteadas. Dos de las películas favoritas ese año para los Oscar habían sido retiradas de la candidatura, porque tanto el director como el protagonista masculino habían sido acusados de violación. La industria del entretenimiento había sido la más afectada hasta el momento, pero poco a poco se estaba filtrando a otras áreas, y las grandes empresas no fueron una excepción. Los hombres de Wall Street se sintieron amenazados. Inevitablemente, hubo algunas acusaciones falsas por parte de mujeres deshonestas que solo querían reclamar la atención, pero en su mayor parte, las historias eran verdaderas y, lo que resultaba más sorprendente, los acusados no estaban haciendo ningún intento por negarlo. Todos habían sido sorprendidos con las manos en la masa por mujeres enfadadas a las que habían agredido de alguna forma.

El tiempo que estuvieron juntos pasó demasiado rápido. Todos los días salieron y tuvieron experiencias divertidas. A Melissa el desayuno le parecía animado y divertido. Le recordaba a Robbie cuando tenía esa edad.

Almorzaban fuera en cualquier parte. Por la noche, Norm les preparaba memorables comidas gourmet. Michaela le pidió algunas de sus recetas. Quería probarlas ella misma cuando volviera a casa, cuando tuviera tiempo.

La última noche, Melissa les planteó la idea de hacer un viaje juntos en verano, a Italia o a Francia, o a ambos países. La idea les encantó.

—Podríamos alquilar una casa en cualquier parte, tal vez en la playa, e ir juntos en coche de viaje —sugirió David.

—Podríamos incluso invitar a Marla a venir —añadió Melissa, aunque sospechaba que esta diría que un viaje en coche sería un tostón. Michaela dijo que todos los veranos Marla visitaba a sus amigos en Saint Jean-Cap-Ferrat en la Riviera, y que algunos de esos amigos tenían yates o los alquilaban, pero tampoco era un viaje seguro para los niños pequeños. Los planes de verano de Marla siempre estaban más orientados a los adultos.

—Buscaré en internet alquileres en Europa —prometió David.

A Melissa le habría gustado invitar a su hermana a ir con ellos, pero dudaba que el convento lo permitiera.

La última mañana, desayunaron todos juntos. Tenían las maletas hechas, y los niños llevaban ropa de abrigo para el viaje de vuelta. Podrían quitarse algunas prendas cuando despegaran. Hacía calor en Los Ángeles.

Su muñeco de nieve seguía intacto en el jardín delantero, y Melissa dijo que le haría pensar en ellos después de que se fueran.

Tras el desayuno, llegó la furgoneta para el aeropuerto, y Michaela le dio las gracias por lo bien que se lo había pasado.

—Todos nos hemos divertido mucho. Y creo que he engordado cinco kilos. Nadie querrá mi comida después de probar la de Norm.

Melissa le dio un abrazo, Norm y David bajaron las bolsas, y unos minutos después, entre saludos frenéticos y despedidas a gritos, partieron hacia Boston para tomar su vuelo.

Melissa parecía desolada cuando volvieron a entrar. Norm puso una cafetera nueva y ella lo miró con tristeza.

—Ojalá no vivieran tan lejos. Me encantaba tenerlos aquí. —Tenía lágrimas en los ojos. Ahora que tenía a Michaela en su vida, quería pasar más tiempo con ella, pero viviendo ellos en Los Ángeles, no los vería a menudo. A Melissa le encantaba la idea de pasar unas vacaciones juntas en verano. Quería verla y ver crecer a sus hijos. Todo iba demasiado rápido, y ella había aprendido que nunca se sabía lo que iba a pasar. A veces el futuro no era tan largo como uno esperaba. Intentó no pensar en el hecho de que Robbie solo tenía dos años más que Andrew cuando cayó enfermo.

—Pronto los volverás a ver —intentó consolarla Norm. La atrajo hacia su regazo y la besó—. Te he echado de menos, solo en mi cama por las noches —refunfuñó de buen humor—. ¿Qué haríamos en un viaje? ¿Tendríamos que tener habitaciones separadas? —No le gustaba esa idea. Melissa no había pensado en ello cuando sugirió lo del viaje.

—Ya se han acostumbrado a ti. Y Michaela y David son muy abiertos. No quería escandalizar a nadie, pero creo que podríamos compartir habitación cuando vayamos de viaje.

—Bueno, eso es una buena noticia —se burló de ella. No le propuso hacer nada más radical al respecto. No sabía cómo reaccionaría ella, y era demasiado pronto. Y además, faltaba mucho para el verano.

La siguió arriba después del desayuno. Era domingo y ella quería ir a dar un paseo. Él no volvía al trabajo hasta el día siguiente, así que podían pasar juntos un día entero ahora que todos se habían ido. No habían estado solos en cuatro días.

La sorprendió en su armario, poniéndose el abrigo, y la detuvo.

—¿Puedo hacer una sugerencia?

—Claro —dijo ella con inocencia, sin adivinar de qué se trataba. Él desabrochó su abrigo después de que ella se lo hubiera abrochado.

—¿Qué tal si nos echamos una siestecita antes de salir? —preguntó con cara de picardía.

—¿Una siesta? No estoy cansada. Acabamos de levantarnos —dijo ella, pero cuando vio la mirada en sus ojos se rio—. ¡Oh, una siesta! —Él la besó entonces, ella dejó caer su abrigo en el suelo, y entraron en el dormitorio. Él había sido muy prudente mientras su familia estuvo allí, pero ahora estaban solos en la casa y no podía esperar a quitarle la ropa y hacerle el amor.

Se tumbaron juntos en la cama, mientras se reían y se besaban, y dejaban caer sus ropas al suelo. Él estaba hambriento de ella, y se lo demostró ampliamente. Su paseo por el huerto quedó olvidado.

15

La hermana Mary Joseph se quedó en la casa de retiro de Vermont durante dos semanas, hasta que no pudo aguantar más. Ansiaba hablar con alguien y escuchar los pensamientos de otra persona en lugar de la voz en su propia cabeza. Dos semanas de silencio habían sido un verdadero desafío. Al cabo de ese tiempo, le envió un correo electrónico a la madre Elizabeth y le dijo que quería volver a casa. Y la madre superiora le respondió indicándole que podía regresar al convento cuando quisiera. Era libre de irse. No estaba encarcelada allí y tampoco castigada, aunque ella se sintiera así.

Envió un correo electrónico a Melissa la mañana en que se fue, en el que le contó que iba a regresar a la ciudad y que ya podía volver a hablar. El retiro silencioso había terminado. Todo el mundo en la casa cumplía un voto de silencio, algo que Hattie había encontrado extremadamente difícil. En todos sus años en el convento nunca lo había practicado, excepto durante un día o unas horas. Dos semanas casi la habían vuelto loca. Sabía que a algunas personas les gustaba y lo encontraban relajante, pero ella no era una de ellas. Había gente que llegaba allí desde Boston y Nueva York para hacer retiros de silencio, aunque no pertenecieran a órdenes religiosas. Eso hizo que Hattie se sintiera más ansiosa, pero mientras hacía su pequeña maleta para volver a casa, sabía lo que quería decirle a la madre Elizabeth. Así que tal vez el retiro había servido para ayudarla a aclarar sus ideas.

El viaje de vuelta a la ciudad duró seis horas por carreteras nevadas. Había un servicio de transporte que viajaba entre varios conventos, cuando la gente lo requería. Habían enviado uno para Hattie. El conductor era extremadamente prudente, y Hattie pensó que el viaje a casa había durado más de lo normal. Se sintió agradecida cuando vio las luces de la ciudad. Se sentía mucho mejor ahora que cuando se había ido. El intenso interrogatorio de la policía la había paralizado, y lo único que quería era desaparecer por un tiempo. Ahora que lo había hecho, estaba preparada para volver, y no podía esperar a regresar al trabajo en el hospital. Ansiaba volver a tener una vida normal, y el trauma de la violación había retrocedido en la memoria, y ya no parecía tan vívido. Sintió que había recuperado el control mientras subía los escalones familiares del convento. Las otras monjas se alegraron de verla. Deshizo su maleta y se puso unos vaqueros y una sudadera cuando bajó a cenar. La primera persona que vio en el refectorio fue la madre Elizabeth.

—Bienvenida. —La madre superiora le sonrió. En los ojos de Hattie vio que esta se sentía mejor. Se preguntaba si había llegado a tomar algún tipo de decisión—. ¿Cómo ha ido? —preguntó con una mirada de interés.

—Se me ha hecho largo —reconoció Hattie, y ambas rieron—. Nunca habría aguantado en una orden silenciosa.

—Yo tampoco aguantaría —reconoció la madre Elizabeth—, pero de vez en cuando viene bien practicarlo. —Hattie se alegró de que se hubiera terminado—. ¿Por qué no vienes a verme por la mañana y hablamos de ello? —Quería saber cómo se sentía Hattie ahora y qué pensaba de todo lo ocurrido. Hablar de la violación había sido un descubrimiento doloroso—. Te espero a las siete y media, después del desayuno. —Hattie aceptó y fue a servirse ella misma la cena. Las otras monjas se unieron a ellas cuando volvió con su bandeja y se sentó. Ya sabía lo que iba a decirle a la madre superiora por la mañana. Había tomado la decisión en la casa de retiro de Vermont.

Soñó con eso aquella noche, se despertó a las cuatro de la mañana, se vistió para ir a misa y fue a la capilla temprano para poder rezar por ello.

Se comió medio tazón de avena después de la misa y se apresuró a ir al despacho de la madre superiora. La madre Elizabeth ya estaba en su escritorio. Hattie se arrodilló y besó su anillo.

—Buenos días, hermana Mary Joe. —Llevaba puesto su hábito de enfermera y estaba lista para el trabajo, mientras la madre Elizabeth la miraba por encima de las gafas—. Puedes sentarte. —Hattie se deslizó en una silla frente a ella al otro lado del escritorio, como una colegiala—. Es un placer tenerte de vuelta. ¿Hay algo que quieras decirme? —Hattie asintió, intimidada durante un minuto, y rápidamente se dijo a sí misma que estaba haciendo lo correcto.

—He rezado mucho por ello mientras estaba en Vermont. Quiero irme, madre.

—¿En qué circunstancias y adónde?

—Quiero ser liberada de mis votos y volver a África. —La madre superiora lo había estado esperando y no se sorprendió. El alivio en el rostro de la monja más joven la había hecho suponer que iba a pedir ser liberada de sus votos.

—¿Qué te hace pensar que esa es la solución correcta? —le objetó.

—Me siento mejor desde que la he tomado.

La madre Elizabeth asintió, sin estar convencida. Ya había oído esas palabras en boca de otras, y en su opinión, dejar el convento nunca era la solución correcta. Ella misma lo había pensado una vez cuando era más joven, después de un desencuentro con su propia madre superiora.

—No tienes que renunciar a tus votos para ir a África. Podemos enviarte allí de nuevo si quieres. Renunciar a los votos no tiene que ver con la geografía, ni con cambiar de trabajo. Se trata de dejar de creer en los principios que prometiste defender. ¿Te sientes insatisfecha con la pobreza, la castidad o la obediencia? —le preguntó con énfasis, y Hattie negó con la cabeza.

—No, madre, no lo estoy. Creo que algo pasó con mi fe en la Iglesia después de lo que descubrí en San Blas. Su fábrica de adopciones era una estratagema para hacer dinero.

—Y encontrar buenos hogares para los bebés abandonados nacidos fuera del matrimonio. ¿Qué hay de malo en eso?

—Lo llevaban como un negocio.

—Puede que las hermanas que lo dirigían actuaran de forma desafortunada, pero los propósitos eran legítimos. Y, para decirlo con crudeza, esos niños estaban mejor en hogares ricos que en hogares pobres.

—Es cierto. Pero los pobres también deberían haber podido adoptarlos, no solo los ricos.

—¿Sabes con certeza que no les dejaron adoptar?

—No, no lo sé —reconoció Hattie—. Todo parece haber sido un desastre, y quemar los registros fue imperdonable.

—Eso estuvo mal, lo reconozco. Pero nada de eso es una razón adecuada para que rompas tus votos.

—He llegado aquí por las razones equivocadas, madre. Ambas lo sabemos ahora. Mentí sobre mi vocación.

—¿Y puedes decir de verdad que no has tenido vocación en dieciocho años? Lo dudo, te he visto trabajar. Conozco tu corazón. Eres una buena monja, hermana.

—Gracias —respondió Hattie con humildad.

—Tengo una propuesta para ti. Tómate un año de permiso, un año sabático, y vete a África. Te mandaremos a una de nuestras misiones allí, o a un hospital. Veamos si dentro de un año todavía quieres ser liberada de tus votos. Si entonces sigues estando segura, no me opondré.

—¿Y se opondría ahora? —Hattie parecía preocupada.

—No. Pero no te ayudaré. No creo que estés haciendo lo correcto. Tienes que tomarte más tiempo para decidir. Es una decisión muy importante.

—Sé que lo es. Llevo meses pensando en ello.

—Creo que esa antigua monja con la que hablaste en Irlanda te ha influenciado y te ha desmoralizado.

—No estoy de acuerdo. —Pero una pequeña parte de Hattie pensó que la madre superiora podía tener razón. Fiona Eckles estaba muy enfadada con la Iglesia, y había pronosticado que al final Hattie también querría romper sus votos. Tal vez tuviera razón. Pero para Hattie, la decisión se debía a muchas cosas, no solo al hecho de que la Iglesia ganara dinero con una fábrica de adopciones.

—Me gustaría que pensaras en mi propuesta. Un año sabático antes de tomar una decisión final, y luego hablamos. Y puedes pasar el año en África, haciendo el trabajo que te gusta. Puedes elegir el destino.

—Me gustaría volver a Kenia, si está usted de acuerdo.

—No depende de mí —le recordó la madre Elizabeth—. Es el obispo quien da su visto bueno a los destinos.

—Lo pensaré —dijo Hattie, decepcionada. No quería que la desanimaran. Quería tomar una decisión. Y sabía que no tenía que ser monja para ir a África. Había investigado y había otras organizaciones que tenían hospitales y programas allí. Podía apuntarse a uno, era enfermera titulada. Por supuesto, era más fácil para ella ir con la Iglesia. Pero estaba segura de que otras organizaciones humanitarias la aceptarían.

—Tómate tu tiempo para decidir algo definitivo, hermana. Es importante. Has invertido dieciocho años de tu vida aquí. No los tires por la borda. Sácate los demonios de la cabeza, y sus voces. —Estaba esforzándose para que Hattie siguiera siendo monja, y aunque ella se sentía culpable por irse, no estaba segura de querer quedarse—. Has estado en una montaña rusa durante los últimos meses, has encontrado a la hija de tu hermana, se ha destapado el asunto de las acusaciones de acoso sexual y tu violación ha salido a la luz. Ese fue el catalizador que te trajo aquí, en busca de seguridad. No es lo que te hizo quedarte.

—No sé qué me hizo quedarme —dijo y volvió a parecer desdichada—. Nunca he querido tener hijos, incluso ahora me pregunto por qué. Probablemente soy demasiado vieja. Pero de repente me doy cuenta de que he pasado casi veinte años siendo monja y ahora no estoy segura de que debiera haberlo sido nunca. Es una vida antinatural. Y las personas que toman las decisiones por encima de nosotras en la Iglesia son solo humanos, igual que nosotras. ¿Y si sus decisiones son equivocadas? Creo que quiero ser una persona común y corriente, no una monja, sino solo una enfermera.

—Somos gente corriente, y sí, la Iglesia comete errores. Pero también toma buenas decisiones. Siempre habrá algunas manzanas podridas en el barril, en cada situación, en cada grupo. Pero no olvides que también hay manzanas buenas. Tú eres una de ellas. Una manzana muy buena. No quiero que dejes de serlo.

—¿Y si es malo para mí? —Hattie trató de argumentar su punto de vista, pero la madre superiora no se dejó convencer.

—¿Por qué iba a ser malo ahora? —la interpeló la superiora, mirando fijamente a los ojos de Hattie—. ¿Quién te puso en contra de esta vida nuestra? Tienes que preguntarte eso. —Ambas sabían que era Fiona Eckles quien lo había hecho.

La madre Elizabeth estaba luchando por su alma. Y, de repente, por primera vez en dieciocho años, Hattie quería la libertad. Por algo más de un solo año. No quería el equivalente a una separación de prueba. Quería el divorcio.

—Lo pensaré —accedió Hattie, con cara de angustia. Besó el anillo de la madre superiora, salió del despacho y se apresuró a ir al trabajo. Llamó a su hermana esa noche y le contó lo que había pasado.

—¿Por qué tienes que ir a África? ¿Por qué no puedes trabajar con los pobres de aquí? —Melissa estaba exasperada. La madre superiora no quería que dejara la orden religiosa. Y su hermana no quería que dejara Nueva York.

—Fui feliz allí —le explicó Hattie, molesta.

—¿No puedes ser feliz aquí? África es peligrosa, podrías enfermar o resultar herida, o quedar atrapada en algún tipo de revuelta. No quiero que te maten.

—Prefiero estar muerta que desperdiciar mi vida. Y estoy empezando a pensar que eso es lo que estoy haciendo aquí. Vine con falsos pretextos. Este no es mi sitio, Mel.

—Te lo he estado diciendo durante dieciocho años. Y ahora me crees y quieres irte. No quiero perderte, Hattie. Eres todo lo que tengo.

—Ahora tienes a Michaela —le recordó.

—No es lo mismo. Tú y yo tenemos una historia común, toda nuestra vida. Michaela es algo nuevo.

—No será algo nuevo para siempre. Formarás una historia con ella. Necesito hacer esto. África es el único lugar donde sentí que hacía algo bueno. —Melissa no sabía qué decir a eso. Hattie parecía frustrada.

—No te precipites. Se trata de una decisión importante. Te apresuraste a entrar en el convento. Ahora no te apresures a salir de él.

—Le dije a la madre superiora que lo pensaría un poco más, y eso haré. —Pero no le gustaban las opciones. De repente, Hattie se sentía como si estuviera en la cárcel, y quería ser libre. Era irónico que, tras años de oponerse a ello, ahora Melissa la animara a permanecer en la orden y a que siguiera siendo monja.

Aquella noche se quedó despierta hasta tarde, leyendo y rezando, pero no consiguió nada.

Hattie sabía que había hecho algo bueno encontrando a Michaela, pero todo había cambiado cuando lo hizo. No solo para su hermana y su sobrina, sino también para ella misma. Y en su caso, no para mejor. Había encontrado a Michaela. Pero ahora ella se sentía perdida.

Melissa estaba preocupada por ella y habló con Norm esa noche. Él se dio cuenta de lo molesta que estaba con su hermana, aunque no estaba seguro de por qué. Hattie parecía una mujer inteligente y confiaba en que tomaría la decisión correcta.

—¿Sería tan terrible que dejara el convento? Pensaba que no te gustaba que fuera monja. —Estaba confundido por su reacción, después de lo que le había contado cuando se conocieron...

—No estaba contenta. Su entrada en el convento no tuvo sentido para mí durante todos esos años. Ahora sé por qué entró. Ha estado protegida durante toda su vida adulta. Primero por mí, luego por la Iglesia. Es muy inocente. Mira lo que le pasó cuando la violaron.

—Entonces tenía veinticinco años. Ahora tiene cuarenta y tres. Ya no es una ingenua.

—Nunca ha vivido por su cuenta, ni ha tenido que pagar el alquiler o cuidar de sí misma. Ahora quiere ir a África. Podría pasarle cualquier cosa allí. Podrían matarla.

—Podrían asesinarla cruzando la calle en el Bronx, o asaltarla saliendo del hospital al final de su turno. Pero a ella le encanta ese lugar. Tal vez necesita ser libre. Tal vez quiere casarse y tener hijos, no es demasiado tarde. —Melissa pareció sorprendida ante esa idea.

—Me ha costado dieciocho años acostumbrarme a la idea de que sea monja. Y ahora quiere dejarlo.

—Mel, hay etapas en nuestras vidas. Yo las he tenido, tú también. Mi matrimonio estuvo bien en su momento y, en cambio, nueve años después, o incluso cinco años después, era un desastre. Lo tuyo con Carson terminó. Tuviste mucho éxito como escritora, y eso también terminó. Tal vez solo está cansada de ser monja.

—Se supone que de eso no te cansas —protestó ella; él sonrió.

—Es humana. La gente cambia. Tal vez lo haya superado. Parece que ha tenido una especie de crisis de fe. Debería tener derecho a irse si quiere.

—Estoy de acuerdo con la madre superiora. Debería tomarse un año para pensarlo.

—Tal vez lo haga. Pero que te preocupes por ella, no cambiará nada. Es una mujer inteligente. Confía en que tomará la decisión correcta.

—Nunca lo había pensado porque no me gustan las monjas. Pero creo que el convento le sienta bien. Antes era feliz allí. —Mel se mostraba terca al respecto. Temía por su hermana si esta salía al mundo.

—Yo era feliz con mi mujer cuando me casé con ella. Si hubiéramos seguido casados nos habríamos matado. —Ella sabía que lo que él decía era cierto, pero no quería oírlo. Quería que Hattie se quedara en el pequeño nido donde había estado durante casi veinte años, no que volara desde la rama hacia el cielo abierto. Era demasiado arriesgado.

Cuando se lo dijo a Norm, él negó con la cabeza.

—Quizá quiera un poco de riesgo en su vida. No mucho, pero lo suficiente para sentir que tiene voz en su propio destino. Veamos lo que hace antes de que te entre el pánico.

—A lo mejor es una suerte que no haya tenido que lidiar con el hecho de que mis hijos se hicieran mayores. El estrés me habría matado.

—Solo recuerda que tu hermana no es una adolescente. Tiene cuarenta y tres años, seis menos que tú.

—Nunca ha tenido que valerse por sí misma. Y tan pronto como le tocó hacerlo, corrió directamente al convento para esconderse. Eso lo dice todo.

—Lo único que me dice es que se quedó gravemente afectada cuando la violaron, e hizo lo único que se le ocurrió. Ahora ha madurado.

—África no es segura, ni siquiera para una monja.

—Es lo que le gusta.

—Está huyendo otra vez.

—Tal vez lo esté haciendo. Tiene derecho a hacerlo. Tú te escondiste aquí durante cuatro años antes de que abrieras la puerta y te arriesgaras a vivir de nuevo. Todos tenemos que hacerlo a nuestra manera.

—¿Por qué eres tan sabio? —dijo ella, y le dio un beso con un suspiro.

—Soy mayor que tú —le recordó con ironía.

—Cinco meses.

—Supongo que esa es la diferencia. ¿Por qué no dejas que tu hermana lo descubra por sí misma? Al final, puede que decida quedarse en el convento.

—Eso espero —suspiró Melissa con fervor.

Hattie pasó los días posteriores a su encuentro con la madre Elizabeth buscando organizaciones que dirigieran hospitales, orfanatos y campamentos en África donde hubiera niños, y donde necesitaran asistencia médica y contratasen enfermeras. Las mejores que encontró estaban dirigidas por la Iglesia Católica o las Naciones Unidas. Durante los dos años que pasó allí, estuvo en dos de carácter religioso. Pero había un campo de refugiados para huérfanos dirigido por Naciones Unidas que le llamó la atención. Lo que leyó sobre él decía que muchos de los niños llegaban al campamento en tan malas condiciones que morían. Parecía un puesto de trabajo difícil, y estaba en el monte. La mayoría de los niños eran huérfanos a causa de las guerras tribales. Las niñas eran frecuentemente tomadas como esclavas sexuales por sus captores, incluso las de diez años si estaban lo bastante crecidas. El sida estaba muy extendido, también el cólera, la fiebre tifoidea y el hambre. Había varias fotografías del campo en internet, y ella las miraba con lágrimas en los ojos. Conocía esos rostros y había visto ya a muchos niños como ellos. Poco se podía hacer, pero si se lograba salvar una vida, o incluso unas pocas, eso suponía una victoria para la raza humana. Al mirarlos, supo que no necesitaba tener hijos propios. Trabajar con niños tan desesperados era suficiente para ella. Esa era su vocación. Lo había sabido cuando estuvo en África. Había odiado irse y desde entonces deseaba volver.

Llamó al número de teléfono que aparecía en la página web y se vio atrapada en la maraña cibernética de los mensajes de voz, pulsando botones hasta que encontró una voz humana. Consiguió una cita para más adelante aquella semana, y al día siguiente obtuvo permiso para salir del trabajo antes de lo previsto.

Todo su cuerpo se sintió electrizado cuando entró en la oficina de la ONU. Había una mujer africana en un escritorio, un joven alto con acento sueco y otro hombre mayor francés. Su cita era con la mujer, y entraron en un cubículo de cristal, donde esta interrogó exhaustivamente a Hattie sobre lo que había hecho en África con anterioridad, y sus motivos para volver y para desear el trabajo. Había llevado copias de sus certificados de enfermería. Y se sinceró con ella.

—Soy monja. Lo soy desde hace casi diecinueve años. Tengo previsto pedir que me liberen de mis votos en un futuro próximo. Es mi propia decisión. No me piden que me vaya. Y quiero volver a África para hacer el tipo de trabajo que realicé allí. Sus campamentos para huérfanos ofrecen lo que me gustaría hacer. Prefiero trabajar con niños. Me encanta ese trabajo. —Sus ojos se iluminaron al decirlo, y la mujer sonrió. Tenía un rostro que parecía una escultura tribal, y estaba hermosa con su vestido indígena.

—A todos nos encanta. Por eso lo hacemos.

—Al fin me he dado cuenta de que no tengo que quedarme en el convento para hacer este tipo de trabajo. Puedo hacerlo como seglar. —Puso su currículum delante de ella—. Puedo aportar referencias de mi orden y del obispo, y de la gente con la que trabajé en Kenia. —La trabajadora de la ONU asintió y se la tomó en serio.

—¿Idiomas?

—Suficiente francés para apañármelas y realizar un examen médico. Aprendí algunas palabras de los dialectos locales. Teníamos traductores cuando los necesitábamos.

—También los tenemos nosotros. Puede que haga más falta en el hospital, como enfermera de quirófano. No tenemos suficiente gente capacitada procedente de los Estados Unidos. —Y sus credenciales eran buenas.

Entonces hizo entrar a un hombre. Los tres hablaron durante unos minutos. Dijo que era holandés. Había crecido en Zimbabue y que estaba en Nueva York para un proyecto especial durante tres meses, y que luego tenía pensado regresar.

—Es adictivo —le dijo a Hattie. Tenía más o menos su edad—. Soy médico, y mi familia quiere que vuelva a Holanda, o a Europa al menos, para estar más cerca de ellos. Tal vez cuando sea viejo. Pero por ahora, esto es lo que necesito hacer. —Tenía un aspecto ligeramente desaliñado, ojos inteligentes y una cara amable.

—Yo también —respondió Hattie sencillamente. Ahora estaba segura de que seguía el camino correcto.

Pasó dos horas con ellos. Le dijeron que se pondrían en contacto con ella después de que la junta de revisión evaluara su currículum. Contactarían con ella si necesitaban referencias, lo que significaría que había pasado a la siguiente fase del proceso de selección.

—¿Con qué frecuencia mandan a gente?

—Cada tres o cuatro meses enviamos otro equipo, de nacionalidades y capacidades variadas, enfermeras, médicos, técnicos. Un equipo acaba de salir hace unas semanas. El próximo saldrá en unos dos meses. —No era tiempo suficiente para que la orden la liberara de sus votos. La confirmación final vendría de Roma dentro de un año, o incluso dos, pero ella podía empezar el proceso.

—¿Importará si no me han liberado de mis votos todavía?

El médico holandés le respondió.

—Eso es entre usted y su orden, a nosotros no nos concierne. Lo único que nos importa es que sus certificados médicos estén en orden, y parece que lo están. Todo parece estar al día. Y, por supuesto, sus referencias también nos importan. Acabamos de empezar a inscribir a gente para el próximo equipo. Tomaremos nota de su preferencia por el campamento de niños, pero no podemos prometer que sea ahí donde acabe. Todo depende de lo que necesiten sobre el terreno. —Ella asintió. Tenía sentido. Entonces él mencionó el salario. Ella había estado a punto de preguntarle por eso. Era bajo, pero suficiente para sus necesidades en África, y más o menos lo que ella esperaba.

Al final de la entrevista, les dio las gracias y los tres se dieron la mano. Hattie se sintió tranquila, fuerte y segura. Estaba absolutamente convencida de que estaba haciendo lo correcto.

No le dijo a nadie que había estado allí, y esperó hasta que volvió a tener noticias suyas tres semanas después. Estaban listos para pedir referencias. Había pasado la primera fase. Querían saber en cuánto tiempo podría estar preparada para salir después de haber sido aceptada su solicitud.

—Muy rápido —respondió. Pero eso significaba que tenía que empezar a ocuparse del papeleo, y le dieron una lista de las vacunas que necesitaría.

No había dicho una palabra a la madre Elizabeth todavía, ni a su hermana, pero sabía que había llegado el momento de hacerlo.

Esa noche estuvo callada durante la cena y evitó los ojos de la madre superiora. Pidió hablar con ella después de la cena.

Cuando entró en su despacho, con aspecto serio, la madre Elizabeth ya lo sabía. La hermana Mary Joseph aún estaba de pie cuando le dirigió la palabra.

—He tomado una decisión sobre el permiso para ausentarme que me ofreció, madre. Es una oferta generosa. Pero estoy segura. Quiero ser liberada de mis votos.

—¿Sabes qué quieres hacer ahora?

—Voy a volver a África con un equipo médico de las Naciones Unidas. Hablé con ellos hace unas semanas, y acabo de pasar la primera fase del proceso de solicitud. Necesitaré referencias suyas y de la oficina del obispo.

—¿Cuándo te irías?

—No lo sé todavía. En unas seis u ocho semanas. Me gustaría empezar los papeles para Roma antes de irme. —La madre Elizabeth asintió con lágrimas en los ojos.

—Me entristece mucho verte marchar, y es más triste aún verte dejar la orden. Pero tengo la sensación de que esto es lo mejor para ti. Es lo que amas, y tienen excelentes instalaciones y equipos. ¿Lo sabe tu hermana?

—Todavía no. —Hattie parecía también muy seria, pero no había ni un asomo de duda en lo que dijo—. Si puedo, iré a verla este fin de semana. —La madre superiora asintió con la cabeza.

—Puedes quedarte aquí hasta que salgas para África. Te vamos a echar de menos.

—Yo también la echaré de menos, madre. Espero hacer un buen trabajo allí.

—Lo harás. Ya lo hiciste antes. Tienes un don. —No había ningún reproche en sus palabras, ninguna amargura. Se acercó al escritorio, la abrazó y la miró a los ojos—. Vas a hacer un trabajo maravilloso. Rezaremos por ti.

Hattie estaba demasiado conmovida como para hablar. Cuando salió del despacho de la madre superiora, las lágrimas se deslizaban por sus mejillas. Al cerrar la puerta con suavidad, no se arrepintió.

16

El viernes por la noche, Norm llegó de su oficina más tarde de lo habitual. Estaba trabajando en los planos de las casas de tres nuevos clientes, cuya construcción estaba prevista para la primavera . Con dos de los arquitectos implicados tenía muy buena relación, pero la tercera, una mujer autoritaria de Nueva York, no se lo ponía tan fácil. Parecía agotado cuando se sentó a la mesa de la cocina. Estaba demasiado cansado para hacer la cena y Melissa preparó una ensalada y puso dos filetes en la parrilla. Él le habló de los progresos que habían hecho ese día. Todas serían casas bonitas, para lucirlas, y cada una iba a ser muy distinta de las otras.

Había nevado mucho en las últimas semanas, y los restos del muñeco de nieve de los niños seguían en pie. Melissa había estado atrapada en la casa, leyendo la mayoría de los días.

—¿Has tenido noticias de tu hermana últimamente? —le preguntó cuando terminaron de cenar—. ¿Está bien desde el retiro?

—Está actuando de forma extraña —dijo Melissa, ligeramente irritada—. No he sabido mucho de ella en las últimas semanas. Espero que no haya hecho nada precipitado. Sigue siendo impulsiva, incluso a su edad. Me llamó ayer y me dijo que vendrá mañana a pasar el día, así que me pondré al tanto de sus noticias.

—Probablemente aún se esté planteando qué hacer. Es una decisión importante.

Melissa asintió. Hattie había estado callada, pero Michaela la llamaba regularmente, una o dos veces por semana, solo para charlar. A Melissa le encantaba. A las dos les gustaba. Le había contado que Marla estaba de nuevo en el rodaje, en algún lugar remoto de Escocia, congelándose, trabajando en su nueva película.

Aquella noche se acostaron temprano y ambos estaban sumidos en un profundo sueño cuando el teléfono sonó a las dos de la madrugada. Melissa contestó porque el aparato estaba en su lado de la cama, pero lo único que pudo oír fue un sollozo. No había ningún otro sonido al otro lado, solo llantos desgarrados y respiraciones entrecortadas. Melissa temía que se tratara de Hattie, que estuviera sufriendo algún tipo de crisis por las decisiones que estaba tomando, o que tuviera reviviscencias de la violación. Había mencionado que tenía pesadillas desde que habló con la policía.

—¿Quién es? —preguntó Melissa con calma y claridad, mientras Norm se sentaba a su lado, con cara de preocupación. No podía oír los sollozos, pero la voz y la mirada de Melissa le decían que algo iba mal—. ¿Quién es? Hattie, ¿eres tú?

Por fin llegó una voz apenas audible a través del teléfono.

—Soy Michaela. Es Marla... ella...

—Está bien, cariño, respira. Intenta estar tranquila y cuéntame lo que ha pasado. —Su voz se suavizó al instante, y se sintió aliviada al saber que, fuera cual fuese el problema, se trataba de Marla, no de uno de los niños. Tal vez estuviera enferma.

—Es Marla...Todavía está en Escocia, hubo una tormenta. Estaban rodando de noche. Terminaron de rodar una escena en la que había una especie de explosión. Había nevado demasiado para conducir de vuelta, así que tomaron un helicóptero para volver al pueblo donde se alojan. Al parecer hubo una gran ráfaga de viento y el helicóptero volcó y chocó contra unos cables eléctricos. Estalló en llamas y se estrelló... murieron todos... Marla ha muerto... oh, mamá, la quería... está muerta... ¿cómo puede haber pasado esto? ¿Por qué cogieron un helicóptero en mitad de una tormenta? Los tres actores principales, el director y el piloto han muerto. Tengo que ir a buscarla. David dice que se quedará con los niños. Quieren que identifique el cuerpo. —Empezó a sollozar de nuevo. Melissa miró a Norm, sacudió la cabeza y dijo «Marla» sin darle más explicaciones. Él no había llegado a conocerla, aunque Melissa había hablado muy bien de ella después de su encuentro en Los Ángeles.

—Iré contigo —dijo inmediatamente Melissa—. ¿Tienes ya billete?

—No, te he llamado primero. —Había recurrido a su madre para que la consolara. En los últimos tiempos había tenido dos madres, pero ahora solo le quedaba una, y había perdido a la que conocía mejor.

—Si puedes conseguir un vuelo a Boston o Nueva York, volaré a Escocia contigo. Haremos esto juntas, Michaela. Lo siento mucho. Era una persona fantástica.

—Sí, lo era. —Michaela había quedado huérfana dos veces, lo cual era más de lo que cualquiera debería tener que soportar. Melissa quería estar ahí con ella. Sabía lo que se siente al perder a la persona que más quieres. Michaela tenía a David y a sus hijos, pero Marla había sido su madre durante treinta y tres años.

Apenas le dio tiempo a contarle a Norm lo sucedido cuando Michaela volvió a llamar diez minutos después. David se había encargado de sacarle un billete. Tenía un vuelo a las siete de la mañana para Nueva York, que llegaría al aeropuerto Kennedy a las tres de la tarde, hora local, con la diferencia horaria. Luego cogerían un vuelo de British Air a Edimburgo a las cinco de la tarde, que aterrizaría a las seis de la mañana, hora local, del día siguiente. E iba a reservar un coche y un chófer para que las recogiera y las llevara al pueblo de las afueras de Edimburgo donde estaba Marla. El productor se encontraba en el rodaje e iba a reunirse con ellas. Se iban a encargar de reservarles habitaciones en un hotel de Edimburgo. David había reservado también el billete de Melissa en el vuelo a Escocia, para que no hubiera confusiones con el avión. Michaela le pasó el teléfono a su marido y David habló con Melissa.

—Recogeré a Michaela cuando baje de su vuelo en el JFK, de camino a la recogida de equipajes, e iremos juntas a British Air para facturar —dijo Melissa.

—Gracias, Mel —dijo David, y ella se dio cuenta de que también él había estado llorando. Quería a su suegra, a pesar de sus peculiaridades y de su estilo glamuroso a la manera del viejo Hollywood. No era la típica madre, pero había sido una buena amiga para él.

Michaela volvió a ponerse al teléfono, estaba llorando otra vez.

—Nos vemos en el JFK —repitió Melissa—. ¿Puedes arreglártelas con el equipaje de mano? Será más rápido. Habrá cola para facturar en el vuelo a Gran Bretaña. David ha pedido un servicio VIP al bajar del vuelo en Nueva York. Nos llevarán a la terminal de British Air en uno de esos carritos. La prensa va a estar encima de nosotras en Edimburgo, y cuando vuelva. —Melissa no había pensado en eso, pero también tendrían que cargar con aquello. Ella, David y sus hijos—. Saldrá en las noticias esta mañana—. Michaela sonó devastada.

En cuanto colgó, Melissa le contó a Norm la historia completa, o todo lo que sabía.

—Nos encontraremos en Nueva York, y voy a volar a Escocia con ella. —Miró el reloj de la mesilla de noche. Eran las dos y media de la mañana—. Tengo que reunirme con ella a las tres cuando aterrice. Quiero estar fuera de aquí a las ocho de la mañana, por si hay nieve en la carretera, o por si vuelve a nevar. Prefiero llegar temprano antes que tarde.

—Yo te llevaré —se ofreció Norm—. No quiero que conduzcas hasta Nueva York sola. —Era sábado y tenía tiempo—. Me quedaré en un hotel y volveré mañana. ¿Cuánto tiempo crees que estarás allí?

—No tengo ni idea. Lo suficiente para hacer los trámites y traer el cuerpo de vuelta a Los Ángeles. Supongo que la productora nos ayudará. Debería estar de vuelta en unos días.

—No te olvides de tu hermana, llega hoy.

—Dios mío. Me había olvidado. —Le envió un mensaje de texto diciéndole que tenía que salir por una emergencia para ayudar a Michaela, así que Hattie no podría ir a verla como tenía previsto. Eran ya las tres de la mañana. Apagaron la luz e intentaron dormir unas horas más. Melissa puso la alarma para las seis, y se fue a duchar en cuanto sonó.

Encendieron el televisor a las siete; la noticia estaba en todos los canales. Había fotografías de Marla en la pantalla, junto con las de los dos actores que habían muerto a su lado. Los habían contratado para reemplazar a los actores que habían despedido por los recientes escándalos de acoso sexual. Un tercer actor había sido contratado también en el último minuto, pero esa noche no le tocaba trabajar. El locutor de televisión comentó que el mundo entero estaría de luto por Marla Moore, la famosa actriz de setenta y tres años, ganadora de dos Oscar y con más de cien películas en su haber. Uno de los actores protagonistas también fallecidos acababa de regresar de su luna de miel, y el otro tenía cuatro hijos. También mencionó a la familia de Marla, pero sin dar sus nombres.

Melissa y Norm se pusieron en marcha a primera hora de la mañana. No nevaba, pero el viento soplaba con fuerza y ella se alegró de que Norm estuviera al volante. Llevaban una hora conduciendo cuando Hattie llamó a Melissa al móvil.

—¿Qué ha pasado? Quería ir a verte. —Todavía no se había enterado de las noticias. En el convento no veían los informativos de la mañana en televisión.

—Marla Moore murió anoche en un accidente de helicóptero en Escocia. Es muy triste. Michaela me llamó a las dos de la madrugada, destrozada. Me reuniré con ella en el JFK y volaremos juntas a Escocia para identificar el cuerpo. Quieren que vaya un familiar, si es posible. Está en un estado terrible, así que me ofrecí para acompañarla. David se queda con los niños.

—¿Cuándo tienes previsto volver?

—Tan pronto como podamos. Me quedaré para el funeral en Los Ángeles. Supongo que se armará un gran revuelo con la prensa. En una semana debería estar de vuelta aquí.

—Necesito verte —insistió Hattie. Parecía tensa.

—¿Por qué? ¿Pasa algo? —A Melissa no le gustó el tono de voz de su hermana.

—No. Pero he tomado algunas decisiones. —Y sabía que a Melissa no le gustarían. Hablaron mientras Norm conducía—. Quería decírtelo en persona, pero no quiero esperar demasiado. Voy a presentar ahora la solicitud para que me liberen de mis votos —añadió con voz tranquila—. Y me voy a unir a un equipo de la ONU en África. Me voy dentro de unas seis semanas. Envían personal médico. Todavía no sé dónde me asignarán. —Melissa pareció abatida al oír la noticia.

—Me gustaría que esperaras un poco para presentar los documentos. ¿Por qué no te tomas un tiempo y ves cómo te sientes?

—Sé lo que siento. Quiero ser libre ahora. No seré liberada de mis votos hasta dentro de un año, de todos modos. La madre Elizabeth dice que puedo cambiar de opinión antes de que eso suceda, pero sé que no lo haré. Y el trabajo en África es exactamente lo que quiero hacer.

—¿No puedes hacerlo como monja, mientras esperas a ver si estás segura?

—Seguiré siendo monja durante el próximo año. —Sonrió porque Melissa quería ahora que se quedara en la orden, cuando durante casi diecinueve años había estado vehementemente en contra de ello—. No me soltarán tan rápido.

—¿Y África, Hattie? ¿De veras? ¿No se puede hacer algo parecido aquí?

—No. Tienen un programa fantástico y es lo que quiero hacer.

—Al menos la ONU es una entidad respetable, y probablemente se ocuparán de ti. —Hattie no le dijo que aun así había riesgos, pero Melissa lo sabía de todos modos.

—Iré a verte cuando vuelvas. Es todo un detalle que acompañes a Michaela —añadió Hattie.

—Es mi hija —dijo Melissa en voz baja—. Es lo menos que puedo hacer, y ahora soy su única madre. Ella y Marla se querían mucho.

—Eres una buena madre, Mel. También lo fuiste con Robbie.

—Gracias, y solo para que conste, odio que vayas a África de nuevo. Ojalá quisieras ser peluquera o bibliotecaria, o artista o algo así en lugar de arriesgar tu vida en África.

—Esto es lo que quiero hacer. Quiero trabajar con esos niños.

—Tal vez deberías tener los tuyos propios.

—Lo he pensado, pero esos son los únicos niños que necesito. Todos tenemos hijos en nuestras vidas de diferentes maneras. Ahora tienes a Michaela, y a sus hijos. No es Robbie, pero supongo que él no estaba destinado a quedarse, y los hijos de Michaela también te necesitarán, igual que ella.

—Nunca podré estar a la altura de Marla —comentó Melissa con tristeza.

—No necesitas estarlo. Sé tú misma. Sois personas distintas. No estoy segura de que Marla hubiera corrido al aeropuerto Kennedy para volar junto a ella. Tenía otras cosas que hacer.

—Yo no tengo nada más que hacer. —Melissa sonrió ante el cumplido—. Ven a pasar unos días conmigo antes de irte.

—Lo haré. Te lo prometo. Se lo acabo de decir a la madre Elizabeth. Tengo que avisar en el hospital y hacer un montón de cosas más.

—¿Por cuánto tiempo te enviarán? —Melissa estaba triste. Ahora que estaban unidas de nuevo, iba a echarla de menos.

—Un año por ahora. Pero puedo volver a inscribirme si me gusta y hago un buen trabajo.

—Lo harás —le aseguró Melissa.

Después de colgar el teléfono, Norm y ella hablaron sobre la decisión que había tomado Hattie y sus planes.

—Creo que está haciendo lo correcto —dijo él en voz baja—. Es lo que realmente quiere hacer, y parece que se le da bien.

—Supongo que sí. La voy a echar de menos.

—Volverá.

—Eso espero —suspiró Melissa con tristeza, mirando por la ventana el paisaje invernal—. Es curioso, estuve furiosa con ella durante años por hacerse monja, y ahora me da cierta pena que lo deje. Me he acostumbrado, o tal vez es que no me gustan los cambios. —Y este era un gran cambio, sobre todo para Hattie. Iba a volver a ser Hattie Stevens. Melissa no podía evitar pensar en lo extraña que era la vida.

Llegaron al aeropuerto a las dos. Tenían una hora libre, así que Norm entró en el aeropuerto con ella y tomaron un sándwich y una taza de café para pasar el tiempo. Vieron en el panel de avisos que el avión de Michaela había aterrizado a las dos y cuarenta y cinco, y Norm la acompañó hasta el lugar donde iban a encontrarse de camino a la recogida de equipajes. Unos minutos después apareció un carrito de golf para pasajeros VIP conducido por un empleado del aeropuerto. Michaela iba montada en él, con una falda negra y un jersey del mismo color. Su abrigo negro estaba en el carrito, junto a ella. Su rostro estaba pálido y serio, y llevaba gafas de sol. El carrito se detuvo y Melissa pudo ver que estaba llorando tras los vidrios de las gafas. Llevaba la bolsa de mano a su lado. Norm tuvo que dejarlas entonces. Las conducirían a la terminal de British Air para facturar. Después de decirle a Michaela lo mucho que lo sentía, abrazó a Melissa con fuerza durante un minuto.

—Cuídate, Mel —dijo con voz ronca—. Hazme saber si puedo ayudar en algo. Vigilaré la casa —y luego le susurró al oído—: Te quiero.

—Yo también —susurró ella, se subió al carrito de golf junto a Michaela, la rodeó con un brazo y se marcharon mientras saludaban a Norm. A continuación, este regresó al garaje para coger su coche y conducir hasta la ciudad para pasar la noche. Iba a llamar a un amigo para que cenara con él.

—Gracias por venir a recibirme —dijo Michaela mientras cruzaban el aeropuerto en el carrito. El servicio preferente que David había contratado hizo que pudieran facturar a tiempo para el vuelo de British Air. Las acompañaron a una sala de espera de primera clase y las acomodaron en una sala privada que quedaba apartada; una hora más tarde las condujeron al avión, cuando estuvo listo para embarcar. El personal de la aerolínea se dirigió a Michaela con seriedad, sabían para qué iba a Edimburgo. Para entonces, Marla estaba en todas las noticias.

Ocuparon dos de los cuatro asientos de primera que había en el vuelo. El servicio fue excelente y la comida era buena, pero Michaela apenas la probó, y Melissa tampoco tenía hambre. Cubrió a su hija con una manta en cuanto embarcaron y la cogió de la mano. Cuando Michaela se quitó las gafas de sol, Melissa pudo ver que tenía los ojos rojos e hinchados. Había estado llorando desde que se enteró de la noticia de la muerte de su madre.

—No era como otras madres, pero era estupenda y yo la quería —dijo Michaela en voz baja, y Melissa asintió e intentó que cerrara los ojos y durmiera un poco. Michaela estaba agotada y, poco después de que despegaran, se había quedado profundamente dormida con la cabeza apoyada en el hombro de Melissa, que le cogía todavía la mano.

Melissa se mantuvo despierta durante la mayor parte del vuelo, para vigilarla, y se adormiló de forma intermitente. Tras siete horas y media aterrizaron en Edimburgo a la hora prevista. Había dos ejecutivos de la aerolínea, un agente de tierra, la mayor parte del equipo de producción y un policía del aeropuerto para recibirlas, y también un representante de la embajada de Estados Unidos en Edimburgo para facilitarles ayuda. Las sacaron rápidamente del aeropuerto y las metieron en una furgoneta que las esperaba para hacer el viaje de dos horas hasta el pueblo donde habían estado rodando. Era un pueblo pequeño, y tenía un aspecto sorprendentemente primitivo y anticuado, razón por la que habían decidido rodar ahí. Pasaron por el lugar del accidente, donde había un cráter calcinado en el suelo. Michaela jadeó y rompió a llorar de nuevo. Las condujeron al hospital más cercano, donde la policía había llevado los restos de Marla a la morgue después del accidente. Las otras víctimas también estaban allí. Sus familiares llegarían más tarde ese mismo día. Michaela y Melissa fueron las primeras en llegar.

Melissa había enviado un mensaje de texto a Norm tan pronto como aterrizaron, diciéndole que habían llegado bien. Era justo después de la medianoche en Nueva York y él todavía estaba cenando con su amigo, pero se sintió aliviado al tener noticias suyas. Estaba preocupado por ella. Identificar el cuerpo de Marla después del accidente sería una experiencia terrible, y Melissa quería evitar que Michaela tuviera que hacerlo.

El productor de la película fue muy amable, y el director del hospital les ofreció su despacho para que pudieran tener algo de privacidad.

Melissa dejó allí a Michaela y, con su permiso, acompañó al productor a identificar los restos carbonizados. Era más bien una formalidad, ya que el dentista de Marla les había enviado su registro dental por correo electrónico, y no había duda de que Marla se había subido al helicóptero y no había supervivientes. Melissa se sintió profundamente conmocionada por la experiencia, y volvió rápidamente con Michaela, que las esperaba en el despacho privado, hablando con David por teléfono.

—Gracias —susurró a Melissa con una mirada de agradecimiento.

El productor les explicó entonces que estaban esperando a que las autoridades locales firmaran los papeles necesarios para entregar el cuerpo, y poder llevárselo en avión a casa. Esperaban tenerlos para esa misma noche. La viuda del piloto entraba en el hospital cuando ellas salían. Luego las condujeron de vuelta a Edimburgo, donde el productor les había reservado una suite en el mejor hotel. Los fotógrafos les hicieron fotos al entrar y las llevaron rápidamente a la suite. Michaela parecía aturdida y Melissa se sentía mal por lo que había visto en el hospital. Alguien le sirvió una taza de té y se la entregó en la suite, que tenía dos habitaciones y una sala de estar.

Melissa acostó a Michaela y bajó las persianas. La joven se quedó tumbada, mirando al techo. Ella volvió al salón de la suite para hablar con el productor. Parecía tan desolado como ella. Conocía bien a Marla.

—No puedo creer que esto haya sucedido —le dijo a Melissa.

—Ninguno de nosotros puede creerlo.

—La conozco desde hace treinta años. Trabajé en mi primera película con ella. Vamos a fletar un avión para llevarla a casa—. La productora no escatimaba en gastos para la actriz más famosa de Estados Unidos. Eso sería mucho más fácil que tomar dos vuelos para llevar el féretro a Los Ángeles. Los ayudantes de mayor confianza de Marla ya estaban trabajando en los preparativos del funeral. La enterrarían junto a su difunto marido. Y se iba a celebrar un servicio fúnebre privado, solo por invitación, con fuertes medidas de seguridad y sin permitir a la prensa la entrada a la iglesia del Buen Pastor. El resto aún estaba por decidir, salvo que Michaela le había pedido a David que quería lirios de los valles y orquídeas blancas, porque eran las flores favoritas de Marla, y sus asistentes las estaban encargando. Estaban haciendo todo lo posible para que esto no se convirtiera en un circo, lo que no era fácil con la prensa acosándolos. La policía de Los Ángeles había puesto barreras policiales alrededor de la casa de Marla y mantenía a raya a los fans y a los curiosos. La gente había ido a llorarla a su calle desde esa misma mañana, tan pronto como la noticia de su muerte apareció en las noticias.

Michaela durmió unas horas y luego se paseó por la suite como un fantasma, pero no quería salir del hotel. Los fans ya se estaban reuniendo fuera. Alguien había filtrado a la prensa que la hija de Marla se alojaba en el hotel.

Las autoridades escocesas firmaron el certificado de defunción a las seis de la tarde, y también los documentos para permitirles retirar el cuerpo y salir del país con él. No hubo nada sospechoso en el accidente, por lo que les dejaron llevarse el féretro. Y a las nueve, un Boeing 737 chárter estaba esperando en el aeropuerto de Edimburgo, listo para llevarla a casa. Michaela salió con Melissa del hotel por una puerta trasera. El productor se quedaba en Edimburgo para ayudar a las familias de los dos actores. Sus cuerpos serían enviados a casa en vuelos comerciales, lo que era más complicado. Se habían saltado todas las reglas y la burocracia para disponer de los restos de Marla lo antes posible, pero no pudieron hacer lo mismo por los otros fallecidos.

El avión despegó a las diez en punto, en cuanto se aprobó el plan de vuelo. Serían doce horas hasta aterrizar en el aeropuerto de Los Ángeles a las dos de la madrugada, hora local. Una escolta policial estaba esperando para acompañar el cuerpo de Marla en el ataúd hasta la funeraria, donde iba a ser incinerada. Una furgoneta esperaba para llevar a Michaela a su casa con Melissa. Las multitudes ya se estaban reuniendo en la calle y en el aeropuerto para echar un vistazo a Michaela, o al ataúd. La calle en la que vivía Marla estaba cortada desde esa mañana; miles de personas depositaban flores en la calle junto a su casa y se quedaban allí llorando. Aquella noche, muchas personas encendieron velas que depositaron junto a las flores. La policía no trató de detener el velatorio, a pesar de que aquello afectó a varias manzanas del vecindario, y los residentes que llegaban en coche tuvieron que dejar sus vehículos a cierta distancia de sus casas. La gente despidió a la actriz con todos los honores, como si se tratara de un miembro de la realeza, y Melissa se preguntó qué habría pensado Marla de ello, ya que parecía una persona sensata. Pero era una leyenda de Hollywood, la última de las grandes estrellas glamurosas. Habían entrevistado a otras estrellas de cine durante todo el día, que la homenajearon con profusión.

Michaela estaba tan agotada que durmió durante casi todo el vuelo y solo se despertó durante la última hora. Se lavó la cara y se cepilló el pelo, se puso una blusa negra y una americana, y su aspecto hizo que Melissa pensara en el regreso de Jackie Kennedy de Dallas después de que dispararan a JFK. Michaela se parecía un poco a ella, sin el traje rosa manchado de sangre.

Cuando aterrizaron, la policía se encontraba en la pista de aterrizaje y escoltaron a Michaela y Melissa hasta una furgoneta negra que las estaba esperando. El féretro fue trasladado por separado en otra furgoneta sin distintivos, y resultó complicado llevarlo a la funeraria, pero lo consiguieron con la ayuda de la policía de Los Ángeles.

Cuando Michaela vio a David, que las esperaba en casa, se derrumbó en sus brazos. Luego se sentaron en la sala de estar y conversaron un rato. Michaela agradeció a Melissa todo lo que había hecho en las últimas veinticuatro horas.

—La ciudad se ha vuelto loca —le dijo David a Michaela—. Las calles están cortadas, la gente está llorando en mitad de la calle, calculan que cien mil personas vendrán al velatorio de esta noche. No puedes acercarte a menos de cinco manzanas de su casa. A decir verdad, creo que a ella le habría encantado —añadió, haciendo reír a su mujer.

—Yo también lo creo —corroboró Michaela después de pensar en ello.

—Esto es como llorar a la realeza. La reina de Inglaterra o algo así. El funeral va a ser complicado —comentó luego David—. Teníamos trescientas personas en la lista. Los asistentes de Marla llamaron y enviaron correos electrónicos y mensajes de texto, solicitando una respuesta inmediata. Han aceptado todos. Podemos acomodarlos en la iglesia, y están cerrando la carretera al cementerio para que los paparazzi no puedan llegar hasta nosotros.

David acostó entonces a Michaela. Los niños estaban profundamente dormidos y no habían podido salir en todo el día. Después de que le hubiera dado las buenas noches a su hija, David llevó a Melissa a la habitación de invitados. Michaela seguía pareciendo aturdida, pero estaba un poco más serena.

Por la mañana, cuando Melissa despertó, se sintió como si alguien hubiera golpeado su cuerpo con una tubería de plomo, después de todo el estrés y los viajes del día anterior. Andrew estaba de pie junto a su cama en la habitación de invitados, mirándola fijamente, y junto a él estaba Alexandra.

—Nuestra abuelita Marla ha muerto —le dijo solemnemente—. Era nuestra abuela, pero no debíamos decirlo. A ella no le gustaba esa palabra. Ahora te tenemos a ti —dijo Andy con sentido práctico, resumiendo la situación y explicándosela a Melissa—. Tú también eres nuestra abuela —le informó Alexandra—. Se cayó en un avión. Se cayó por culpa de una tormenta. Era un helicóptero. Y Dios la sacó del helicóptero y la llevó directamente al cielo. Ahora está allí —añadió—. La echo de menos. ¿Podemos jugar ahora a las Barbies en mi iPad?

—Claro —dijo Melissa, y Alexandra se metió en la cama con ella en camisón. Andrew llevaba su pijama de Superman. Alexandra había encendido el iPad. Tenían que vestir a las muñecas Barbie que aparecían en la pantalla con multitud de vestidos. Ser abuela, sobre todo de una niña, era nuevo para Melissa, pero se había divertido con ellos cuando la visitaron en los Berkshires.

—Sabes, vuestro muñeco de nieve todavía estaba allí ayer. Está un poco torcido, pero sigue ahí —les contó Melissa.

—Quiero volver a visitarte —dijo Andrew, subiéndose también a la cama, e hizo una mueca al ver las Barbies. Michaela los encontró a los tres allí, atentos al iPad, cuando fue a buscar a los niños unos minutos después. Tenía mucho mejor aspecto.

—¿Te han despertado? —preguntó a Melissa.

—No, ya estaba despierta —respondió con una sonrisa.

—Estamos vistiendo a Barbie —le dijo Alexandra a su madre.

—Barbie es estúpida —intervino Andrew.

—También lo es Superman —le respondió Alexandra.

—Ya está bien. Id a desayunar —ordenó Michaela, y se fueron corriendo—. Perdona si te han despertado —se disculpó.

—Son adorables.

Michaela les había explicado lo de su madre, pero no quería que estuvieran en el funeral. Eran demasiado pequeños y sería muy desconcertante para ellos.

Se suponía que iba a haber una misa esa noche, pero la policía dijo que sería demasiado difícil de contener, así que en su lugar iban a llevar a los amigos más cercanos de Marla a casa de Michaela y David, unos cincuenta invitados, para tomar champán. Eso le habría gustado más a ella. Y el número había crecido hasta el centenar al mediodía.

El funeral iba a ser al día siguiente, y el entierro a continuación, y después una recepción para los amigos y colegas de Marla en su casa. Era como una gran producción. Sus tres asistentes se encargaban de ello. Estaban acampados en el comedor de Michaela y se comunicaban con ella cada cinco minutos para preguntarle por algún detalle, esperando su aprobación.

—No pensé que fuera a ser así —reconoció Michaela mientras se sentaban en la cocina y David se unía a ellas.

—Por supuesto que iba a ser así. Ella era la más grande, la más glamurosa del mundo. Era una leyenda. Esto es el viejo Hollywood, y a ella le habría encantado. Estoy seguro de que nos está observando y sonriendo de oreja a oreja —dijo y Michaela se rio.

—Si necesitas alejarte de todo esto, puedes venir y quedarte conmigo —se ofreció Melissa.

—Creo que todo se calmará bastante rápido —respondió Michaela.

—Puede llevar un tiempo —comentó David con mayor realismo.

—Gracias por haberme dejado quedarme aquí —dijo Melissa. No quería resultar intrusiva, o decepcionar a Michaela, pero esta tenía mejor aspecto, y ahora estaba con David y sus hijos, lo que añadía un elemento de normalidad y confort para ella. Con la atención constante de los medios de comunicación, estaban intentando mantenerlo todo bajo control, tan discreto como fuera posible, y ciñéndose a los horarios para que no se convirtiera en un circo. Querían que todo fuera lo más tranquilo y digno, dadas las circunstancias.

Esa noche, Melissa llevó un vestido negro de aspecto sobrio para la recepción de los cien amigos más cercanos a Marla. Todas las caras famosas de Hollywood estaban allí, y Melissa reconoció cada una de ellas. Michaela la presentó a los primeros en llegar, y poco después su salón estaba abarrotado. Llegaron a las siete y se fueron a medianoche, después de beberse ríos de champán.

El día siguiente pareció una producción de Cecil B. DeMille, con trescientos invitados al funeral y miles de fans fuera, detrás de los cordones policiales, con un agente de policía cada pocos metros para mantener a la gente detrás de las barricadas.

La ceremonia fue conmovedora, pero Melissa se sintió como en una película, no en el funeral de la madre de nadie. Todo era puro Marla, con las flores que Michaela había elegido. Llevaba un traje negro de Chanel y un pequeño sombrero del mismo color, y de nuevo le recordó a Jackie Kennedy. Marla le habría dado su visto bueno. Melissa estaba de pie detrás de Michaela y nadie tenía ni idea de quién era. Pensó que parecía una niñera, y Norm se rio cuando se lo dijo más tarde por teléfono.

Había miles de personas fuera de la iglesia, y se cerró la autopista para que el cortejo fúnebre pudiera llegar al cementerio y volver. Marla recibió tanta fanfarria y tantas muestras de respeto como un jefe de Estado.

Y por fin, se acabó. Melissa comió pollo frío en la cocina esa noche con David, Michaela y los niños, y estos volvieron a la escuela al día siguiente.

Había sido tan distinto al funeral de Robbie, y al de sus padres, que era difícil verse reflejada en una cosa así, y sin embargo le había parecido perfecto para esa enorme estrella a la que Melissa solo había visto en persona una vez. Hizo que Melissa pensara de nuevo en lo diferente que había sido la vida de Michaela con Marla de lo que habría sido como hija ilegítima de una chica de dieciséis años que procedía de un entorno mucho más humilde. Al final, tal vez las monjas de San Blas no estaban tan equivocadas.

—A ella le habría encantado —dijo Michaela de nuevo después de que los niños se fueran al colegio. David había ido a su oficina, y la vida parecía casi normal, aunque los asistentes de Marla y el ama de llaves habían informado de que todavía quedaban unas mil personas en la puerta de la casa de Marla. La multitud que había estado delante de la casa de Michaela se había dispersado.

—Tiene que haber sido emocionante crecer con todo eso —comentó Melissa, todavía abrumada por ello.

—A veces. Pero no me gustaba realmente. Soñaba con tener a alguien como tú como madre. No es fácil ser una estrella o la hija de una estrella, y a Marla le encantaba echar leña al fuego. Decía que era bueno para la taquilla. Nunca perdió eso de vista. Pero tenía un buen corazón.

—Me cayó muy bien cuando la conocí —reconoció Melissa, sonriendo ante el recuerdo.

—A ella también le caíste bien.

Se sentaron en silencio, pensando en ella durante unos minutos. Melissa se había despedido de los niños en el desayuno. Volaría de vuelta a Boston aquella misma tarde, y Norm se había ofrecido a ir a recogerla. Él había visto parte de la retransmisión por televisión, la multitud en las calles, y fuera de la iglesia, muchos de ellos llorando.

Cuando Melissa se marchó, prometió volver a visitar a Michaela pronto. No había planeado molestarlos demasiado a menudo, pero con la ausencia de Marla, Michaela tenía ganas de ver más a Melissa, y podría necesitarla durante un tiempo. La propia Michaela volvería al trabajo esa misma tarde.

Melissa la abrazó con fuerza cuando se fue, y le dijo que la quería. Luego se subió al Uber y la saludó mientras el coche se alejaba. Había sido una experiencia extraordinaria estar allí. Era una sensación extraña saber que había entregado a su bebé a aquella mujer momentos después de que naciera, y que Marla había cuidado de ella durante treinta y tres años. Y ahora, tras el fatídico accidente de helicóptero en Escocia, Marla le había devuelto a su hija. Era el turno de Melissa. Había estado esperando esta oportunidad durante años, y sonrió mientras se alejaban. Tuvo la extraña sensación de que Marla le sonreía y le deseaba lo mejor. Se la imaginó diciendo «Cuida bien de nuestra chica». Y Melissa le prometió en silencio que lo haría.

17

Norm recogió a Melissa en el aeropuerto de Boston y la llevó a casa. Ella trató de describirle todo lo que había sucedido en los últimos días durante el viaje de vuelta en el coche. Ahora sonaba más como una película que la vida real. Marla había sido una personalidad inmensa, y había dejado atrás a una hija que la amaba, y que era una mujer de principios y una buena madre. Era el único legado que importaba a ojos de Melissa. Más que todas sus películas y el hecho de ser una estrella. Michaela era su mejor legado. Fue Melissa quien le entregó ese regalo muchos años atrás. Y ahora, Marla se lo había devuelto.

Al día siguiente, cuando Norm llegó a casa del trabajo, le comentó algo en lo que había estado pensando todo el día.

—Es curioso cómo la gente va y viene, ¿no? Michaela desapareció de mi vida. Luego vino Robbie, y se fue, y ahora Michaela está de vuelta. Marla se fue, y ahora estoy aquí para Michaela y sus hijos. Carson se fue, y ahora aquí estás tú. Tu esposa se fue, y llegué yo. Una persona se va y otra aparece. Es como si siempre tuviéramos lo que necesitamos, de diferentes formas, en el momento adecuado, y no de la manera que esperábamos.

»La vida se lleva a la gente, de forma muy cruel a veces, y luego te devuelve a alguien. Y nada ocurre como lo planeamos. Robbie debería haber vivido una larga vida, pero no lo hizo. Mi matrimonio con Carson parecía tan sólido, pero no lo era. Se derrumbó como un castillo de naipes. Y luego llegó Jane, que parecía aburrida, pero es perfecta para él. Y tú fuiste completamente inesperado en mi vida. Pensabas que te habías casado para siempre, pero no era así. Finalmente acepté que Hattie sería monja para siempre, y ahora no lo es. Michaela se fue para siempre, y ahora ha vuelto. En realidad, no tenemos ni idea de lo que va a pasar, ni de cómo van a salir las cosas.

Él estuvo de acuerdo con ella, y le gustó la forma en que lo había expresado.

—Se supone que no debemos saberlo —dijo, pensando en ello—. Le quitaría toda la diversión a la vida. Lo que me recuerda que quería preguntarte algo —añadió algo nervioso—. Ahora que vuelves a ser abuela y una madre respetable, y que recibirás visitas, ¿tenemos que casarnos? —Esperaba que ella dijera que sí, pero no sabía de qué otra forma decirlo sin asustarla.

—¿«Tener»? No, no lo creo. No es garantía de nada, y ambos hemos aprendido que eso no nos protegerá. Si uno de nosotros la pifia, todo se desmorona.

—No estoy planeando pifiarla, ¿y tú? —le preguntó, y ella negó con la cabeza.

—Me gusta bastante así —admitió ella—. Es un poco como una travesura, es muy divertido. Y muy sexy. No quiero tener más hijos. Ya soy casi demasiado mayor, y tú tampoco los quieres. Me gustan bastante las cosas como están. —Estaba un poco decepcionado, pero no quería parecer débil, o inocente, y reconocerlo ante ella—. Sin embargo, podrías mudarte. Eso estaría bien. —Ella sonrió y se acercó a él. A Norm le gustó cómo sonaba eso.

—Me gusta esa idea. Suena varonil, «es la mujer con la que vivo» —dijo él, poniendo una voz más grave, y ella se rio.

—Lo bastante pecaminoso, pero no demasiado. —Ella le tomó el pelo, y consiguió lo que quería. Él no podía quitarle las manos de encima, y tampoco quería hacerlo.

—Y si vivimos juntos, podemos hacer el amor cuando queramos —añadió con alegría.

—Parece un buen plan —reconoció ella, y lo siguió hasta la cama.

Se mudó ese fin de semana. Hattie fue a pasar el día para hablarle a Melissa de sus planes en África, donde trabajaría con el equipo de la ONU. Le habían enviado un montón de información, y tenía previsto irse dentro de cinco semanas. Acababa de firmar los papeles para el Vaticano y la archidiócesis, solicitando ser liberada de sus votos. La mano le temblaba cuando los firmó, pero aun así sabía que estaba haciendo lo correcto.

Hattie y Norm se conocieron al fin, y almorzaron en la cocina. Más tarde, Hattie se dio cuenta de que Norm estaba cargando sus cajas por las escaleras, y le susurró a Melissa:

—¿Se viene a vivir aquí?

—Eso parece —afirmó Melissa, y le brillaron los ojos.

—¿Os vais a casar?

—No que yo sepa. Al menos no por ahora.

—¿Crees que lo harías, si te lo pidiera? —Sentía curiosidad por ellos. Parecían llevarse muy bien. A Hattie,

Norm le cayó muy bien. Era alguien en quien se podía confiar. Siempre le había caído bien Carson, pero Norm y Melissa parecían la pareja perfecta.

—He aprendido a no predecir el futuro —respondió Melissa con sensatez—. Me equivocaría siempre. Como tú. Nunca pensé que dejarías el convento.

—Yo tampoco —reconoció Hattie, con aspecto pensativo. Sonrió a Norm mientras este subía las escaleras con una maleta.

Norm había terminado de mudarse cuando Hattie regresó a Nueva York. Les prometió que pasaría unos días con ellos antes de irse a África.

Melissa y Norm hablaron de ello durante la cena de esa noche. Él le preparó uno de sus perfectos suflés de queso.

—Hoy me he dado cuenta de que todo el mundo acaba en su sitio —dijo Melissa—. Michaela con David y sus hijos, pudiendo contar conmigo. Tú y yo. Carson con Jane y sus hijas. Hattie en África. Es como un caleidoscopio, todas las brillantes piezas se agitan y forman un nuevo diseño periódicamente. Me gusta cómo son las cosas ahora. Todo sucede como debe ser, aunque a veces no nos guste. Pero siempre hay un nuevo capítulo —añadió con aspecto pensativo.

—¿Lo hay? —le preguntó él, levantando una ceja, intrigado por lo que decía.

—Creo que lo hay. Tendré algo sobre lo que escribir. —Nunca le había dicho eso antes.

—¿Lo dices en serio?

—Creo que sí. Tengo una idea para un libro —le explicó. No había dicho eso en años. Pero habían pasado muchas cosas. Parecía emocionada cuando lo dijo, y él se inclinó y la besó. Ella sonrió, pensando en Marla y en su consejo de seguir escribiendo. Tal vez ella había tenido razón. La ira había alimentado sus libros anteriores. Pero todo eso había cambiado. Encontrar a Michaela lo había cambiado todo. Ya no estaba enfadada. El siguiente libro sería distinto. Trataría sobre los misterios de la vida.

Terminaron el suflé y Melissa seguía sonriendo cuando él la siguió arriba y ella empezó a hablarle del libro.

«Para viajar lejos no hay mejor nave que un libro».

EMILY DICKINSON